原上丛书

李 浩　郝建国　主编

信河街别录

哲 贵 —— 著

扫码听书

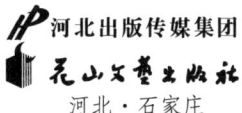

河北·石家庄

图书在版编目（CIP）数据

信河街别录 / 哲贵著. -- 石家庄：花山文艺出版社，2023.9
（原上丛书 / 李浩，郝建国主编）
ISBN 978-7-5511-6411-5

Ⅰ. ①信… Ⅱ. ①哲… Ⅲ. ①中篇小说－小说集－中国－当代 Ⅳ. ①I247.5

中国国家版本馆CIP数据核字(2023)第017840号

丛 书 名：	原上丛书
主　　编：	李　浩　郝建国
书　　名：	信河街别录
	Xinhejie Bielu
著　　者：	哲　贵
选题策划：	丁　伟
统　　筹：	李　爽
责任编辑：	贺　进
责任校对：	李　伟
装帧设计：	陈　淼
美术编辑：	胡彤亮
出版发行：	花山文艺出版社（邮政编码：050061）
	（河北省石家庄市友谊北大街330号）
销售热线	0311-88643299/96/17
印　　刷	河北新华第一印刷有限责任公司
经　　销	新华书店
开　　本	880 毫米×1230 毫米　1/32
印　　张	9.25
字　　数	185千字
版　　次	2023年9月第1版
	2023年9月第1次印刷
书　　号	ISBN 978-7-5511-6411-5
定　　价	60.00元

（版权所有　翻印必究·印装有误　负责调换）

序：筑起属于自己的"山峰"

李 浩

一

编撰一套反映当下中国小说创作实绩、展示中青年作家艺术品格和前行势头的系列丛书，一直是花山文艺出版社郝建国社长和我的共同心愿。应当说他的意愿可能更强烈、更紧迫，也更"成熟"一些，因为早在两年前他就开始策划组织"诗人散文丛书"的出版，至今已经进行到第四季，积累了丰富的经验。在经历多轮交流、碰撞和相互说服之后，便有了这套"原上丛书"。

之所以名为"原上"，一是基于我们不断谈及的中国当代文学"有高原无高峰"的共识性判断。必须承认，经历数十年的吸纳、丰富、转变和探索，时下的中国当代文学（尤其是当代小说）呈现了一定的甚至可以说几乎普遍的"高原"态势，立足于本土、个人和时代经验，深谙东西方小说讲述的艺术策略，有着广博的文学视野和经久的文学阅读，并较好地融合萃取变成个人的独特，呈现出不同的"中国故事"可贵面影。这一努力和前行,是我们绝不能忽略和无视的!然而,我们也需要承认,我们当下的写作还有诸多的匮乏和不足,尤其表现于思想性、创新性、丰富性和锐利感上……我们编撰这样一套丛书,是为彰显、呵护已经呈现"高原"态势的中青年作家的创作实绩,认知和呈现他们的文学实力,同时也冀望借此加以"促进",希望这些作家朋友能够不断向前,最终筑起属于自己的"山峰"。而定名为"原上"的第二个原因,则源于白居易"离离原上草,一岁一枯荣,野火烧不尽,春风吹又生"的著名诗句——它意味着(或者隐喻着)不竭的新生力量,不竭的"原上"的生长和文化根脉的深层延续……"原上丛书",愿意为已经站在了高原的、相对年轻的"新生力量"提供可能的助力,为文学的真正发展和繁荣提供可能的助力。这,应当说是这些中青年作家所需要的,也是出版社和阅读者们所需要的。

二

立足于实力,立足于读者好评、业界好评和几乎可见的"创作前景",立足于专业审读和专业评判——也就是说,我们这套"原上丛书"首先考量的是"实力"和"未来态势",以现有创作的真实呈现为第一标准。作家的创作影响力在我们的统筹范围之内,但它或多或少属于"次要标准",它提供参照值但不进入标准值。实力,以及我们的未来预期,在"原上丛书"中占有更大的比重，这是我们这些编撰者应当承认的。

基于此，我们甚至更愿意从那些潜心写作但或多或少被低估，荣耀的强光尚未照到身上的那些作家中"捞取"，让他们在这里获得可能的彰显与艺术尊重——这也是我们所要承认的。也正是基于这一个原因，在我们开始遴选作家的时候"不成文"地将已经获得鲁奖、茅奖的作家忽略在外。在我们第一辑十本的编辑过程中，作家刘建东、沈念获得了2022年的第八届鲁迅文学奖——这当然是我们尤其是作家本人的荣耀，但我们和编辑团队愿意再次强调：我们在约稿和编辑丛书的过程中，他们尚未获奖，我们的选择标准是并会一直是实力和创作前景……事实上，我们也大约有理由相信，入选"原上丛书"的诸多作家或许会在今后的某一时段再有大奖斩获，或者成为具有标志意义的文学名家——这，也是我们所更愿意见到的。在接下来的遴选和编辑过程中，我们还会将这个"不成文"继续下去。

全国性，是我们这套丛书的又一立足，我们愿意将整个中国有实力的中青年作家放在一起打量，并使用同一标尺。我们当然愿意它能有一个丰富性、多样性和多层面的展示，但它们大约依然是参照值而不是标准值。花山文艺出版社隶属于河北出版传媒集团，具有地域性，但在这套丛书的遴选中我们首先排拒的就是地域性。同样是"不成文"的规定，我们会对河北籍的、现在河北生活的作家秉持更多苛刻，如果是同等条件,"被遗憾"的一定是河北作家;在第一辑包括之后的第二辑、第三辑……每辑中至多有一本是河北作家的。这个"不成文"也将是我们坚持的固执原则。

三

第一辑入选的作家是刘建东、李凤群、林那北、哲贵、沈念、王芸、和晓梅、卢一萍、郑小驴、文清丽(排名不分先后)。他们是当下文坛极为活跃、极有实力并且部分地获得着关注的中青年作家,而我们更看重的是在他们身上所能体现出的创新意识和前行态势,包括他们对于时代、生活、个人人性的有效挖掘。他们的写作,真的是在为我们提供着来自生活和文学的双重丰富。

在我看来,林那北的小说更具"东方"质地,娓娓道来,不疾不徐,语言上有一种清浅的音乐性,而在故事上也有那种"东方"式的轻和淡,仿佛不着力地推进着,而阅读者则在不知不觉中沉入她预设的涡流。她有一双敏锐之眼,这份敏锐中包含了清晰的看透,和小小的但入骨的"毒"。她熟谙生活和生活细微,极易从具有幽暗感的褶皱中做出发现。相对之前的写作,林那北的《燕式平衡》似乎更从容,社会生活的流变、个人的境遇与处境、人性的多重复杂一直是林那北所关注的,在这里,她呈现了更让人感吁、会心和由衷赞叹的文学发挥。我觉得,林那北的小说耐读,经得起重读,而在重读的过程中可能获益更多。

而在王芸的小说中加重的则是情感的力量——所以阅读她的小说，时时会有"胸口受到了重重一击"的那种情感强力，而这强力来得那么真实真诚，毫无矫饰。可以说，王芸的小说已形成她极有特质性的东西，极有"个人标识"。我认为这种标识性就是：从小事儿和微点开始，角度较小甚至是极小，然而撬开的是一个具有普世性的共有议题；故事上往往不那么用力，但涡流感重，会让人在品啜的过程中被缓缓吸入，难以自禁自拔；大量留白，会调动阅读者不断地为文本填充，在情感和智力两方面……它是那种可以引发思忖、耐人寻味的小说。在这本《请叫她天鹅》中同样如此，它聚焦生活和人性的复杂世相，探触心灵深处、生活褶皱处的幽微细部，展现一个个普通生命内在的柔软与坚硬、紧张与松弛、平和与挣扎、痛楚与欢欣、无奈与向往、绝望与执拗，在生活剧变和断裂处映现出"人"的力量。

《无法完成的画像》，具有强烈的先锋感和现代意识，同时又具有扎实沉厚的现实积累，不回避生活、生命的种种困囿和艰难，又能将困囿和艰难"熬"成诗——一直以来，我都认为刘建东的中短篇小说（尤其短篇）属于"教科书"级的，在语言上、故事结构能力上、意蕴营造和留白点的设置上，无一不见微妙与精心，就像我在"小说创作学"课上反复要讲的胡安·鲁尔福或加·加西亚·马尔克斯。这本小说集兼有现代主义创作倾向和现实主义创作倾向，而我看重的是它的融合力量，那种将两种或多种不同向度的力量完美融合并构成合力的力量。这，也是我这样的写作者试图从中汲取的。

埃柯谈到，有两类人属于"天生的作家"，一类是农民，一类是水手。将哲贵看作是"农民"型的作家大抵是合适的，因为他对地方生活的了如指掌，因为他比那些观光游客更知道、更了解这一地域的生活内部，更能体味在这一地域生活的人们的精神真实和情感真实，他在那条被称为"信河街"的地方打出了一口深邃的、不断能反射出生存实态的井。较之一般小说，《信河街别录》可能更具有地方志和民俗学价值，当然它更值得言说的还是文学价值、思考价值，那种对人生、人性和独特环境中生存的思考和追问。同时我也愿意承认，哲贵的故事能力也是我所极为欣赏的，他能将一般人无话可说之处写得风生水起，让读者感到津津有味，也能将激烈和回旋有意地半遮起来，让我们通过猜度和想象将其充满。

"80后"作家郑小驴的写作则呈现了另外一种"异质"和独特面目，他尖锐、锋利、直面现实，有一种"少年老成"的技术熟练和"坚决不肯老成"的青春冲力……在他身上和他的写作中，我能看见时下写作普遍匮乏的"巴库斯"式的原始冒险。必须说，这是一股可贵的力量，尽管它有时会引发我们的小小不适，就像我们第一次面对罗伯-格里耶的《去年在马里安巴》、让·热内的《鲜花圣母》或贝克特的《马龙之死》那样。郑小驴关注的或者说更为关注的是我们生活中的"另一潜流",是某种有意回避和视而不见——恰因如此,郑小驴小说写作的价值感也变得更为显豁,它让我们不断地、不断地思忖:这,也是一种生活?非如此不可?有没有更好的可能,如果我是二告或者立夏,如果我是杜怀民,如果我是……我该如何选择?对于小说来说,它应当提供的是"可能"而不是解决之道,解决之道是我们在读完小说之后"自我完成"的部分,小说相信并始终相信阅读者会有自己的独立判断。

当我们在谈论爱情的时候我们是在……这是一句反复被运用已经用得过于俗滥的用语,但我还是选择用它,因为它本身包含的隐喻性质。当我们在谈论爱情的时候,我们的确很少关注于爱情本身,而是关注隐匿于它的背后和深处的那些内容,譬如欲念和释放,譬如权力意志,譬如暗在的交换和平衡,譬如操控性和……事实上,仔细回想一下,我们谈论爱情的概率越来越少了,而集中地、专注地谈论爱情的概率则更少——因此,卢一萍的《N 种爱情》在提交到我们手上的时候就让我眼前一亮,竟有小小的心动。与我预想的不同,与我这个身处东部城市的写作者预想的不同,卢一萍的《N 种爱情》多数与我从哲学、社会学、心理学和惯常小说呈现中得出的"预设"不同,它的里面包含着真正的爱情之美与人性之美,包含着安宁、博大、舍身的投入和为爱的"不顾一切"。曾在边疆当兵并深深融入边疆生活的卢一萍,在他的写作中呈现的是那片大地上"人类最初的爱情的战栗",它是一种久违,一种真实，同时也是一种怀念。我甚至愿意感谢卢一萍的这一提供，它让我的内心百感交集，暗生涡流。

在本辑丛书的编辑过程中，数位编辑都对完全陌生的和晓梅的小说赞不绝口，他们完全陌生于这个名字，但又对她在小说中上佳的艺术呈现感慨万千。身处云南的纳西族作家和晓梅，属于那种只会潜心写作、"与世无争"地致力于将自己的小说写好的写作者，像她这样一直深潜于自我的文学世界而不事张扬的作家还有不少，譬如本辑中的其他一些作家，又譬如与我有过一些交集的东君、戴冰、李约热，等等。在我们时下（也包括之后）的"原上丛书"的组稿中，我们愿意更多地关注那些具有实力和未来可能的沉潜着的小说家们，可以说这也是我们的初衷。收录于《漂流瓶》中的小说均为中篇，和晓梅在她最为擅长的篇幅空间内纵横施展，建构成一个或多个有着复杂意味的交互世界。与刘建东的小说质地相似，和晓梅小说的现代感充沛丰盈，其故事结构往往也不是单一线性而是采取复调叙事多线并织，并使其铆合于统一的叙事点上，其技艺的精熟和细节控制力让人叫绝。更重要的是，和晓梅始终将小说看作"探索存在的密钥"，她的所有技艺呈现都精心围绕于小说的智识和追问，深入而深刻——在这里我愿意再次重复列夫·托尔斯泰文学标准中的第一条：小说追问的问题越深，越对生活有意义，它的格就越高。毫无疑问，和晓梅的小说处在一个高格之中，它是勘探，是言说，是审视与思忖。

许多时候我们会把沈念归为"散文作家"，就像我们有些时候会把史铁生、宁肯、刘亮程、周晓枫看作"散文家"一样,他们在散文写作中的影响力远大于在小说中的影响力,但这绝不意味他们的小说写得不好,达不到高标。《八分之一冰山》会让我们轻易地想起海明威的"冰山理论",也会让我们在开始阅读之前就暗自认定,这本小说集将会在"未说"和"未尽"之处有更多经营——事实上也的确如此,我在沈念小说的"空白处"读出的其实更多。这本小说集,聚焦于平常人生,聚集于平常生活中的个人遭际与精神困境,充满着追问、反诘和更多体谅,叙事冷峻而又不失温情。在本辑十本书中,沈念的《八分之一冰山》大约是最具知识分子气息的一本,这一独特足以让它显得别样。它,在表层有种"隔着玻璃看世界"的距离和淡然,然而在再次的阅读中,我读到的却是骨肉相连的体恤,以及经久不散的"耐人寻味"。

弗兰兹·卡夫卡为何要让格里高尔·萨姆沙变形?就以现实主义的方式讲述一个推销员的故事不可以吗?当然可以。只是,它的强度就可能变弱,极端感就会变弱,故事的张力和阅读者被调动起的思考敏锐就会变弱。我们知道文似看山不喜平。我们知道,小说的故事性诉求和思想性诉求,都需要小说家们在不失合理性的前提下努力"推向极端",其原本纤微的、隐藏的、不那么呈现的部分才会得到有效彰显。在现实主义题材的小说中,因为身份和条件的特殊,军人和军事文学最容易在日常化的场景中建构起"极端",呈现出强烈的故事性和戏剧冲突。"善假于物"的文清丽在她的《撩人春色是今年》中充分地利用着这一点，以现实的、回忆的、追怀的方式强化和突出故事主人公们的军人身份，以及他们的经历种种……尤其巧妙和独有匠心的是，文清丽在这本小说集中建立了具有象征的"军营"和同样具有象征的"昆曲"两个舞台，一武一文，一雄悍一温婉——其中的自然张力被她有效调动，魅力十足。就我有限的阅读而言，我们的军事文学写作很容易指令性地完成单一向度，其丰沛性、多义性和动人性时有不足，而文清丽在《撩人春色是今年》中的尝试无疑为我们提供了某种启示性参照。

注意到李凤群的写作应当是很晚近的事情，几位我熟悉的作家、编辑朋友向我推荐李凤群，甚至希望我能为李凤群的文字写点儿什么。我是从长篇小说《大野》开始认真关注起李凤群的，我觉得她有良好的艺术感觉，更重要的是她有一颗真诚的心，小说中诸多的人与物都连接着她的肋骨，她体恤他们、理解他们，甚至与他们共用同一条血管。对了，在强调小说的思想性（小说对生活越重要，小说的品格越高）、艺术性（与小说的内容相匹配的外在之美）之后，列夫·托尔斯泰的第三条文学标准是真诚，是作家对他所创造的一切的理解和信。在李凤群的小说中，包括这本《天鹅》中，那种真切的理解和信始终存在着，也使她写下的故事并不单纯是"一个故事"，而更多的是一种有共感的情绪，一种有共感的思考，一种具有普遍性的精神面对。从某种意味上，李凤群的小说可算作是"体验式文学"的那类创作，她更重视小说中的具体体验感和精神波动——尽管，这里面写下的或许是"他者"故事。

四

十位作家，从性别上来说，五男五女——这并非是我们的有意为之，只是在反复不断的约稿过程中机缘巧合地呈现，它不是我们的考虑因素，在第二辑及以后各辑约稿过程中，我们依然不会将它看作遴选要素。

十位作家，其身份、工作单位和生活区域各有不同：有军人、教师、编辑、作协领导和事业单位工作人员，也有自由职业者；有的生活于大中城市也有的生活于边远城市；有汉族也有少数民族……它同样不是我们所看重的遴选要素，我们要的只有"实力"和"未来态势"——而我们之所以梳理了这些不在遴选要素范围之内的点，是因为它在机缘巧合中呈现了我们试图达到和获取的"丰富"。这是我们极为看重的。希望我们遴选的作家都具有强烈的个人面目，都在以自我的方式开掘自我的精神富矿，当我们将这些作品呈现于大家面前的时候你能够感觉它们的"独树一帜"……罗素说，参差多态是人类的幸福本源——就文学作品的阅读来说，确是如此，我们甚至不愿意在同一作家的不同作品中读到不经思虑的重复，求新求异是我们阅读中的心理本能。在这里，我们强调作家们在身份、工作、生活区域和性别上的不同，更多地，是意识到

"童年记忆、生活环境和未知因素 X"对作家写作的影响确有它的显见和内在微妙,这应是我们需要重视与反思的另外一隅。

他们在高原之上,他们具有代表性和独特性,他们和他们的写作,值得被关注。

是为序。

目录

孤岛……………… 1
卖酒人…………… 55
决不饶恕………… 128
三人行…………… 186

孤　岛

征　兆

黄青了实现多年愿望，跟随孙有光在一个锅舀饭吃。孙有光指着别墅一楼一个房间说："房……间给你留着，住不住随你。"

黄青了笑着说："光爷，我怎么有种被包养的感觉？"

孙有光咧咧嘴，悠悠地说："爷……包养男人还是头一回呢。"

黄青了没住进孙府，住孙府好多问题解决不了，出了孙府，天地开阔，可以随便撒野，在孙府他只能夹着裤裆做人，时间一长，前列腺肯定出问题。光爷知他难处，也不勉强。黄青了每天早上八点半到孙府，有时跟随光爷到工地御驾亲征，监督工程进展，基本上是指手画脚地干活。有时，特别是下雨天，光爷什么地方也不去，窝在书房里看《红楼梦》。他有很多本《红楼梦》，有新有旧，新的塑料薄膜没拆开，旧的像过期的牛肉焙片，可以蘸酱油醋下酒。他看《红楼梦》时，随手扔一本给黄青了，说："你自……便。"

对黄青了来说，还是看手提电脑里的美剧来劲，美剧不但情节紧凑、人物个性鲜明，最主要有很多美女，不存在打马赛克的问题，越看越有精神，身体里充满迷茫的力量。黄青了向他推荐过，他头也没抬起来，说："那东西有……毒。"

黄青了事后想想，他说得挺对，那东西会上瘾，会把人身上的精神一点儿一点儿地耗光。黄青了有时会听见身体像漏气的自行车胎，发出滋滋滋的声响，有一种世界末日的颓败感。

光爷看书很仔细，拿2B铅笔在书上画出一条条记号，还在边上写评语。黄青了以为光爷会跟他探讨《红楼梦》。没有。黄青了有时在一楼房间里待一整天，性欲不可抑制地旺盛起来。

光爷是个坐着能吃躺下便睡的人。身高一米八十二，手长腿长，腰粗膀宽，长脸，垂耳，大嘴，宽鼻，眉骨凸出，双眼凹陷，小肚如山丘隆起，猛地一看，以为他祖上与狒狒有过交情。一句话，从外形看，他是一个魁梧之人，用勇猛来形容也未尝不可。他从不拜访医生，有点儿小病小痛，喝点儿酒就过去了。他对自己的身体有信心。

三个月后，光爷携黄青了北上。这是他的惯例，每隔一段时间远游一次，他说："人……不能在一个地方待太久，会沉下去的。"

由南而北。杭州，上海，北京。去杭州和北京是察看项目进度，去上海是汇报工作，这些都是幌子，对光爷来说，此行目的就是会友，会友的目的就是喝酒。一路上有朋友接待，中午一顿，晚上一顿，凌晨再唤黄青了出去吃消夜，用他的话叫

"补一枪"。早上九点,他们去住宿的宾馆外觅食,寻找兰州拉面,店面大小不管,环境越脏越好,辣子一定要香,汤要烫,拉面要二细,面来后,加一份牛肉,多放葱和香菜,辣子最少两调羹,碗面一片红,香气袅袅。一海碗下去,一头一脸的汗。哈,又想冰镇喜力了。

离开上海的前一天早上,他们出门吃拉面,时值酷暑,上午九点钟的太阳已能咬人,空气开始发烫发黏,黄青了把拉面店空调调到17摄氏度,冷气从空调叶子里滚滚而出,稍有一点儿凉意,但喝第一口汤后,后背的汗已把衣服浸湿。黄青了早上第一眼就看出他面色发黑,吃完拉面后还没转红,这不像平常的孙有光啊,他问:"光爷,你不舒服?"

"没……事。"他摇摇头。

那天中午依然是上海的朋友宴请,大家都喝红酒,唯他们冰镇喜力。晚上也是冰镇喜力。消夜吃的是盱眙小龙虾,他点的都是最辣的,两个人又喝了二十听冰镇喜力。

次日上午,他们离开上海,黄青了见他脸色更黑,问道:"光爷,你真没事?"

他举起手掌,往前一砍,指着北方说:"挺……进。"

黄青了发现他走路比平时慢了许多。他平时走路手脚划龙舟一样,身体前倾,黄青了要小跑才跟得上,这时走路两脚叉开,缓慢移动,好像裆部夹着一个大气球。

下午抵京,早有人来接机,入住后,各自回房间洗面。黄青了刚洗完脸,光爷打电话叫他过去。

黄青了来他房间，见他双手捧着肚子说："爷……便秘了。"

黄青了还没开口，他竖起三根指头说："三……天了，连屁也没放一个，肚子胀得像皮球。"

黄青了突然觉得他捧着肚子的样子很滑稽，走路更像狒狒了，想笑，硬忍着对他说："你等着，我去去就来。"

黄青了快步出了酒店，找了一家连锁药店。黄青了本来要买"谢得快"，店员小妹推荐"果导"，说效果好，没副作用，很多减肥的人都吃这种药，"果导"一到，肛门就像开了闸的水龙头，关都关不住，一星期能瘦十几斤。

赶回房间，见光爷一动不动躺在床上，双手依然捧着肚子，嘴巴死鱼一样张着，两只眼睛直直盯着天花板。黄青了把"果导"递给他，他嘴里咬出一个字。黄青了去冰箱拿了一罐听装啤酒，打开，递给他。他抓了一把"果导"，一口吞了，然后，一听啤酒升到空中，咕噜咕噜倒进喉咙。

光爷解开皮带，巍然不动地躺在床上，一副如临大敌的样子。黄青了也雕塑一样坐在椅子上，共同等待一个重要时刻的到来。

大约过了半个钟头，黄青了听见光爷肚子里传来一阵阵闷雷声，声音由上而下，颇有排山倒海之势。他按兵不动，黄青了也不敢打草惊蛇。大约又过了十五分钟，光爷一跃而起，提着裤头，蹿进卫生间，里间立即传来"爆炸"之声，其间夹杂着光爷幸福的"哼哼"声。

那天傍晚，光爷连着跑了六趟卫生间，跑到最后，腿颤了，嘴巴歪了，提着裤子对黄青了说："屁……股辣辣地疼。"

黄青了捂嘴而笑，心想，这下您老人家总该老实了吧。

正这么想，光爷手机铃声热烈响起来，是北京朋友来电，约他晚上去俏江南，他毫不犹豫地说："好。"

一坐到酒桌上，他焕然一新，啤酒都是满杯满杯往喉咙倒。朋友都知道他的性格，让他尽兴。那晚，他在俏江南喝了十瓶啤酒。结束后，又拉黄青了去簋街胡大吃小龙虾，又灌了六瓶。

黄青了很有先见之明地知道，光爷的屁屁又要"辣辣地疼"了。

师　　娘

光爷出巡，纯属"漫游"，他说既然出来，就是要个自由自在，想走就走，兴尽而归，如果计划好一天走几个地方，还不如在书房看"红楼"来得惬意。他在上海和北京都有房产，但不住，住酒店多自由啊，想来就来，想走就走。

到京次日，光爷接到孙太电话："孙有光，我看上一个小白脸了。"

光爷一副宠辱不惊的样子，淡淡地应了一声："哦，好……啊。"

孙太见他这样，立即把电话挂了。

又过两天，孙太电话又到："孙有光，你再不回来我就跟别的野男人跑了。"

光爷还是半死不活的样子，淡淡地应了一声："哦，好……啊。"

第五天，孙太电话又来："孙有光，你等着给我收尸吧。"

"好的，好的，就回……了。"他这回口气婉转一些。

又过两天，孙太给黄青了来电："孙老师有病你知道吗？"

"没看出来。"黄青了还真不知道光爷有什么毛病。

"你这个学生是怎么当的？"孙太口气缓和了一些，但责备的味道还在，问黄青了说，"这几天孙老师有没有便秘？"

黄青了一惊，孙太果然妖孽，光爷便秘，她在千里之外也能嗅到。还没等他回复，孙太解释说："孙老师血糖高，生活又无节制，他的性格你是知道的，在家里我多少管着一点儿，出去之后，肯定一天三顿酒，时间一久，肯定便秘。"

原来如此。黄青了对电话那头的孙太说："早两天便秘了一下，已通了。"

"通了更危险，如果再便秘，身体会出大问题。"孙太说，"为了孙老师的身体着想，你劝孙老师早点儿回来。他听你的话。"

"一定劝，但他听不听我就不知道了。"黄青了对电话那头的孙太说。

黄青了知道劝也是白劝，就是孙太亲自跑北京来，也未必能把光爷捕回去。但黄青了还是把孙太的意思跟光爷说了。他当作没听见。大约过了半个钟头，他突然问黄青了："你说温艾芽会不会追到北京来？"

原来他还在想这个事。

温艾芽就是孙太。既然光爷主动提起，黄青了反问他："你觉得呢？"

"她不会。如……果她想来就不会打这么多电话，一张机票就解决了嘛。"光爷停了一会儿，又吐了一句，"但也不绝……对，说不定她哪根筋跳起来，就来了。"

黄青了捂着嘴笑，并不答话。

光爷跟孙太是半路夫妻。温艾芽美术学院毕业后留在上海，跟随光爷谋事，负责文案策划。光爷开始只觉得这个女孩年轻、漂亮，脑壳里经常会有稀奇古怪的想法。她性格比较活泼，工作之余，喜欢组织同事去爬山，或者，周末去江浙一带做短途旅游。每次出去活动，她都喊光爷"同去"。光爷笑笑。

这样的活动，光爷支持，但不参加。一堆青年男女，他一个中年老男人混在中间，是一件很生硬的事。最主要的是，光爷深知自己的性行，刻意跟单位里的年轻女员工保持一定距离，担心跟她们走得太近，做出意外之事。

光爷能感觉出来温艾芽对他的关注，她似乎没有太把他这个老板当老板看，一个具体表现是嬉皮笑脸地叫他"孙老师"，另一个表现是三更半夜敢打他手机，一般员工是不敢这样做的，当然，谈的是工作上的事。光爷知她已有同居男友，是大学同学，不正确的念头只在脑子里闪几下。

那个周日晚上，光爷在家看《红楼梦》，正看到第五回"游幻境指迷十二钗，饮仙醪曲演红楼梦"，温艾芽给他打来手机，她在单位加班，赶出一个新文案，想让他看下。光爷看了下时间，已经夜里十一点钟，如果在平时，肯定会叫她明天上午拿到办公室，但是，这个但是相当致命，光爷每次看到这一回，恍恍惚惚中，好像变成了贾宝玉。他让温艾芽把文案送过来。

话一出口，光爷就后悔了，他完全可以让温艾芽把文案传到电脑里，这个时间点让她来家里代表着什么？放下手机后，他一听又一听地往喉咙倒啤酒，甚至跑进卫生间，把一听啤酒从头顶冲下来，想让自己清醒一些、冷静一些。

温艾芽刚进门，光爷就对她说："你……现在转身回去还来得……及。"

她看了光爷一眼，径自往里走。光爷紧跟在她屁股后头，说："现……在也还来得及。"

到了书房，她停住了，看着光爷说："我现在回去还来得及吗？"

"太……迟了。"叹了口气，光爷又说，"爷……给你机会了。"

说时迟，那时快，孙爷抱住她……

次日一早，温艾芽离开光爷住所，同一天，离开光爷单位，没了踪影。

这让光爷有种一脚踩空的感觉，感受相当复杂，总结起来，大致有这么几条：一、他很回味那夜的神勇，以及她和他呼应的默契，这在他的人生经历里殊为罕见。二、她的突然离开，让他像做了一个梦，一觉醒来，唯留惆怅。三、她的消失让他生出一种失败感，他是自信的人，特别是对女人，有足够自信。四、他居然产生对她的愧疚，有种伤害了她的感觉。

第三天开始，光爷打她的手机，关机。再打，还是关机。过几天再打，依然关机。光爷长叹一声，这样的女子，他还是第一次遇见。

一个月后的又一个周日深夜，光爷的手机响了，是温艾芽，她问光爷在哪里？光爷问她在哪里？她说在门口。光爷打开门一看，果然见一拖着拉杆箱的狐狸精朝他露出勾引的笑容。

温艾芽告诉光爷，她那天早上回去，就把跟光爷发生的事跟男朋友说了。男朋友问她什么打算，她说还没打算。男朋友瞟了她一眼说，你睡都跟人家睡了，还没打算？她问男朋友说，睡是睡了，难道我们这些年的感情都勾销了？男朋友说，都这个时代了，还说什么感情。温艾芽想这样也好，好聚好散，捡了几件细软，拖着一个拉杆箱离开了她和前男友住处。她先去了云南，又去了成都，去了内蒙古，又去了海南，花光所有储蓄，最后决定回来陪光爷吃粗茶淡饭。

光爷告诉她，不跟她领证，是因为他的岁数比她大一倍，她只要待腻了，随时可以选择离开。不生崽是他人生观导致的，他觉得自己是个失败者，不愿意再生出另一个失败者。她一听就笑了，说，孙老师，编这么多理由做什么，哄小孩呢？

见她这么一说,光爷也就寡了味,闭嘴。

算起来,孙太比黄青了还小两岁,按年龄,可以叫小温,按辈分,要尊称师娘,黄青了每次都是嬉皮笑脸地叫她孙太,她倒没太在意。

黄青了刚入孙府时,孙太没把他当外人,吃饭时会用公筷给他夹菜,用略带勾引的笑容对他说,进了这个门,就是一家人,不用客气哈。她给光爷买 T 恤,会顺带买小一号的送他。孙太还很关心他的婚姻大事,说要给他介绍相亲对象,包他满意。黄青了当然心存感激,但也心存疑虑,首先,她对他好的理由不充分,她跟光爷原本两人世界,他横插一脚,变成三人世界,她应该恨他。其次,她要介绍相亲对象给他,见都没见过,怎么包他满意?不过,黄青了还是感激她最终接纳了他,虽然接纳的原因是因为光爷,但从这个方面也可以看出她对光爷的爱——黄青了还能再说什么呢?黄青了嘴上对她说话还是嬉皮笑脸,内心还是敬重的,毕竟是师娘嘛。有一次,孙太悄悄把他叫到一边,问他说:"我对你怎么样?"

黄青了赶紧说:"恩重如山。"

"别贫嘴。"她手掌举起来,做了个要削他的姿势,说,"到底好不好?"

"好。"黄青了说。

"那你该不该对我好?"她盯着黄青了说。

黄青了心里一惊,这娘儿们不会动我心思吧?但他转念一想,不对,肯定是自己想歪了,那会是什么意思呢?黄青了犹豫了一下,说:"应该。"

"既然这样,你以后每天把光爷的行踪和思想动态汇报给我。"她停了一下,马上解释说,"我没别的意思,就是对光爷的身体不放心,不能由着他的性子来,我们一起管着他。"

孙太交代了一个不可能完成的任务。他怎么可能把光爷每天的行踪和思想动态汇报给她呢?他又不是光爷肚子里的蛔虫?再说,如果真把光爷所有的想法和做法都告诉她,光爷还不把他骗了?但听她这么说,黄青了心里还是轻松了一下,事情没有他想象的那么不堪,至少这是她爱光爷的表现,至于向不向她汇报,或者汇报多少,那是他的事。所以,黄青了很果断地点了点头,说:"没问题。我一定按孙太的盼咐行事。"

"我知道你对光爷好。"孙太看了看黄青了,又交代说,"这事你不要告诉光爷,就我们俩人知道。"

黄青了又点点头,指指天指指地,说:"天知地知,你知我知。"

黄青了原本以为自己一转身就会把这事告诉光爷,没想到居然忍着没说。当然,孙太如果问他要情报,他还是会拣几件无关紧要的事情搪塞一下,孙太不甚满意,也无可奈何。

光爷和石爷

光爷在北京朋友无数,想必是他当年在北京谋职时结交的三教九流人物。众多朋友中,有一个叫石不沉,人称石爷,关系非同小可。如果说光爷模样像狒狒，石不沉就是一只猕猴，连走路的姿势都像。光爷在北京行程都由石不沉安排，光爷北京朋友也都是他招呼，除了早餐，石不沉每餐奉陪。石不沉不喝酒，倒一杯白开水，一小口一小口，喝得哈呲响。一桌人，就黄青了辈分小，石不沉照顾黄青了，每次挨着他坐。有一次，黄青了问他："石爷从来不喝酒？"

他笑笑，看光爷一眼，对黄青了说："论喝酒，当年你师傅还是我手下败将呢。"

"真有这事？"黄青了问。

"那时真是好日子啊。"他感叹了一下，接着说，"可惜后来我把胃喝烂了，吐了两脸盆的血，几乎把整个胃割了，落下一喝便吐血的毛病，就惜命了。"

黄青了见他脸色红润，一点儿不像做过大手术的人。

黄青了之前听光爷说过，石不沉是一家文化出版集团公司老板，旗下有图书公司、动漫公司、影视公司、网络公司等，是京城文化出版界一位响当当的人物。当年光爷在京城衙门当差，帮过他的忙，他借此起家，记着光爷的情，所以，每次光爷进京，都是他来张罗。

石不沉是信河街走出去的名人。他原来是一个美术老师，整天捧读海德格尔，闲暇喜欢指挥校长干这干那，有把学校改造成他家私塾的美好愿望。校长当然不会让他得逞，他后来反思，发现校长只听比他官大的人，他想这还不好办吗，遂自荐去教育局当领导，直接去找局长，大谈海德格尔，局长频频点点称善，他一高兴，结果忘了说正事。第二次再去，局长就不亲自接见他了。第三次去，不幸被门卫拦下。他觉得受到打击了，反而激发了更大勇气，决心离开教育系统。

现在看来，石不沉是成功的，虽然没有当上官，但他现在是商界大鳄，每次回信河街，市长都会请他吃饭，底下跟着一堆局长，欢迎他回乡投资，建设美丽家乡。他曾经想再跟以前那个局长聊聊海德格尔，有人告诉他，对方已经脑中风，连老婆都不认得了。他相当扼腕。

光爷回信河街后，石不沉有次衣锦还乡前来探望，光爷在府上设宴招待，孙太亲自下厨，石不沉第一次见孙太，惊为天人，夸张地说："怪不得光爷愿意待在这个小地方，有美女有美食。"

光爷笑着问："我们换一下位置？"

他马上说："我怎么敢跟光爷换。"

他对孙太做的菜赞不绝口。孙太又得意又谦虚，看了一眼光爷，又扭身看石不沉说："真有你说的那么好吗？"

"绝对有，绝对有。"石不沉一边说一边密密点头，"要让我评价，只四个字：人美菜香。"

孙太转头问光爷："孙老师，你说呢？"

光爷笑笑说："石爷这是逗你玩呢。"

"你坏死了。"孙太笑着白了光爷一眼，转头对石不沉说，"只要石爷觉得好，以后每次回来我都给你做。"

"一定一定。"石不沉搓着手说，"你去北京，我带你去最好的餐馆。"

到京第四天，在石不沉一手安排下，光爷便秘复发了，黄青了故技重演，让他吃"果导"，吃了好几把，肚子依然坚硬如鼓。黄青了劝光爷改喝葡萄酒，他喝了一瓶，还是改回来喝冰镇喜力，他说，喝葡萄酒没有啤酒爽。黄青了想想也对，喝酒不就是要个爽吗，不爽喝什么酒。可是，又过了两天，光爷的肚子一天天见长，滴水没出，黄青了慌起来，再下去非爆炸不可，黄青了想起孙太的话，劝光爷说："我们出来时间也不短了，家里工程经理每天催好几个电话，问什么时候回去。"

光爷挥挥手说："出……来就不管那些鸟事了。"

黄青了说："既然这样，咱们好歹去一趟医院。"

"不……去。"光爷毫不犹豫地说，接着认真地看着黄青了说，"爷……正式交代你一件事，如果我哪天喝死在外头，你就地烧了，把骨灰带回桃花……岛。"

黄青了故意开玩笑地问他："这是遗嘱？"

"算是吧。"他叹了口气。

黄青了觉得情况有点儿不对，偷偷给孙太打电话，孙太反倒安慰他，说辛苦了，让他时刻留神，有问题及时向她汇报。

黄青了想象不出三天不拉屎不拉尿的痛苦，那肯定是一种坚硬无比的负担，黄青了一天不拉屎就觉得肚子堵得慌，拉尿起码多三趟，如果换作黄青了，早就主动要求躺到医院手术台上挨宰了。但光爷还是每天早上一大海碗加肉拉面，吃得满头大汗，一副满足的样子。中午十二点准时开喝，他在北京朋友庞杂,有的约他去胡同平房里吃东北小炒,有的请他去钓鱼台山庄国际会所,他都快活。中午酒后带黄青了去桑拿,他专挑小规模的桑拿房,用他的话说是"有野趣"。他喜欢干蒸,脱得赤条条靠在干蒸房里,身上爬满汗珠,手拿一杯冰水,也不喝进去,含嘴里,等到烫了,噗一口吐在木板上,滋的一声,化成一股白烟。蒸到浑身通红,去冲了澡,换上衣服,一荡一荡地去休息区,早有服务人员笑脸迎上前来,光爷搓着手说,好酒好菜只管端上来。麻将开和前的心情。晚上的酒席一般在六点半开菜,他一上来就是打通关,然后是"散打",见谁跟谁喝。他喝起酒来像下坡的汽车,而且是坏了刹车的,节奏越来越快,一路到底,车毁人不亡。大概喝到十二瓶喜力,他的状态出来了,眼睛发光,声调升高,手上动作幅度增大,习惯性动作是一手端着酒杯,一手拍人肩膀,一下比一下惨重,被拍的人往往全身酥麻。他很享受这样的环境和状态,希望能长久保留,希望大家都不要离开。黄青了有时想不通,他的性格到底是孤僻还是开朗,说他孤僻吧,有那么多朋友,在朋友中间谈笑风生,如鱼得水,哪有孤僻的影子?说他开朗吧,当宴席散去,朋友散尽,他一个人坐在角落里,眼睛盯着地面,一两个钟头没有一句话,如果再开口,必定是叫黄青了去消夜。

"出巡"第八天凌晨,黄青了被手机铃声叫醒,是光爷打来,他马上赶过去,见光爷罩着被子,身体蜷缩在一起,呻吟着说:"冷……冷。"

不是口吃,是上下牙打架所致。

黄青了伸手摸摸他额头，烫，还摸出他浑身发抖。他又呻吟着说："冷……冷。"

黄青了烧一壶开水，半抱着他喝了一杯，他还是喊冷。

他拿来一条备用的被子给光爷盖上，依然喊冷。

黄青了把自己的身体压在两床被子上，抱着他，他还是喊冷。黄青了也感到冷，他不停颤抖，黄青了也跟着颤抖。黄青了看了看微亮的窗外，拨通了120急救电话。

病

送到协和医院急诊室不久，石不沉随后赶到，安慰说："小黄你放心，这医院我有朋友。"

黄青了心里想，有朋友有毛用啊，光爷在救护车上晕过去了。

医师初步诊断是急性阑尾炎。这让黄青了松了一口气，阑尾炎啊，那东西可有可无的，实在不行割掉喂狗也不可惜。

医师先开了方子，先挂点滴，再做进一步检查。

一瓶点滴下去，光爷回过神来，他对黄青了招了招手说："走，吃兰州拉面……去。"

他没能从病床里坐起来，焦急地说："中午跟晚上都约了人呢。"

黄青了说："不会误事，上午检查一下，咱们中午继续喝。"

光爷见黄青了这么说,心下稍安。他也是无奈,爬不起来嘛,只能躺着。

黄青了抽空给孙太打了电话,她说马上飞过来。黄青了斟酌着说,应该没什么大事,她说没事也来,一定要把他揪回来,不能再由着他在外头胡来。黄青了把孙太要来北京的消息告诉石不沉,他说亲自去接机。

上午十点半,孙太赶到协和医院,光爷正在 X 光室里拍片。黄青了看见孙太嘴唇起了一个大泡,看来是真急了。孙太一来就问进去多久了,黄青了说刚进去。石不沉安慰她说,小毛病,检查一下讨个放心。孙太一听就哭了,说:"你们不用瞒我了,孙老师的性格我比谁都清楚,只有被人抬着,才肯来医院。"

石不沉连忙说:"是急性的,来得快,去得也快,你不用担心。"

孙太这么一说,黄青了倒觉得光爷的病真没那么简单,既然是急性,早几天的便秘怎么解释?

不久,光爷躺在推床上被推出来,孙太藏獒一样扑上去,见光爷领导似的对她挥挥手,她哭得更凶,似乎光爷已撒手而去,握着光爷的手说:"我说的话你一句不听,一句也不听。"

光爷一世英雄,现在躺在推床上动弹不得,见孙太这样说,只能闭了眼睛。

医师确诊光爷得的是阑尾炎,从片里看,阑尾烂了一大截,化脓了,必须手术,当然是个小手术,一个礼拜即可出院。

这事不能征求光爷意见,他肯定不会同意做手术,孙太擅自拍板,说:"整条切掉,免得留下后患。"

然后就是办住院手续。住进去后,是各种检查,体温、尿液、血液,甚至做了脑电图和心电图。光爷躺在床上被推来推去,显得沉默寡言,有时看看黄青了,眼神相当无辜。黄青了知道他想什么,医师已经停止他进食,每天挂点滴消毒,黄青了乘夜深人静偷偷从袋子里摸出一听冰镇啤酒,拉开给他,他眼睛放光,一把抢过去,连口气也没换就吸光了。

次日,各项检查结果出来,医师把孙太和黄青了喊到办公室,说检查的结果比预想的严重得多,除了阑尾炎,还有糖尿病,已接近临床上尿毒症阶段,排水排毒、新陈代谢功能衰退,再往下走就危险了。孙太一听,说话的声音就颤抖了,问医师,危险是什么意思?医师说,危险就是要换肾的意思。可是,因为这个尿毒症,使原本阑尾炎小手术变得复杂起来,病人的恢复功能差,容易感染发炎,大大增加了手术风险。但在做手术这件事上,孙太表现得坚决,她对医师说,无论有多大风险,手术都要做,她相信医师的技术,手术一定能成功。

定下手术日期后,接下来就是等待。黄青了负责跑上跑下办手续,抽空去医院边上一家叫"好再来"的羊蝎子馆坐一坐,叫两个凉菜,来两瓶冰镇啤酒,不敢多喝,怕被光爷嗅出酒味。孙太负责陪光爷聊天,光爷态度端正,眼睛含情脉脉地看着孙太,频频点头。第二天,乘孙太不在病房,光爷对前来看望的石不沉说:"你……不是承诺带我老婆去北京最好的餐厅吗,现在考验你人品的时候到了。"

石不沉说:"你处在水深火热之中,我带她出去喝酒合适吗?"

"你……这是救我呢,她如果再跟我这么聊下去,手术还没做,我这条小命就没了。"光爷用哀求的眼神看着他,"你赶紧安排……吧。"

"行。"石不沉很仗义地答应了,但他对光爷说,"这事得你对孙太说,如果我邀请,在这种情况下,她一定一口回绝。"

光爷说:"没……问题。"

孙太回来后,光爷就说了石不沉晚上请她吃饭的事,她说:"这都什么时候了,哪有心思吃饭。"

光爷劝她说:"去……吧去吧,你都辛苦两天了。"

黄青了赶紧说:"我来陪光爷吧。"

孙太还在犹豫,光爷故意板起脸:"你……不去,手术我不做了。"

孙太知道光爷的脾气,只好装出愉快的样子,说:"好,我去我去。"

临走之前,孙太像交代后事一样吩咐黄青了,注意挂点滴时间,及时呼叫护士,有事打她手机。光爷躺在床上假寐。

他们后腿刚跨出病房,光爷就"醒"了,故意压抑着声音说:"走,咱们喝酒……去。"

黄青了听出他声音里的欢快来了,这是饥渴的声音,也是跃跃欲试的声音,更是向往自由的声音。通过这两天的"点滴",光爷已能自如起床,如果不是孙太监守着,他早出院了。黄青了走到窗户边,看见石不沉的车子驶出医院大门,转身对光爷招招手,光爷已换下病服,套上T恤和短裤,一副忍耐不住的表情。

他们来到"好再来",叫了一盆羊蝎子,店小,没喜力,先要了半打冰镇燕京。光爷禁食,只喝啤酒,羊蝎子还没端上来,桌上已多出两个空啤酒瓶。喝完半打,光爷又叫半打,黄青了担心被孙太嗅出酒气,他摆摆手说:"没……事,撒三泡尿,什么气也没了。"

馆子出来后,光爷摸摸肚皮,唠叨了一句:"妈……的,这酒喝得跟做贼似的。"

黄青了只能偷偷地笑。

手术做得很成功(这种手术对协和医院来说是小菜),做到一半,手术室门开了,医师端着一盆血淋淋的东西出来,有五厘米长,说,这是从病人身上割下来的,他还用镊子拨弄了一下,说,你们看,全烂了。孙太呃了一声,赶紧伸手捂住嘴巴,黄青了本想开一句玩笑——让医师把这段阑尾留着,以后炒了给光爷下酒——见孙太生理反应如此强烈,只好咽了下去。手术期间,孙太显得很不淡定,坐也不是,站也不是,不停地问黄青了"怎么还没出来"?黄青了也等得心焦,溜出医院,去"好再来"坐了一个钟头,喝了三瓶冰镇燕京。

三个钟头后,光爷被推出来,他打了麻醉,神志不是很清醒,眼睛睁着,灰白色的,眼神涣散,孙太一直叫"有光有光",光爷眼珠朝她转转,又转向别处,孙太马上就哭了。黄青了发现从手术室出来的光爷跟进去时大不一样,虽然只割了一小截阑尾,看起来倒像身体被削掉一大圈,他本来身形庞大,躺得满满一床,现在推床显得空旷许多。

爱　　情

手术后,光爷又在协和医院住了十二天,一天比一天孩子气,每天嚷着要出院,他质问孙太:"妈……的,你……不是说只要一个礼拜吗?"

孙太小心地说:"医师说你有糖尿病,恢复得慢一点儿。"

"我……不管,要出院。"光爷对孙太下命令,"你……马上去办出院手续,马……上。"

"好的好的,我这就去找医师。"孙太只好哄着他。

黄青了理解光爷要出院的心情,他是自由自在惯了的人,心已经野了,不能适应这种画地为牢的生活。但是,现实情况比他预料的要糟糕,没做手术前,从外表看,他与常人无异,能走能跑,还能跟黄青了偷偷溜出去喝冰啤。手术后,他成了真正病人,起不了床。还有一点儿,光爷是个要强的人,不能允许自己躺在床上拉屎拉尿,一定要上卫生间解决。在这个问题上,孙太寸步不让,说医师交代了,刚做完手术不能动,一动伤口就裂开，拿着便器让他在床上解决。光爷觉得受到侮辱，让她滚回信河街，说这里有黄青了照顾就行。孙太知道他是病人，情绪不好，从头到尾都表现出极好的修养，真正做到骂不回口，但她态度很坚决，坚持让光爷在床上拉屎拉尿。

手术以后，光爷病房访客不绝，有一小部分黄青了在酒桌上见过，大部分陌生，来客中有商人，也有政府官员。他们一来，光爷谈笑风生，他们一走，光爷就开始骂孙太，说她草菅人命，让医师在他身上动刀，他要回家。无论光爷怎么说怎么骂，孙太都是笑脸相迎。黄青了从这点看出孙太善解人意之处，她知道光爷现在是病人，身上不舒服，精神苦恼，只能拿最亲近的人出气，不亲近的人他还不骂呢。

其实，光爷真正苦日子是从回家后开始。回到信河街后，孙太对他采取了禁酒措施，孙太对他说，如果一定要喝，一次只能喝一杯葡萄酒，严禁啤酒和白酒。光爷一开始没当回事，以为孙太只是嘴上说说，很快发现家里找不到啤酒，他偷偷买回来放在书房里，一转身，啤酒不翼而飞了。光爷生气了，有一天晚上，叫人送了两箱过来，当着孙太的面喝，孙太表情很平静，光爷打开一听啤酒，她也伸手拿起一听，咕噜咕噜咕噜，喝得比光爷还快，光爷知道她使的是苦肉计，不管，继续喝。他一箱喝完，孙太也喝完了，刚喝完，孙太哇的一声就吐了，不是吐一下，而是整整吐了一个晚上，把胆汁都吐出来了。除了呕吐，孙太什么话也没说，光爷有顾虑了，喝酒的兴致没有了。除了酒，孙太也控制了光爷的饮食，光爷跟黄青了一样，口味重，喜欢生醉和辛辣，生醉虾蛄、生醉河虾、生醉江蟹、生醉海参，喜欢口味虾、水煮鱼、夫妻肺片、泡菜，也喜欢东坡肉、卤猪手、卤鸭掌、牛杂。北京回来后，孙府餐桌上再也见不到这些人间至味了，孙府每天的菜单都由孙太亲自审订，蔬菜是主流，每餐最多一个肉类或者海鲜，然后交给刚聘请来的小霞采购。小霞是光爷远房表侄女，但孙太是她直接领导，她很有职业道德，只对孙太忠诚，对光爷和黄青了保持必要的距离和尊重，也就是说，在这个地盘，能使唤她的只有孙太，如果黄青了和光爷叫她办什么事，她永远是一句回话"表婶正叫我做事呢"。小霞菜做得不错，她原来在一个食堂打过工，有基础，油放得很少，更不会放辣椒，她说是表婶交代的。除了饮食，孙太还给光爷制作了作息表，晚上九点必须上床，早上五点起来，先喝碗小米粥，出去散步一个钟头，晚饭一个钟头后，再散步一个钟头。

刚开始，光爷没把孙太的"严打"放在心上，"严打"嘛，当然是一阵风就过去了，他还安慰黄青了说，没事，家里不能喝我们出去喝。没想到，孙太早有防备，黄青了和光爷白天去工地，她让小霞跟来监督，小霞很负责，除了上卫生间，几乎寸步不离他们，她是"奉旨行事"，一副公事公办的样子。她这样跟了他们十五天，主要是盯着光爷，黄青了整天啤酒瓶不离手她也不看一眼，如果光爷想从黄青了手里拿一下酒瓶，她马上就喊"表叔，表婶说你不能喝酒"。光爷辈分比她大，不能跟她计较，让黄青了想办法摆平。黄青了心里想，一

个黄毛丫头，没见过什么世面，搞定她还不是抬抬手的事。黄青了走到她身边，摸出五百元塞她手里，让她在工地等一下，他和光爷去去就来，她连一句客气话也没说就把钱放口袋里。黄青了转身，伸出手掌对光爷做个胜利姿势，两个人直扑城区，找个酒家，每人喝了十瓶冰镇喜力，点的菜都是大鱼大肉，酸辣皆有。光爷一边吃一边喊"爽……死了爽……死了"。

那晚回去后，小霞立即把五百元交给孙太，黄青了心想这下坏了，孙太非削他一顿不可。吃过晚饭后，孙太果然叫住黄青了，把五百元还给他，出乎意料，她什么话也没说。

黄青了看了光爷一眼，他假装什么也没有看见。

正是孙太什么话没说，比骂一顿甚至打一顿更让黄青了难受，他这时才理解什么叫"沉默的力量"。黄青了知道喝酒对光爷的身体不好，可黄青了更看出他不喝酒的难受。这些年来，跟他最亲的就是酒了，酒已成了他身体的一部分，也成了他灵魂的一部分，最主要的是，如果不喝酒，他的眼神便黯淡下来，觉得生活没有盼头。从这个角度说，黄青了希望他喝点儿酒，只要一喝酒，他眼睛就亮起来，有说有笑有动作，幅度还挺大，可以感受到他内心的放松和快活。这比什么都好。可是，黄青了也知道，孙太这么做，是为了保护光爷，是为光爷好，她是真心爱光爷的，这点儿光爷心里应该清楚，否则，他也不可能这么顺着孙太，他是一个很自我的人，不愿受别人左右，但在孙太这件事情上，黄青了感觉到他内心的纠结。

光爷对黄青了说过，温艾芽重新回到他身边时，他是真心想对她好的，这里面一个重要原因是因为性。

光爷知道自己和温艾芽的关系是那天晚上床上建立起来的，这东西，来得快，去得更快。光爷想，要解决这个问题，只有离开性，把感情建立起来，有感情的男女关系才有可能保持长久，只有感情可以催生责任，而责任才是维持男女关系的坚实基石。所以，光爷想找所大学让她去进修。做出这个决定，光爷经过再三犹豫，把温艾芽送去读书，她就有更大的平台和更多选择，这对光爷来说是危险的，没有男人愿意放飞自己心仪的女人。但这也正是光爷想要的，他毕竟是经历过风雨的人，问题想得开阔，如果把危险隐藏起来，迟早会出事，还不如将危险公之于众，多少还保持住一名老将应有的风度。光爷问她想学什么专业，她想了想，选择了服装设计。光爷问她为什么选择这个专业，温艾芽说她是个没有理想追求的人，是个物质女，喜欢玩，爱打扮，学了服装设计，可以把自己打扮得更漂亮。

其实，温艾芽只进修了半年就回到光爷身边，光爷问她为什么不读？她说不放心光爷，担心让别的女人抢走，要回来盯着。光爷心里暗爽，嘴上却说我这样一个老男人有什么好担心的。她说光爷老是老了点儿，但身上有一种特别的气质。光爷问她是什么气质，她说她也说不好，反正跟一般人不同，对有些重要的事情很无所谓，而对一些无关紧要的事情又很有所谓。光爷没有再说什么，其实他知道温艾芽不进修的原因，他

能够把温艾芽安排进大学读书，大学里肯定有他的耳目，他知道美术系有个年轻教师疯狂地追求温艾芽。这也好，光爷知道要来的迟早会来，他虽心有不舍，可只能静观其变。光爷没有说穿她离开学校的原因，温艾芽主动回来投入他的怀抱，即是他的胜利，这种胜利既是肉体的也是精神的，因为光爷发现，他愿意跟温艾芽生活在一起，除了性的诱惑外，居然产生了爱意。光爷不奇怪自己对温艾芽产生爱意，他对所有交往过的女人都产生过爱意。但他发现自己对温艾芽的爱意是不一样的，他在温艾芽身上寄托了一种东西，是一种即将从他身上消失的东西。这个发现让光爷悲伤。

桃 花 岛

从北京回来后，黄青了几乎每天跟光爷上工地。孙太知道禁酒令对黄青了无效，让他监督光爷饮酒是把大米交给老鼠保管，她对黄青了唯一要求是不能让光爷累着，具体指标是光爷"出门时神清气爽回来时光彩照人"，否则就是失职，她要"办"黄青了。服侍光爷本来是黄青了分内事，不存在让她"办"不"办"的问题。

光爷这个项目叫"桃花岛计划"。桃花岛是地名，距离信河街市中心十公里，原来有五十户农家，这些年大多搬进城里，转行做了工人或者商人。时间一长，这里便成了一个野草荒长的无人村，景况凄凉。后来，这里被一群收购废品的人据为巢穴，成了一个垃圾场和污染源，民怨甚炽，政府多次取缔，无奈对方游击功夫了得，进退有度，生命力比野草还旺盛。再后来，信河街政府把桃花岛列为一个项目，派人去上海招商引资。光爷在这里出生，上学后才随家搬进城市，在他的记忆里，这里山清水秀，安静又安闲，仿佛世外桃源。随后来信河街考察，光爷看到的是一片废墟，这倒也在他意料之中，这些年他见多了这样的村庄，不以为怪了。

光爷对黄青了说，他当初决定拿下桃花岛，完全是为了实现个人梦想，与生意无关，如果一定说有什么私心的话，大概是找一个人生最后归宿。

那是怎样一个梦想呢？光爷说他在考察桃花岛时已年过半百，经历了很多事情，有成功有失败，对社会的本质也有认识，但他依然相信，依靠自己的力量，能够部分地改变社会。所以，当他看到遍地垃圾的桃花岛时，在心痛的同时，内心的热情也被激发，产生了改造桃花岛的念头，他要根据脑子里的蓝图，将这个垃圾场建设成一个现代版桃花源。当时，他还没有清晰的概念，还不清楚要把桃花岛建设成什么模样，但有一点他清楚，他知道所有人都不满意现在的居住环境，包括他自己，那么好吧，他就把桃花岛建设成一个他能够想象中最美好的居住地。

回上海后，他思路已清晰。桃花岛是雁荡山余脉，四面环水，原来河面上有一座石桥和一座水泥桥，如果把这两座桥拆掉，桃花岛便成一座孤岛，而他的进出可以通过游艇来实现，这样既阻止外人随意进入，也解决自己的进出问题。更妙的是，可以确保岛上听不到汽车的声音，更闻不到汽车尾气。他的计划是在岛上建十座别墅，他住一幢，另外九幢卖给他的朋友，除规划以外地方种上楠木、花梨木和桃林，楠木和花梨木能够产生经济价值，只是需要较长时间，至于种植桃林，桃花岛嘛，哪能没有桃林，不但能观赏，几年以后还有经济收益。他把设想跟做企业的朋友一说，有一部分朋友觉得他的想法过于理想化，因为开发桃花岛看不到直接经济利益，也有一部分朋友认为他在做一件有意义的事，包括石不沉。

光爷跟信河街政府签了协议，他投资开发桃花岛，拥有桃花岛五十年开发权和使用权，五十年后把整个桃花岛归还给政府。

彼时，光爷已跟孙太生活在一起，孙太对桃花岛计划很感兴趣，认为是一次美丽的冒险，结局也可期待，她愿意做光爷的尾巴。光爷这种行为符合她的想象，他就应该做一些不太靠谱的事，不合常规，带有情绪化和理想化，这些都是她身上缺少的，是她爱光爷的一个原因。

孙太跟随光爷南下，先是在信河街大酒店住了一年多，然后搬进桃花岛的孙府。此时，桃花岛的建设已初具规模，十幢别墅拔地而起，各有其主。一年前种下去的楠木和花梨木已泛绿，桃林虽未开花，但已长至一米有余。一个理想的家园即将诞生。

光爷自从回信河街后，几乎每晚应酬到凌晨。孙太知道，光爷每次应酬都与桃花岛建设有关。光爷爱酒，孙太从没反对，她甚至希望光爷多喝些酒，因为没喝酒的光爷显得沉默和寂寥，像一条生病的老狗，有气无力，耷拉着眼皮。一杯酒下肚，他像战士听到了冲锋号，昂首挺胸，两眼放光，身上充满力量，好像整个世界都掌控在手中。孙太爱的正是这种状态中的光爷，他蔑视一切又包容一切，无所不能又一无所能，身上散发着迷茫而又坚定的金黄色光芒。

光爷的身体，孙太应该早有察觉，却没引起重视。她先是发现光爷不断喊渴，光爷习惯以冰镇喜力解渴，正是这个习惯麻痹了孙太。其次是光爷撒尿次数增加，这也没引起孙太关注，孙太深知喝了啤酒尿多的道理，光爷频繁跑卫生间属于正常行为。再接着是光爷食量猛增，他以前从不喊饿，但孙太理解反了，认为光爷喊饿是个好现象，能吃说明他身体好嘛。再再接着是光爷突然胖了起来，体重从九十公斤飙升到一百公斤，方脸变成了圆脸。即使这样，孙太还是没有觉得光爷有什么不对，他体形庞大，多几斤肉不明显，再说，他能吃能睡能动，没感觉哪里不对劲。可是，当孙太发现光爷体重突然从一百公斤下降到八十公斤时，觉得问题严重了，她赶紧上百度查，这不正是传说中的糖尿病症状嘛。

孙太要带光爷去医院做检查，光爷说："妈……的，老子好端端的，去医院干什么，不……去。"

孙太说："就是去检查一下，又不会死人，你怕什么？"

"只……要老子眼睛没闭上就不会上医院。"光爷拍了拍胸脯说。

大概一个月后的一天，光爷早上起床尿尿，突然晕倒在卫生间。孙太这次就不跟他商量，叫了120，直奔信河街第一人民医院，一查，果然是糖尿病，空腹时血糖12毫摩尔/升，饭后22毫摩尔/升。

在医院住了两天，光爷就逃出来了。从那以后，孙太加强对他管制，一是监督他每天吃药，二是限制喝酒。医师原来建议光爷注射胰岛素治疗，效果比吃药好，孙太知道光爷不配合，在征得光爷点头后，选择吃药。其实，光爷有一种特殊的本领孙太不知道，他可以把药含在嘴里，照样吃东西，照样说话，乘孙太不注意，原封不动吐掉。孙太深知不可能一下子让光爷戒酒，但医师有交代，光爷这个情况最好滴酒不沾，她知光爷爱酒，采取积极手段，主动给光爷买啤酒，但每天限量供应五听。光爷在外面偷喝，只要不是很过量，也就睁一只眼闭一只眼，光爷身体和行为异于常人，酒量又好，不能按照平常人来要求。最主要的是，看着桃花岛的建设一天天从设计图纸上变成现实，孙太心里的桃花也开得灿烂。而且，她对光爷的身体抱有信心。

爱与不爱

差不多有半年时间，光爷日常作息至少在表面来看都在孙太的掌控之中。喝酒明显减少，主要是因为小霞，那姑娘一根筋,每天尾巴一样跟着光爷,身边多了一个监视器,光爷情趣大减。他有一次微笑着问小霞:"你到底是我的亲戚还是她的亲……戚?"

小霞毫不犹豫地说:"当然是你的亲戚。"

光爷说:"那……你为什么只听她的话。"

小霞认真地说:"表婶说你不能再喝酒了,这是为你好。"

光爷看了她一会儿,噗地笑起来。

小霞没有笑,她说:"我知道这样做表叔不喜欢,可这事我听表婶的。"

光爷笑着摸摸脑袋说:"好……孩子,你做得对。"

桑拿房还是去的,到差不多时间,他打黄青了手机,悠悠地说:"此……地再好,终究不宜久留啊。"

黄青了因为对光爷的了解,虽然有时看不明白光爷的真实想法,但多少能理解他的所作所为。黄青了从来没跟孙太有过思想方面的沟通(他也不知道怎么沟通,他们这种关系也没法沟通啊),他一点儿也不了解这个比他小两岁的同代人,就拿她跟光爷这件事来说,就有许多黄青了想不明白的地方。刚开始,黄青了以为她是看上光爷的钱。黄青了不知道光爷有多少钱,在钱方面,光爷从来不说,黄青了也没问。在桃花岛建设的这两年里,每年投入十五亿以上,他从来没为资金到不了位发过愁,可见他是有些家底的。黄青了发现孙太从来没过问过钱的事,黄青了见过很多信河街老板娘,把丈夫公司的财务抓在手里,孙太没有,她也没有向光爷要过车,现在开的红色迷你宝马还是刚回信河街时光爷主动买给她的，她开得挺高兴。光爷也对黄青了说过，孙太从来没向他要过钱，但光爷给她钱她也都不客气地笑纳了，一副"既然你给我也就不客气了"的神态。黄青了也怀疑她与光爷之间的爱情，光爷说过，他对孙太的爱是建立在肉体之上，那么孙太呢？黄青了当然感受得出来她对光爷的爱，可他又不能理解她的爱，在黄青了看来，她的爱充满矛盾，她一方面表现出对光爷身体极端的关心，她知道光爷每晚饮酒，次早胃口不佳，唯爱兰州拉面。孙太跟他吃过几次兰州拉面，她对拉面说不上喜欢，也说不上不喜欢，但她认为那个环境不卫生，为了让光爷能吃上卫生的兰州拉面，她下苦功跟一个厨师学做拉面，她是零基础，面在她手里一拉就断，练了一天，第二天手臂举不起来，她还是咬着牙拉，前后学了三个月，她终于拉出了第一碗拉面，光爷尝了之后，觉得味道是对的，又觉得不对，因为拉面的味道只有在那种不太卫生的环境才能吃出来，不过这拉面是孙太用心做出来的，另有一种滋味，光爷吃出很欢快的声响。从那以后，只要光爷在家，孙太每天早上下厨给光爷做拉面。如果没爱，很难会有这种坚持，她也没必要这么做，去街上的兰州拉面馆吃就是了嘛。然而，黄青了不能理解孙太对光爷在外头找女人的宽容。

总之，从黄青了的角度，没看明白他们的关系。黄青了不知道，他们两个当事人是不是明白？

确　诊

　　光爷这一次病得毫无征兆。他这段时间偶有头疼，但忍一忍就过去了。那天晚上还跟孙太做了半个多小时，次日早上起床，在穿衣服时，突然哎哟一声晕倒在地。孙太吓得从床上跳起来，见光爷死了一样躺在地板上，叫他没反应，摇也没反应。她喊小霞上来，小霞呀了一声，说表叔怎么躺在地上？伸手要扶。孙太叫她别扶，让她给黄青了打手机，自己拨了120。黄青了赶到时，120还没到，他和孙太都不敢动光爷，万一动不好了怎么办，正在焦急，听见远处传来120的嘟嘟声。孙太让小霞守在家里，她和黄青了跟随120去医院。

　　到了信河街第一人民医院急诊室，光爷突然醒过来了，看了看孙太，又看了看黄青了，喝道："这……是什么地方？把我送这里来干什么？"

　　孙太说："这是医院，你刚才晕倒了。"

　　光爷动了动身体，黄青了知道他想坐起来，可没成功，他对孙太说："我……没事，你让他们送我回去。"

　　孙太见他这么说，一下哭了起来："既然来了，你就做一个检查吧，刚才差点儿把我吓死了。"

　　光爷又看看黄青了，黄青了把眼睛转到别处去。光爷叹了口气，把眼睛闭上。

　　检查结果当天下午就明朗了。尿毒症。这个结果基本在黄青了意料之中，他看了看孙太，看不出她面上表情，黄青了估计她也不至于太意外。医师开了住院单，孙太看着光爷，黄青了去办住院手续。

入院后，医师给出光爷两个治疗方案：一、透析，可以选择血液透析或者腹膜透析；二、等待肾源，做肾移植手术。光爷对医师说，这两个治疗方案老子都不要，老子要回家。光爷这么一说，孙太又哭起来了，说："你不为自己着想，也应该为我着想啊。"

光爷轻轻地把眼睛闭上。

孙太又哭着说："你为什么这样作践自己的身体呢？"

光爷的眼睛没有睁开，黄青了听见他似乎叹了一口气。

光爷虽然没说，黄青了觉得他这次得病应该跟围绕桃花岛四周的那条河有关。那条河叫安澜塘河，有信河街母亲河之称，河网交错，贯穿和滋润整个信河街，最后排向东海。问题是现在这条母亲河只有贯穿没有滋润，不仅仅没有滋润，而是每天在放毒气。这毒气当然不是塘河本来就有，而是河边各种各样企业乱排工业垃圾导致，也是生活在塘河两岸居民长期乱倒生活垃圾导致，时间一长，塘河就脏了黑了，后来就臭了，再后来就放毒了。桃花岛处在塘河最末段，靠近东海，光爷原来设想引进东海海水，在桃花岛四周做循环，也就是说，把桃花岛从塘河分离出来，变成东海一部分。光爷本来以为这是一个大胆而天才的设想，但政府和附近的居民不同意，他们的理由是：把海水引进塘河，不但改变河里水质，更会改变土质，破坏信河街整个生态。其实，光爷知道他们说的有道理，是科学的，可是，塘河水治理不好，桃花岛就是一座臭岛。光爷想不出新的办法。

光爷在医院住了一个礼拜，这次他住得很安静，看着谁都笑。医院伙食不好，孙太让小霞每天做好饭菜送来，小霞每次来，光爷都是"光盘行动"。在医院这个礼拜也没提喝酒的事，也不看《红楼梦》，没事时，一个人对着天花板发呆，有人来了，马上满脸笑容。特别是对孙太，笑得脸上花开一样。光爷越是这样，孙太心里越不安，她心里隐约知道，光爷又会有什么新的想法，她猜不透。

出院之前，光爷交给黄青了几张医院的便笺，说这几天夜里睡不着，随便涂的，黄青了打开来一看，是一篇随笔。

喝酒的故事

我二十岁以前没尝过酒味。

二十岁那年考上师范中文系，虽然注定以后是教书匠，好歹算个公家人，几个亲戚约起来到我们家道喜。那天父亲身体有恙，上吐下泻，不能陪客人酒，而我是主角，在一班亲戚的鼓励声中，用白酒打了一个通关。我没觉得白酒有多好喝，也没觉得难喝，刚入口，有点儿刺，有点辣，入喉后，甜甜暖暖，身体慢慢烫起来，有飞翔的感觉，似乎离开地面，脱离了坚硬现实，内心有一种说不出的欢喜。亲戚见我打了一个通关没事，有意灌我，开始一个个轮番敬酒，我当时还没学会推辞，主要是心里豪气已经上来，不就是酒嘛，喝就喝，谁怕谁呀，来者不拒，并且主动出击，最后，把我那批亲戚全喝醉了，有三个滑到桌子下面。

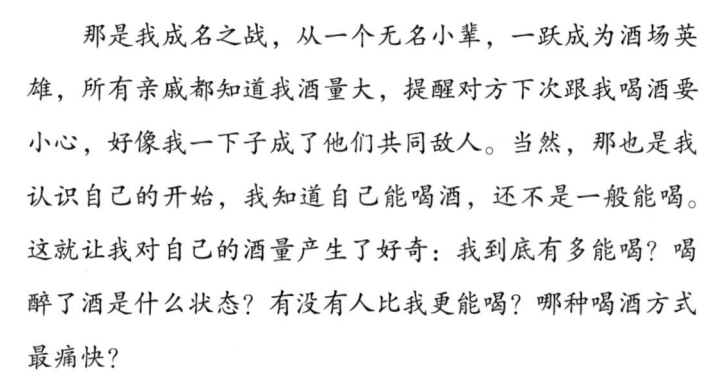

那是我成名之战，从一个无名小辈，一跃成为酒场英雄，所有亲戚都知道我酒量大，提醒对方下次跟我喝酒要小心，好像我一下子成了他们共同敌人。当然，那也是我认识自己的开始，我知道自己能喝酒，还不是一般能喝。这就让我对自己的酒量产生了好奇：我到底有多能喝？喝醉了酒是什么状态？有没有人比我更能喝？哪种喝酒方式最痛快？

大学四年，我基本泡在酒里，经常喝完八两白酒去上晚自修，身上没酒气，也无酒态，没人觉得我喝了酒。下课后约人再喝一场，基本上同喝的人逃的逃，醉的醉，我却越喝越清醒，拿着酒瓶，有点儿拔剑四顾心茫然的感觉。

参加工作后，我终于醉了一次。有了大学四年的经历，我对自己的酒量充满自信，这种自信跟性格有关，跟年轻有关，不懂得掩饰，凡事要争个输赢，所有问题都要说清楚，把人简单地划分为好人和坏人、朋友和非朋友，粗暴地把事物判断为对和错。我因为自信，在喝酒上对自己要求高，对别人要求也高，有一段时间，甚至把不能喝酒的人统统划分为非朋友，不跟他们交往，而对交往的朋

友，要求他们必须跟自己一样，我喝多少，他们必须喝多少，我喝多快，他们就要喝多快，如果他们不喝，马上以绝交相威胁，或者摔杯子走人。我喝醉那一次，是中午，四个朋友约我喝酒，其实就是斗酒，一定要见个输赢，老实说，四个人都是手下败将，我根本没把他们放在眼里，所以，我轻松赴约。我们去的是一个小酒馆，老板是一个朋友的老熟人，落座后，五个人每人发一瓶一斤装的仙堂酒，当地特产，四十八酒精度。很快每人一瓶喝光，接着来第二瓶。喝完第二瓶，我有感觉了，但脑子还是清醒的，觉得今天这四个人有点儿奇怪，要在平时，他们喝下两斤白酒，早就逃的逃吐的吐，不吐的人早就胡言乱语。好，既然这样，再喝，又开了第三瓶。我记得那天一共喝了四瓶，出了酒馆，我清醒地步行到两百米外朋友的家，坐在一楼的竹椅上休息，这一坐下去，就什么也不晓得了。醒来已是第二天凌晨三点，地点是朋友四楼的卧室，据说是被抬上去的。事后我才知道，那天五个人里，只有我喝的是酒，他们四个喝的都是早就跟老板串通好的白开水。

那次喝酒经历让我警醒，首先是知道自己有多少酒量；其次是知道胜与败都是相对的，是界线模糊的。最主要的是，通过这件事，让我对人性阴暗面有深刻的思考。

从那以后，我在酒桌上不会那么顶真，喝与不喝，喝得快还是慢，喝多还是少，都没关系，唯一的标准就是大家在一起快乐，喝完后，各自散去。有兴趣的人，转个场

子再喝,把快乐延续下去。如果找不到合适的人喝酒,我也乐意一个人坐在书房里,边喝边看书,一边思考人与事,这种喝法有一个好处,可以完全沉浸在个人世界里。这个世界是混沌的,只有自己,看不清前行的路,也看不见走过的地方,但那个世界也是寂静的,只属于一个人,很舒展,很放松,让我不愿出来,往往一喝就是一整天。

独饮是一种乐趣,但不好玩,还是一堆人喝酒有意思。人多,气氛好,能激发喝酒的激情。也因为人多,喝酒的节奏变化多端,我一直认为,能喝酒不算本事,能长时间喝酒也不算本事,真正能喝酒的人是遇强则强,遇弱则弱,遇快则快,遇慢则慢,任你风吹浪打,我自岿然不动,这才是酒中豪杰。一桌人喝酒,能看出每个人的秉性,坐下来立即端起酒杯冲锋陷阵的人,性格相对直爽。一开始不喝,后面跳起来捉对厮杀的人,心思相对缜密。每次碰杯后,酒杯都要留点儿酒的人,提防之心相对强烈。酒桌上不认输的人,内心往往比较自卑。酒桌上老是认输的人,一般酒量都很大。这些年的喝酒经验积累下来,只要跟我喝一次酒,我能大概判断出一个人的性格。但是,这种判断有时也不牢靠,有时情况恰恰相反,这正说明人的复杂性,呈现出来的只是冰山一角,内心的丰富性有时连他本人也无法把握。

在喝酒的过程中,我慢慢地体会到,酒与人的关系是非常微妙的,这种关系既是外部的,也是内部的。那次酒醉后，有很长一段时间，我不能闻仙堂酒的气味，一闻胃里阵阵翻滚，喉咙里似有虫子在爬。我知道，仙堂酒把我打败了，我把它视为敌人，怵它，不愿意再接纳它。它成了我内心疼痛的一部分。但我不愿意让自己的内心矗立着这么一个敌人，我能感觉到它会时不时猛兽一样跳出来咬我一口，动摇我的信心。我不能让它这么干，如果连信心都没有，我在这个世界上还能做点儿什么呢？为了解决这个问题，有一天早上九点，我提了一埕仙堂酒进书房，从早上开始，慢慢地喝，一直喝到那天晚上十二点，把八斤仙堂酒喝光了，我没醉，这时，我听见身体里有一个声音对我说，好了朋友，这次你把我打败了，我们和解吧。是的，我跟它和解了，它变成我身体里的一部分，这些年来，我们一直和睦相处。

喝酒如此，做人大抵也是如此。

看完文章，黄青了抬头看看光爷，光爷笑笑，说："我……知道喝酒的时间不多了，就当给自己写一首挽歌……吧。"

黄青了眼眶突然发热，转过头去，呼了一口长气，光爷的笑声又起："这……样也好，我跟我的朋友可以更好地相处了。"

别　　离

从医院回桃花岛后，孙太跟光爷谈了一次话。孙太说：

"你不透析也行，不移植我也同意，但生活要听我安排。"

光爷说："可……以，我就一个条件，你不能管我喝酒。"

孙太坚决地说："绝对不能再喝酒了。"

光爷说："不……能喝酒你让我干什么呢？"

孙太说："养病，把身体养好。"

光爷说："病……养好了干什么呢？"

孙太没想到他会这样问，一时不知怎么回答。

光爷接过话，慢慢地说："养……好病是等死。"

"医师说你如果再喝酒就是找死。"孙太说。

"反……正是死。"光爷把目光转向窗外，悠悠地说，"为……什么不能活得痛快一些呢？"

"话是这么说，"孙太停了一下，说，"但你的身体……"

"身……体是我的。"光爷说。

"不对，"孙太看着光爷说，"你的身体也是我的。"

"如果不让我喝酒，身体就不是我的了。"光爷也看了孙太一眼，说，"给你有什么用呢？"

孙太说不动光爷，她问黄青了怎么办？黄青了问她想听真话还是假话，孙太说当然是真话。

"我知道，那天医师说这话时光爷和我都在场。"黄青了把脑袋凑近孙太，说，"但是，如果你断了光爷的酒，他精神上先败了，精神一败，身体肯定跟着垮下来。"

"你的意思，让他喝？"孙太问。

"我可什么也没说。"黄青了摆着手说。

"黄青了，你他妈的就是个滑头。"孙太骂了一句，她觉得不过瘾，又补充了一句，"孙老师怎么会看上你这样的人渣。"

黄青了笑笑，他知道这只是孙太的一种表达方式。

那次谈话后，黄青了发现孙太果然不阻止光爷喝酒了。倒是小霞，看见光爷在家里喝酒，像发现老鼠一样尖叫起来"表婶，表叔喝酒啦"。见孙太没反应，她提高的声调，又喊了一遍"表婶，表叔喝酒啦"。孙太还是没反应，小霞快步跑到孙太身边，压低声音说"表叔喝酒啦"。孙太头也没抬，幽幽地说了一句："让你表叔喝吧。"

小霞说："那怎么行？表叔不是不能喝酒的吗？"

孙太说："表叔要喝我也没办法。"

小霞突然哭起来，拉着孙太的手说："表婶，你一定要想想办法。"

孙太伸手拍拍小霞的手臂，对她笑了一下，说："没事的，表叔的身体没问题了。"

三个月后，那天，光爷把石不沉从北京叫到桃花岛。石不沉带来一个律师（光爷特意交代的）。就在孙府一楼客厅里，光爷把石不沉集团公司里的股份转移给孙太。办完手续后，光爷对石不沉说："从……今以后，孙太就不是孙太了，她叫温艾芽，是你集团公司的股东。"

石不沉摇摇头说："你这是何苦呢。"

光爷说："我……让她选择北京还是上海，她最后选择了北京。她跟了我这么多年，我怎么做都是应该的。至少让她在北京生活无……忧。"

石不沉点点头又摇摇头说："我是说，你的股份可以保留的。"

"你……的心意我心领了。"光爷摆摆手说，"既……然是兄弟，有一件事我说在前头。"

石不沉说："你说你说。"

光爷看看石不沉，又看一眼孙太，说："我看得出来你心里喜欢温艾芽，但这事你不能强求，首先要她同意才……行。"

石不沉脸红了一下，但马上恢复过来，挤出两声干笑，说："光爷，我们是什么关系，你对我还不放心吗？"

光爷没笑，说："正……因为太了解你，我对你别的都放心，就是在男女事情上不太放心。"

石不沉看了孙太一眼，又哈哈笑了两声。

黄青了坐在一边，一直观察孙太，没看出她任何表情，好像光爷和石不沉正在谈一桩跟她没有任何关系的生意。黄青了希望孙太这时有点儿表现，可以哭，可以骂，可以闹，甚至可以笑，至少能把她这时的内心表现出来。她没有。黄青了根本猜不透她心里在想什么，对这件事怎么想。一想到这一点，黄青了心里冒出一股寒意。他不知道，这之前，光爷与孙太是怎么谈这件事的。他知道光爷和孙太之间肯定是出了什么事。

光爷停了一会儿，也笑着说："从……内心说，我希望你们能走在一起。"

石不沉又看了孙太一眼，笑眯眯地说："一切随缘，一切随缘。"

"有……你这句话就好。"光爷接着说，"你……我兄弟一场，也不要因为我而有所顾虑。"

"那当然，那当然。"石不沉马上点头说。顿了一下，他转头对温艾芽说："我按照光爷的交代，已在北京看好房子，你去办一下手续就可入住。"

孙太并没去看石不沉，而是把脸转向光爷，问他说："我能不能把小霞带到北京去？"

孙太真是不说话则已一说话就是一鸣惊人。黄青了觉得大出意料，她提什么要求不好，为什么偏偏想把小霞带到北京去，这事太细微了，不值得在这样重大的场合提出来。光爷也没想到，但他知道孙太一直把小霞当亲戚对待，光爷和黄青了"出巡"，她让小霞跟她睡在一起。最主要的是，光爷知道小霞对她忠心耿耿，一直把她当长辈来尊敬，把她的话当圣旨，甚至连说话的声调和走路的姿势都模仿她，如果把小霞带到北京，至少在生活上两个人互相有个照应。小霞自小父母双亡，在信河街已无至亲，会很乐意跟随她去北京的。光爷看看孙太，又看看小霞，对小霞说："这……倒是个好主意。"

小霞一直拿眼睛在每个人脸上扫来扫去，她有点儿好奇，又有点儿紧张，见光爷这么说，眼眶突然红起来，转头对孙太说："我们都走了，表叔怎么办？"

光爷笑了笑,指着黄青了说:"不……是还有他嘛,你放心去吧。"

小霞看了黄青了一眼,撇了撇嘴说:"他整天只知道喝酒,什么事也干不来。把表叔交代给他我还真不放心呢。"

光爷笑笑说:"你……放心,我们会找一个保姆的。"

"那我就更不放心了。"小霞转头对孙太说,"表婶,我觉得还是应该留下来照顾表叔。"

光爷眼睛突然红了一下,说:"你……这孩子。"

温艾芽这时站起来说:"这事就这么定了。"

说完,她独自回房去了。

第二天一早,温艾芽跟随石不沉飞北京。光爷叫黄青了开车送他们去机场,小霞什么话也没说就坐到车里。上路后,她一直问"表婶你什么时候回来"?孙太没有吭声。到了机场,办妥登机牌,小霞开始哭,先是小声嘤嘤地哭,接着是嗷嗷地哭。过安检前,抱着孙太不肯放,嘴里一直叫喊"表婶你不要走"。黄青了看见温艾芽眼眶红了红,在小霞耳边说了几句,小霞松开手。温艾芽走过来对黄青了说:"孙老师以后就交给你了。"

黄青了点了点头。她眼眶又红了起来,转身极快地进了安检。

往回开的车里,黄青了有点儿好奇地问小霞:"孙太刚才跟你说什么了?"

"表婶说她很快就会回来的。"

黄青了还没有接话，小霞接着说下去："表婶如果没跟我说这句话，我相信她很快就会回来，可她一说，我就知道她再也不会回来了。"

"为什么？"黄青了很惊奇一根筋的小霞会有这么深的心思。

"我也不知道，可能是表叔身体不行了，她大概不想要表叔了吧。"小霞看着车外出神，过了一会儿，又说一句，"这个时候，表婶不应该离开表叔的。"

黄青了原来没把这姑娘放在眼里，这时突然刮目相看。当然，他觉得孙太离开光爷不会是小霞想的这么简单，这其中肯定另有隐情，只是光爷不说，他不想问。

孙太离开桃花岛后，日子过得还算平静，小霞每天进城采购，一天三顿，定时定量，不管光爷和黄青了回不回来吃。光爷跑了几趟市政府，找了市长，也找了书记，市里专门开了讨论会，还从上海请来专家论证，引海水入塘河的方案最终还是被否定了。

不喝酒的时候，光爷领着黄青了在桃花岛上随意散步。如果不是四周河水臭气难闻，桃花岛真是一个世外仙境。

一个月后的一天上午，小霞进城采购。光爷把黄青了叫到书房，他对黄青了笑了一下，开门见山地说："爷……阳痿了。"

黄青了虽然早有思想准备，还是愣了一下。

"身……体不行了，有心无力。"光爷苦笑了一下，说。

"因为这个原因，你才让孙太去北京？"

"是……也不是，这不重要了。"

"喝酒。"黄青了喜欢的就是光爷这种性格，拿得起放得下。黄青了从冰箱里拿出四听冰镇喜力，打开了，递一瓶给他。

光爷猛喝一大口，喉咙一阵咕咕声，半听下去了。他出了一口气，抚摸了下那本《红楼梦》说："我……希望死的时候能下场雪，那就干净了。"

黄青了眼睛突然一酸。光爷微微笑着，看着他说："爷……跟上海的朋友说好了，你去上海吧。"

"我不会离开你，也不会离开桃花岛。"黄青了说。

"可……是，爷现在不需要你了，你也应该有一个更大的去处。"光爷又喝了一口，一听就空了，他抓过另一听，喝一小口，说，"一个人，还是应该去大世界看看，经历一些大……事。"

"我不会离开你的。"黄青了摇着头说，眼里滚出泪水。

光爷还是笑笑："你……先出去，待个三年五年，觉得没意思再回桃花岛。"

师　　徒

黄青了读初一开始在所谓的社会上混，那时的信河街各种帮派横行，每个帮派占领一块地盘，往往因为一句话，或者一个人，引发一场打杀。

黄青了参加了十字帮，入会以后，每人的左右手臂用刀子划开一个十字，泼上墨汁，伤口愈合后，留下两个赫然十字。黄青了五岁开始练功柔法（南拳一个流派，源出南少林），是硬功夫，到十四岁，已有成绩，单手能提起一百来斤石鼓，能在三秒以内一拳击倒一个成年人。他年纪轻轻就长出胡须，一米六十的个头，身上肌肉一块一块鼓出来，从外表看，至少比实际年龄大四岁。

在十字帮里，黄青了以打架凶狠著称。他打架前不动声色，面含微笑，眼睛静静地看着对方，突然双肩耸起，一拳捣向对方脖子根部，对方应声倒地。或者上身不动，一个踢腿，踢向对方小腿，对方哇嗷一声，扑倒在地。最著名一次，他们帮派一个成员的马子被斧头帮成员钓走，他们得到消息，十个斧头帮成员在那人家里喝酒，他们调集六个兄弟，每人手里拿一个铁棍赶过去。黄青了一打三，从一楼追打到四楼，又从四楼打到一楼，打得那三个人丢了斧头满地跑。把他们打散后，他们六人冲进房子，从一楼扫到四楼，又从四楼扫到一楼，才大摇大摆离去。

从那以后，黄青了位列十字帮十大将军之一。所谓十大将军，就是最能打的十个人，每次斗殴冲在最前面。

在学校里，黄青了是所有学生的"偶像"。其一，他几乎不怎么读书，但每次考试成绩都在班级二十名以内。其二，他保护了学校里所有的同学。他进这所学校之前，经常有社会上的帮派混混冲进来扭打学生，有的在半路上被敲诈勒索甚至殴

打。黄青了进来后，社会上的小混混就不敢来了，如果有同学在外面被欺负，他会立即赶过去，打到对方求饶为止。他不打同学，就是有男同学欺负女同学，他也只是出手制止，不会动手打他。可是，他初一读了半年，把所有任课老师打了个遍，而且基本是在教室里打，每次都是把老师放倒为止，没有让老师受伤。老师很伤面子，到校长那里告状，校长找他谈话，黄青了说，是他先动手的。校长一调查，果然是老师先动手的。校长知道他在社会上的名声，也听说他在保护同学，每次都是好言相劝，跟老师动手是不对的。黄青了说，他不动手我绝对不会先动手，他如果动手我必定还手，这是江湖规矩。校长不敢拿他怎么样，其他老师不敢上他们班的课。

　　初二开始，孙有光成了黄青了班主任。这之前，他刚与第一任老婆离婚。他们是恢复高考后第一届大学生，他在大学追她追了三年，毕业分配到同一所学校又追了两年，才跟她住到一块儿。支持他这五年唯一的理由是他老婆比同年龄的女同学发育得好，身材丰满，满足了他当时性幻想。睡了五年后，光爷性幻想破灭，原本丰满的老婆变成一个大胖子，最主要的是，他的审美情趣发生了革命性变化，觉得骨感女人更能调起他的性激情。他们选择离婚。倒也干脆，有家无产，一拍两散。为了相对彻底避开前妻，进行自由恋爱，他申请调到黄青了就读的学校任教。太好了，来了个冤大头，这人不当黄青了的班主任还能是谁？

　　上任之前，孙有光打听过黄青了是何许人也，知道自己武装斗争上不是对手。不是怕事，他有他的办法。江湖中人嘛，要用道上的办法来解决。

孙有光的策略是无视黄青了，不跟他讲话，更不跟他动手。把他晾起来。

一个月后，黄青了在走廊上拦住说话微微口吃的孙有光："孙老师，你是不是对我有什么意见？"

"没……有哇。"光爷笑嘻嘻地耸了耸肩。

"没有你为什么用这个态度对我？"黄青了看着他说，"你这是侮辱我，我要跟你单挑。"

"好……哇。"孙有光还是笑嘻嘻地说，"下午下课后去我宿……舍。"

黄青了找孙有光单挑的事很快在学校传开，学生和老师像过节一样高兴。校长听到这个消息，火速把孙有光叫到办公室，说，你不能跟他单挑。孙有光说我都答应人家了，不能食言。校长说，既然这样，打不过你就跑，没什么倒霉的。孙有光笑着说，谁跑还不一定呢。校长说，看不出来你还深藏不露呢。孙有光压低声音，凑近校长耳朵说，我以前跟一个少林寺和尚练过功夫，一般不出手。校长一听，马上说，那你下手轻一点儿，教训一下就行，别把孩子打坏了。孙有光说，你放心，我会点到为止。

那天下课后，很多人想看热闹，跟着黄青了走向孙有光单身宿舍。黄青了赤手空拳，昂首挺胸，身体里的骨头在咯咯叫，他觉得兴奋了，每次打架前他都很快活，身后跟的人越多他越快活。到了孙有光单身宿舍,门大开着,孙有光擦着双手,笑嘻嘻地从里面钻出来。黄青了停在门口,平静地看着孙有光。两个人都没有出声,跟来的人也不敢出声。还是孙有光先开口,对黄青了招了招手说:"进……来,到我宿舍来。"

黄青了艺高人胆大,孙有光宿舍即使是龙潭虎穴他也面不改色走了进去,孙有光马上把门关上。门外的人竖着耳朵,探听里面的打斗声。

黄青了进了孙有光宿舍后,看见孙有光摆了一桌下酒菜,其中有他最喜欢的酱鸭舌和江蟹生。他看了看孙有光,不是打架吗,摆一桌的菜搞什么名堂?孙有光笑着请他坐下,问他:"会……不会喝酒。"

"会。"黄青了应道。不会喝酒算什么江湖人。他们帮会每次打架后都要聚餐,每次都有几个人滑到桌下。

"那……就好。"黄青了挥了一下手,说,"我们今天在酒上比个高低。"

孙有光那天给黄青了喝的是农家烧的黄酒,他准备了四热水瓶,每个热水瓶四斤半,黄青了喝完一个热水瓶就从椅子滑到地上,第二天醒来发现躺在孙有光床上。

从那以后,黄青了每天下午放学后都去孙有光宿舍,每去必喝,有时孙有光也教他读《红楼梦》。他告诉黄青了,在《红楼梦》里,薛蟠才是黑社会,有朝廷背景,家里又有钱,打死人可以不偿命,如果换作别人,早喀嚓了。

孙有光说黄青了作文写得好,每次都把他的作文当范文在班级上读，还贴到学校的宣传栏上。

有半年时间，孙有光几乎每天跟黄青了在一起。半年下来，黄青了慢慢跟十字帮疏远了，他们打架也不叫他了。而这期间，十字帮十大将军中三人横尸街头，五人进了监牢，一个亡命天涯，黄青了不知道这半年如果没跟着孙有光会是什么结局。有了这个认识后，黄青了收心读书，再也没跟人动过手。从那以后，黄青了叫他光爷，孙有光欣然接受。

黄青了考上高中那年，信河街有一场游行活动，黄青了对此没什么感觉，光爷却深受震动，他不想再待在学校，决定出来做点儿事。那年下半年，他调到政府部门。黄青了考上师范大学那年，他又调到省城。黄青了大学还未毕业，他又调到北京。无论他走到哪里，黄青了一直跟他保持联系，包括黄青了师范大学毕业回到信河街教书，也是他的主意，当时黄青了不想当老师，想去北京，他让黄青了回信河街等待机会。黄青了知道，在这期间，光爷又经历了第二段和第三段婚姻。第二段是在省城，他爱上了省城名媛，她比光爷大五岁，光爷不在乎年龄，他只在乎她张扬的时尚美。可名媛性冷淡，他们的婚姻只维持了两年。光爷在北京经历了第三段婚姻，光爷跟一个古典美人结婚，古典美人开一家广告公司，最后睡到别的男人床上去了，这段婚姻也随之结束。

光爷后来离开体制，跟上海一个朋友合作，做了一个慈善基金投资公司，简单一点儿说，就是把生意做到慈善事业里去，让社会上的弱势群体得到实惠，他们的公司又能赚到钱。

这一做就是十年，光爷在北京和上海两地跑，生意越做越好。黄青了不安心当一个教师，不结婚，也不找固定女朋友，他还是想跟光爷去北京或者上海。光爷没有答应，一直到光爷回信河街开发桃花岛，光爷才算正式把黄青了招到麾下。

梦　　想

又过了半年，岛上桃花开了，红色、白色、黄色，远看如一朵朵五彩祥云，走近了，一地锦绣。黄青了和光爷常在桃林漫步。有一次，他们谈起孙太，光爷告诉黄青了，她跟石不沉结婚了，只过了一个月，又离婚了。黄青了问什么原因，光爷笑笑，没说。

光爷请上海的合伙人来一趟桃花岛，当面把上海的业务委托给黄青了打理。黄青了一直拖着没去。他搬进孙府，住在一楼，每天跟光爷喝酒。孙太离开后，光爷喝酒时间大大拉长，基本上中午开始喝，喝到晚上睡觉，但量大大减下来，他原来一听啤酒两大口就没了，现在一听能喝半个钟头。黄青了跟他开玩笑说："当年我喝不过你，现在是你喝不过我了。"

"告……诉你一个秘密，第一次比赛我喝的那热水瓶黄酒是掺了水的。"有一天，两个人在光爷书房喝酒，光爷看着黄青了，笑了一下说，"我怕喝不过你，做了手脚。"

黄青了愣了一下，也笑起来，说："难道不担心我跟你换着喝？"

"我……知道你那时小，还没学会防……备。"

黄青了说："现在我学会防备了。"

"所……以你可以出去了，没必要再陪着我。"光爷说。

双方都没有开口，时间仿佛也停止了。不知过了多久，黄青了说："如果当年不是你每晚用黄酒把我灌醉，我早横尸街头了。"

"只是无意之……举。"光爷看了黄青了一眼，缓缓地说，"我……在你身上看到自己的影子。"

黄青了说："我不能跟你比。"

"我……们本质上是一类人。"喝了一口啤酒后，他继续说，"知道我为什么喜欢看《红楼梦》吗？"

"你说喜欢里面的女孩子。"黄青了以前问过他。

"对……也不对。"光爷摇了摇头说，"我……最喜欢的还是贾宝玉，因为他是个理想主义者，更是个失败者。"

"你如果是个失败者，我连臭狗屎也不是。"

"我……当然是个失败者，理想不能实现，等于白来这个世界一趟。"光爷说，"你不一样，你的人生刚开……始。"

黄青了说："我到现在也不知道自己想做什么呢？"

"所……以你要走出去，出去以后你就知道了。"光爷看着他说。

"要不我们一起去上海吧。"黄青了说。

"我……不会离开这里了。"光爷叹了口气说，"我不知道还能活多久，反正接下来所有时间都交给这座岛和这条塘河。"

我希望这辈子能把这一件事情做……成。"

"我留下来跟你一起做。"

"这……是我的事。"光爷说。

"我不能把你一个人丢在这里。"

"不……是还有小霞嘛。"光爷笑着说。停了一下，又说："你有你的路要……走。"

卖 酒 人

一

入梅后,天气多雨,闷热。

史可为开着别克车,在外面跑了一天,天黑回家时雨突然下得又粗又密,淋了他一身。老婆陈珍妮已经把菜烧好,看他一眼,笑了笑,说:"吃饭吧。"

史可为点了点头,洗了手,换上在家里穿的短衣短裤,在餐桌前坐下来。陈珍妮已把碗筷摆好。都是史可为喜欢的菜,一盘红烧赤虾,一盘红烧排骨,一盘炒茄子,一碗敲鱼汤,两个冷菜是江蟹生和烫花蛤。

陈珍妮问他:"喝点儿啤酒?"

"好的。"史可为想喝点儿酒消解心里压力。

陈珍妮给他开了一瓶冰镇的喜力啤酒。史可为给自己倒了一杯,问陈珍妮:"你要不要也来一杯?"

她摇了摇头。

史可为把啤酒倒进嘴里,喉咙发出一阵欢快的破裂声,冰凉像裂痕一样弥漫全身。

一瓶啤酒很快喝光。陈珍妮又给他开了第二瓶。

史可为这时抬头问她:"你今天有去学校上课吗?"

"我是上午的课。"停了一下,陈珍妮看了他一眼,又说,"上午碰到院长,他问起你,又提起让你回学校教书的事。"

"我回去能做什么呢?"

"院长说,到现在为止,学院还没有一个老师的营销课上得比你好,再加上你这些年的实践经验,回来后一定更受学生欢迎。"

"学院的同事都在笑话我吧?"史可为问。

"怎么会笑话你呢?"陈珍妮看了他一会儿,笑了一下,接着说,"他们羡慕都来不及呢。"

"他们很快就会笑话我的。"史可为苦笑了一下。

"我对你有信心。天下没有过不去的桥,没有走不过去的路。"

"我对自己没信心。"史可为说。

"你一定要有信心。"陈珍妮伸过手来,握住他的手,"一切会好起来的。"

"可我觉得困难才刚开始呢。"史可为摇了摇头。

"如果真是这样,你更要有信心。"陈珍妮握他的手紧了一紧。

"我一定努力,希望形势很快能好转。"史可为在心里叹了口气,对陈珍妮点了点头,让她知道目前的情况就行,不能把压力转化给她。

喝完第三瓶时,史可为手机响了。

接完手机，史可为看了陈珍妮一下，说："是丁大力打来的，要我去一趟。"

"你去吧。"陈珍妮看着他说。

史可为又看了看桌上的菜，犹豫着。

陈珍妮扫了一眼桌上的菜，说："丁大力找你肯定有事。"

史可为换上蓝色牛仔裤，白色 T 恤，外面再套一件蓝白格子的衬衫，带上钱包。出门前，陈珍妮正在整理桌上的菜，他对她说："我走了。"

陈珍妮抬头朝他挥挥手。

史可为顺手把门带上。来到楼下，雨还在下，细细地飘着，空气依然闷热。他拦了一辆出租车，来到观月楼 KTV。这地方，丁大力叫了他很多次，没想到今天居然来了。他在楼下给丁大力打手机。没接。史可为刚要再打，丁大力回过来了："你到哪里了？"

"我到楼下了，你在哪个包厢？"史可为问。

"我在 208 包厢。"丁大力声音很大。有个女人在唱歌。

史可为来到 208 包厢，推门进去，看见丁大力搂着一个女人，两个人靠在沙发里，抱着一个话筒在唱歌。他一看见史可为，放下话筒，从沙发站起来，对史可为招手说："哎呀呀！兄弟你终于来了。"他一边说，一边迈着两条瘦腿走过来，史可为闻到一股酒气。史可为奇怪的是，丁大力整天泡在酒里，却长不胖。他搂住史可为的肩膀，对那个正在唱歌的女人说："檬檬你先停一下，我刚才说的贵人来啦。"

那个女人马上放下手中的话筒，站起来，前倾着身子对史可为说："你就是史哥？为什么一直不来这里玩？"

"人家是正人君子，哪里像我一样整天'寻花问柳'。"丁大力笑着对史可为说："她叫林檬檬，是这里的领班，我的朋友。"

史可为看了林檬檬一眼，她一脸笑意，伸出一只手，掐了一下丁大力的脸蛋。

林檬檬笑得很甜蜜，看了史可为一眼说："史哥你稍等一下。"

林檬檬出去后，史可为看了看丁大力，说："大力，我今天跑了一整天，还是没找到王志远。"

"哎呀呀！什么话也不用说，是兄弟，咱们就把它吹了。"史可为的话还没说完，丁大力开了两瓶啤酒，递一瓶给他。

"我拖累你了。"史可为说。

丁大力对他摆摆手，把头仰起来，身体站成一个S形，只见他的喉结一跳一跳，发出"咕噜咕噜"的声音，一瓶啤酒就空了。他把空瓶倒过来，展示给史可为看。史可为见他这样，只好把瓶子举起来，喝了一半，喉咙满上来，停住，喘了几口气。

"一口干。"丁大力搂着他的肩膀说。

史可为深呼一口气，把剩下的半瓶灌下去，也把啤酒瓶倒过来展示给他看。

"这才是我的好哥哥。"丁大力又紧紧地搂一下史可为的肩膀，对他说，"我们就把今天当成世界末日，不醉不归。"

包厢门开了一下，一阵杂乱的歌声拥进来，又被关在门外。林檬檬带来一个女人。

史可为打量着一眼那个女人，穿一件蓝色的紧身牛仔裤，上身一件白色的紧身T恤，扎着一个马尾辫。她比林檬檬高出一个头，年龄比林檬檬小一些，大概二十出头。方脸，化着淡妆，皮肤干净，眉毛细细，眼睛也细细，两个嘴角微微上翘，荡漾着笑意，像一个刚出校门的大学生。

"快叫史哥，史哥是个大老板，是你姐夫的兄弟加恩人。"林檬檬说。

"史哥好。"她眼睛看着史可为，脆脆地叫了一声。

"你好。"史可为朝她点点头。

"这是我的小表妹，叫琳儿，刚从老家过来，请史哥多关照。"林檬檬对史可为说。

"错，不是史哥关照琳儿，而是琳儿照顾好史哥。"丁大力插话说，把林檬檬推到一边去，一把将琳儿推进史可为怀里，又拍了一下琳儿的屁股说，"我把史哥交给你了。"

交代完后，丁大力搂着林檬檬继续唱歌。

史可为和琳儿坐在沙发里，琳儿倒了两杯啤酒，拿起来，说："史哥，我敬你一杯。"

史可为跟她碰了一下杯，喝了。

琳儿连着敬了史可为三杯酒，看着他说："你喜欢唱什么歌，我给你点。"

"我很少唱歌，也唱不好，你唱吧。"

"你不唱我也不唱。"琳儿往史可为身上靠紧一点儿，看着他说，"我们玩骰子怎么样？"

"可我只会玩比大小那种。"史可为笑着说。

"比大小最简单，谁输了喝一杯酒。"她说。

琳儿拿来两颗骰子和一个瓷碗，把各自的酒杯加满。她先把两颗骰子甩进瓷碗里，一个五点一个六点，轮到史可为，他甩出一个四点一个五点，他喝酒。第二次琳儿甩出一对五点，史可为还是一个四点一个五点，他又喝一杯。第三次他终于甩出一对五点，琳儿居然甩出一对六点，还是他喝。他笑着说："不来了，技不如人。"

刚喝完三杯，林檬檬过来敬酒，他又跟她喝了三杯。林檬檬刚走，丁大力又来跟他喝了三杯。史可为感觉脑袋重起来，想说什么话说不出来，说出什么话马上忘记。人却兴奋起来，主动跟琳儿玩起了骰子，接下来的情况有所改观，双方互有输赢，有一阶段，他甚至连赢六次。

丁大力和林檬檬在合唱一首名叫《知心爱人》的歌，琳儿看着史可为说："我们跳舞怎么样？"

"我不会跳。"

"你跟着我就行。"

琳儿伸手把他拉起来，抱着他的腰。跟着音乐节奏，两个人的脚步缓缓移动。渐渐地，琳儿的身体靠得越来越紧，终于把头贴到他的脖子上。他们移到一个灯光照不到的角落，琳儿

抬起头，看着他，他看见琳儿的嘴唇微微张开，气息吹到脸上，那张脸离他越来越近……

离开观月楼KTV已是凌晨一点半，丁大力给了琳儿五百元小费，史可为又摸了两千元给她。她要去了史可为的手机号码。

坐上出租车后，史可为原本还想跟丁大力说几句话，可丁大力一上车就打起很响的呼噜。

二

史可为睡到第二天中午十二点才醒来，去卫生间冲了个澡，又去楼下吃了一碗鱼丸面，然后开车去恒明眼镜厂。他在眼镜厂待了半个钟头，给王志远打了五次手机十次办公室座机，王志远没接。他便开着别克车去王志远的贸易公司，还跟昨天一样，他办公室的门关得像岩壁。史可为在贸易公司等了一个下午，没等到王志远。

第三天，史可为干脆不打电话，一大早就去王志远的贸易公司，整整一天，还是没有闻到王志远的气息。

这天下午五点，他接到一个电话，一听声音就知道是琳儿。

"你在干什么？"琳儿问。

"我正在讨债呢。"

"晚上能来观月楼吗？"停了一会儿，琳儿说。

"怎么了？"史可为问。

"想见见你。"

史可为听出她在撒娇，心一软，对她说："我约一下大力。"

"你不用约，这段时间他每晚都在观月楼。"琳儿说。

"等一会儿再联系。"

史可为拨通了丁大力的手机，丁大力一听就笑起来："哎呀呀！你不会爱上琳儿了吧？"

"别乱讲。"

"别不好意思，那天晚上我看见你们亲嘴了。"

"那天晚上喝多了。"史可为觉得脸上一阵发烫。

"没事，去那种地方就是逢场作戏，碰到合适的，下手要快，没什么好犹豫的。"丁大力又是一阵笑声。

"我现在可没那个心思，王志远跑得连影子都没了，我都快愁死了。"史可为苦笑了一下。

"愁有什么用，今朝有酒今朝醉，有妞不泡，过期作废。"丁大力说。

"我没你那么潇洒。"史可为说。

"我这是苦中作乐啊，整天苦哈哈的有什么意思，怎么过不是一世？"

"好吧，今晚就去苦中作乐一下。"史可为说。

"这就对了，你让琳儿给我们预订一个包厢，她可以拿提成。"丁大力说。

"好，晚上七点钟观月楼见。"史可为说。

"观月楼见。"丁大力说。

跟丁大力通完电话后,史可为给琳儿回了一个电话,叫她预订一个包厢。然后,给家里打了一个电话。一切安排好后,史可为在王志远贸易公司楼下等到六点半,他希望王志远会在下班后偷偷溜回公司。可他还是等了个空,只好把车开回家。

史可为刚刚把车停好,丁大力的电话就来了:"观月楼边上有家面店,店名叫长人,鱼丸面做得很地道,吃完后,我们直接去KTV找林檬檬和琳儿。"

"好,我们在长人面店碰头,我二十分钟内到。"史可为说。

史可为赶到长人面店,丁大力已坐在店里,他问史可为:"你吃什么?"

"来碗鱼丸面就行。"

丁大力站起来走到柜台,对服务员说:"来两份鱼丸面,两份鱼饼。"

鱼丸面上来还有一小段时间,史可为看了丁大力一眼,说:"我今天又去王志远贸易公司了,还是没有见到他。"

"这家伙不会跑路了吧?我有一个表哥,是信河街银行的副行长,他说最近有一批老板跑路了。"丁大力问。

"应该不会,"史可为想了想说,"他的手机还打得通,就是不接,如果跑路,手机肯定关机或者空号,再说,他的公司还在运作。"

"那他就是存心赖账。"

"我跟他做了七年多的生意，平时很豪爽的。"

"今年初以来，所有的企业都不好过，他肯定也碰到困难了。"

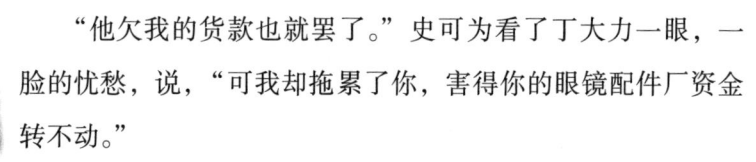

"他欠我的货款也就罢了。"史可为看了丁大力一眼，一脸的忧愁，说，"可我却拖累了你，害得你的眼镜配件厂资金转不动。"

"哎呀呀！你怎么又说这样的话，我不是说过了吗，没有你这些年业务的关照，哪里有我的眼镜配件厂。再说，王志远贸易公司不是把你的周转资金也拖欠了吗，你也是受害者。"丁大力说。

服务员端上来两份鱼饼和两碟酱油醋。

"吃。"丁大力对史可为说，夹了一块鱼饼，在酱油醋里蘸一下，送进嘴里嚼着。

鱼饼是信河街特产，原料是从东海捕捞上来的鲍鱼，去掉鱼骨、鱼刺和鱼鳞，把鱼肉和淀粉充分搅拌，做成一个个饼，切成一片片，蒸熟即可食，入口软滑，似有韧劲，稍一嚼动，即化开，有海鱼的鲜味和香味。

不久，鱼丸面也上来了，满满一碗，上面盖一层鱼丸，汤很清，露出绿色的油冬菜叶子。

吃面的声音此起彼伏，不一会儿，碗就空了。两个人的额头冒出一层密密的汗珠。

刚走出面店，史可为接到琳儿的电话，问他："你们到了吗？"

"到楼下了。"史可为说,"哪个包厢?"

"还是上次的208包厢。"

放下电话,丁大力"嘎嘎嘎"地笑起来,说:"依我的经验,这个小妹对你有意,不要错失良机哟。"

"给你这么一说,好像我突然交了桃花运。"史可为摇了摇头,笑着对丁大力说,"我没这方面的想法,我也不是一个玩得起的人,今天答应琳儿来这里,只是为了排遣心里压力,没想要跟琳儿怎么样。"

"别说得那么认真好不好,人生在世要及时行乐,快乐胜过一切啊。"丁大力拍了拍史可为的肩膀说。

"我总觉得人生的痛苦多过快乐。"史可为说。

"想开一点儿,任何事情都有两面性,只要你跨出这一步,说不定会有意想不到的收获呢。"

"那你说说看,你跟林檬檬的交往有什么意外的收获?"

丁大力笑了笑,看了史可为一眼,说:"我的收获可大啦。"

"你说你说。"

丁大力笑了一下,说:"我已经半年没给林檬檬钱了,不但没给,最近两个月厂里发不出工资,还是她拿钱给我救急,算起来,到目前为止,她给我的钱比我给她的多。"

史可为听得有点儿愣了,喃喃地说:"真有这种事?"

"这可是我的亲身经历,怎么会假。"丁大力大声说。

"你这么一说,这个林檬檬倒让我肃然起敬了。"

"人生还是快乐多一点儿,就看你能不能抓住每一次快乐的机会。"

说着话,他们进了观月楼。

三

一个星期后,贸易公司员工下班半个钟头后,王志远终于出现了,史可为从守候的别克车里爬出来,偷偷跟进他的办公室。

王志远好像早就料到他的出现,笑了笑,让他随便坐。史可为在他办公桌对面的椅子上坐下来。

王志远五十出头,身材魁梧,满头黑发,满脸红光,声音洪亮。他十七岁开始在社会上滚打,在做生意方面是史可为的前辈。这些年来,他对史可为比较照顾。史可为很尊重王志远,笑着说:"王董,见您一面真是难呐。"

"小史啊,我知道你最近一直在找我。"王志远倒也坦率,他一开口,不知道的人以为是史可为欠他的钱。

"不到万不得已,我也不会来找您。"

"我理解你的难处。"王志远对他点点头,停了一下,接着说,"但你也应该知道,我不是成心躲避你。"

"我知道,您犯不着成心躲避我。"

"你这么想我很欣慰。"王志远笑了笑,身体往椅子后仰了仰。

"我知道王董是做大事的人，您随便签一个单就能救我一命。"史可为说。

"这一次我真是遇到难关了。"王志远叹了口气，身体朝前靠了靠，看着史可为说，"去年下半年由美国次贷危机引发的经济危机爆发后，马上蔓延到欧洲，我公司产品主要出口欧洲，去年订单就减少了一半，到了今年，只剩下四分之一。订单少了倒是小事，最致命的是客户跑了，货款收不回来。我也想还你的货款，我这些天都在外面跑，跑银行，跑借贷公司，如果不想还钱，我跑什么？"

"我知道王董是不会抛下我不管的。"

"我拿什么来救你呢？"王志远叹了口气，"这些天，我几乎跑遍整个信河街，该找的人都找了，该想的办法都想了，大家都是泥菩萨过河。"

"不会的，我相信王董一定有办法，您是大能人，家大业大，随便调拨一下就能救活我这样的小工厂。"史可为知道王志远说的都是实情，但他不相信王志远已经到了山穷水尽的地步，他是信河街出了名的老江湖，肚子里有好几个算盘。他这家贸易公司的办公楼就值数亿元，听说他还有其他项目的投资，他鬼得很呢。

"小史啊，有办法早就想了，我又没有孙悟空的七十二变，能有什么办法呢？"王志远说着把双手一摊，闭上眼睛，停了一下，再睁开眼睛说，"如果说到被拖欠的货款，我要多你几十倍，可我向谁要去？"

"我知道王董这次损失严重，但凡还有一点儿办法可想，我也不会来找您。您也知道，如果我的眼镜厂破产了，我的下家眼镜配件厂也会破产，给眼镜配件厂供货的商家也会破产，倒下的是一大片。"

"大家的日子都不好过。"王志远摇了摇头说。

"我前天听说有个做打火机的老板在办公室上吊自杀了。"史可为故意这么说。

"我也听说了，这是何苦呢，车到山前必有路，没必要往绝路上走。"

"我倒是能理解他当时的心情，老实说，我也有过类似的念头。"史可为看着王志远说。

"你更不该有这样的想法，你还年轻，未来大有作为。"

"我实在是没办法，如果王董不帮我，从现在起，每时每刻跟着您。"

"你跟着我有什么用？"王志远的身体突然靠在办公桌上，声音高了起来。

史可为知道这句起作用了，王志远急了，他看着王志远说："我现在是有家不能回，每天被前来讨债的人堵在外面，随时都有生命危险。"

听完他的话后，王志远身体突然又朝椅子后仰了仰，摇了摇头说："你这个小史啊，我真是拿你没办法。"

"如果能跟随在王董身边，也是我的福分。"

"让我再想想。"王志远闭上眼睛。

史可为不再开口，静静地等着。大概过了三分钟，王志远睁开眼睛，看了史可为一眼，说，"钱确实是没有了，要不这样吧，"他又犹豫了一会儿，说，"我在外面还有一个西域葡萄酒公司，代理的是新疆葡萄酒，今年上半年生意不好做，其他股东都退出了，我把所有股份认下来，这批葡萄酒的品质好，价格也便宜，有很大的升值空间，可我又不能眼看着你破产不伸手，只好忍痛把这批葡萄酒转让给你。"

这大大出乎史可为的意料，他要那么多葡萄酒干什么？可是，他知道没选择了。想了一下，他问王志远："谢谢王董的关心，我拿那么多葡萄酒怎么办呀？"

"卖掉呀。"王志远看了他一眼说，"我当时跟新疆葡萄酒总公司签过一个协议，公司派了一支表演队来信何街做促销，我把这支表演队也转让给你。"

史可为对酒类市场情况一无所知，但能够拿到葡萄酒，总比什么也没拿到强，于是，他问王志远说："我能不能去看一下葡萄酒？"

"当然可以，我现在就可以带你去。"

他们出了王志远办公室，朝西走过一条大街，拐进一条叫大士门的街道，走了五十米左右，到了一个名叫得胜花园的住宅区。王志远带他进入地下车库，来到一个被隔开的仓库前，王志远掏出钥匙，把门打开，一股冷气扑面而来。

"酒库里常年开着空调，维持在十二摄氏度左右。"王志远说着把灯打开。

史可为看见堆得满满的一仓库的葡萄酒。

"仓库里有八千多箱西域葡萄酒,五万多瓶,每瓶按进价六十元算,有三百多万,超出我公司拖欠你的货款。"王志远看了看史可为说。

从地下车库出来,王志远很熟练地带史可为来到得胜花园五幢301室,他敲了敲门,里面一个女的声音问:"谁呀?"

"我,王董。"

过了一会儿,门开了,一个高鼻梁蓝眼睛棕色头发的高个子女人站在门后,她笑着跟王志远打招呼:"王董好!"

"玛利亚,你们在干什么?"

"我们刚吃过晚饭。"那个叫玛利亚的女人看看王志远又看看史可为说。

史可为觉得她的普通话很标准。

"不邀请我进去吗?"王志远问。

"当然欢迎,你们进来吧。"玛利亚笑着侧过身子,让王志远和史可为进来。

进来之后,史可为发现屋里还有两个人,站在左边的那个女孩个子比玛利亚高出半个头,脸部的线条比玛利亚柔和一些,抿着嘴,半低着头,看人时,只用眼神瞟一下,站在右边的女孩应该更年轻,跟玛利亚差不多的个子,也是高鼻梁蓝眼睛,她有一头黑发,一张白葡萄一样的圆脸,皮肤又白又细,像被雪水洗过,她的眼睛又大又亮,好奇地看看王志远又看看史可为。

"我今天来,是给你们介绍一个人。"王志远指了指史可为,对她们说,"我的西域葡萄酒公司就转让给这个人了,从明天起,他给你们发工资。"

"你们好,我叫史可为,历史的史,可以的可,为人民服务的为。"

"王董把我们转手卖掉,也不事先打个招呼。"玛利亚笑着说。

"我这不是来跟你们商量嘛。"王志远说,"你不知道,我是多么舍不得你们啊,可我欠了史老板的货款,只好把葡萄酒转让给他。"王志远夸张地拍了拍玛利亚的肩膀,转头看了看史可为,又对她说,"这个史老板人很好,把你们交给他,我很放心。"

"以后请史老板多关照我们。"玛利亚笑着对史可为说。

"叫我史可为就行。"史可为看出来玛利亚是三个人里的头头。

"这个叫古兰丹姆。"玛利亚指了指那个高个子女孩说。

"你好。"史可为对她点点头。

"你好。"她弯了一下腰,瞟了一眼,也赶紧点点头。

"这个叫塔西娜。"玛利亚指着圆脸女孩说。

"你好。"史可为对她点了点头。

她瞪着大眼睛,看着史可为,笑着说:"你的名字真的叫史可为?"

"怎么了?"

"我给你取个维吾尔族的名字好不好?"

"嗯?"

"塔西娜,别捣蛋。"玛利亚喝了一声。

塔西娜朝史可为吐了下舌头。

四

办妥转让手续,已是第二天下午,史可为给丁大力打了一个电话,丁大力说:"你不是开玩笑吧?"

"我没开玩笑,给你打电话,就是想跟你一起做这个生意,用我拖欠你的货款入股,你拥有西域葡萄酒公司一半股份。"史可为说。

"这倒是个好主意。"丁大力在电话那头哈哈大笑起来,笑了一会儿,他接着说,"这么多葡萄酒,我们两个人得喝多少年啊?"

"不是我们两个人喝,而是要把这批葡萄酒卖给别人喝,把钱赚回来。"史可为说。

"你想钱想疯了,这么多葡萄酒怎么卖?"丁大力说。

"你忘了我原来在大学是教市场营销的吗?"史可为对电话那头的丁大力说,"我昨天晚上安排了一个计划,我们现在没钱做宣传,只能用最古老的办法:上门推销——你负责把葡萄酒打进信河街各个KTV,我负责进攻各个酒店,我有个高中同学在税务稽查局,负责查各个酒店的账,找他出面,说不定有用。"

"KTV怎么推销?"丁大力问。

"你可以先找他们老板,老板同意让我们的葡萄酒进场后,再找领班,让她们发动手下的小妹,卖出一瓶葡萄酒,她们可以抽取提成。"

史可为的话还没说完,电话那头的丁大力已经笑成一团:"这个我内行。"说完他又笑,笑完了说,"真是小看你了,以前一直以为你是正人君子,没想到你把主意打到KTV的小妹身上来。"

"我这也是被逼的。"史可为说。

"我无所谓,反正每天泡在KTV里,算是一举两得。"停了一下,丁大力说,"对了,琳儿这两天有找你吗?"

"她前天给我打过一个电话,叫我去观月楼,我没去。"

"她昨天交代我,叫我晚上约你去观月楼,咱们顺便去谈葡萄酒的事。"

"可我手头还有一大堆事情呢。"

"还有什么事情?"

史可为就把三个前来推销葡萄酒的新疆女孩跟他说了,丁大力一听,马上在电话那头跳起来说:"还有这样的好事。"

停了一下,他又说:"那三个姑娘不会飞走,咱们晚上还是先去观月楼,我看得出来,琳儿那个小妮子喜欢上你了。"

史可为见丁大力这样说,没有再推辞,约好晚上七点观月楼碰头。史可为答应丁大力去观月楼,多少有点儿逃避的味道,先去玩了再说。

史可为在车里给税务稽查局的同学王贤良打了一个电话,把葡萄酒的事情跟他说了。王贤良是他高中同桌,现在是税务稽查局一个科长,毕业后一直有来往,史可为办眼镜厂后,碰到税务方面的事,都是他出面摆平,他答应尽量帮史可为跟酒店的老板打招呼。

史可为到观月楼 KTV 已是晚上七点半,一进去,看见丁大力半躺在沙发上对他挥挥手,做出胜利的手势。

林檬檬站起来,迎着他说:"史哥您来啦。"

"对不起,迟到了,晚上我请客。"史可为说。

琳儿看见他进来,对他浅笑一下,默默坐在一边。

"我跟这里的老板说好了,我们的葡萄酒明天就可以进场。"丁大力看着他说。

"他们每瓶抽取多少提成?"史可为问。

"这个倒没说。"丁大力摇了摇头说,"这里的老板是我哥们儿,一口就答应了。"

"KTV 的提成是一定要给的,领班的提成也要给,晚上咱们把这事定下来。"史可为看了看丁大力,"你跟林檬檬说了这事了吗?"

"大力跟我说了。"林檬檬接口说,"只要老板同意,我这里没问题,不过,我们这里有三个领班,我还要跟另外两个商量下。"

"你们谈,我找琳儿玩。"丁大力起身走到另一张沙发找琳儿玩骰子。

"大力是个没心没肺的人。"林檬檬看了丁大力一眼,笑着对史可为说。

史可为知道丁大力粗中有细,他看了看林檬檬说:"你觉得客人在这里消费掉一瓶葡萄酒,你们提成多少合适?"

"这个史哥您定就是了。"林檬檬笑着说。

"你不用客气,这也不是你我两个人的事,另外,你们还要给坐台小妹提成。"

"那倒是的,说一句不应该说的话,这里小妹拿喝酒的提成,都是拿命拼来的。"

最后,根据林檬檬的意见,史可为把每瓶葡萄酒定价为两百五十八元,利润分成三份,KTV老板一份,领班和坐台小妹一份,剩下一份归史可为和丁大力。

"我马上跟另两个领班碰个头。"林檬檬说完就出去了。

丁大力也站起来对史可为说:"我出去看下林檬檬。"

史可为知道丁大力借口出去的目的,他看了看琳儿,她低着头,摆弄手里的骰子,史可为走过去,在她身边坐下来,问她:"你不唱歌吗?"

她摇了摇头。

"喝点儿啤酒吧。"

她看了史可为一眼,站起来开了一瓶啤酒,给他面前的杯子倒满酒,史可为这时才发现,她晚上没化妆,脸色有点儿白,便问她说:"不舒服?"

她摇了摇头,把头低下去。

"怎么了?"史可为问。

"我发觉自己爱上你了。"停了一会儿,她抬头看了看史可为说。

"你傻呀。"史可为觉得她在开玩笑,端起酒杯,说,"来,我们喝酒。"

"我说的是真的。"琳儿抬头看着他,脸憋得通红。

"怎么会呢?"史可为看出来她不像在开玩笑,可他觉得这事不可能。

"我也不知道为什么,自从第一次看见你后,这几天脑子里都是你穿牛仔裤和格子衬衫的样子,一闭上眼睛,就看见你在对我笑。"琳儿又把头低下去。

史可为不知道该说什么。

"你觉得我是不是很傻?"过了一会儿,她抬头问。

史可为还是不知道说什么好。

"总想给你打电话,又不敢给你打电话,想见你,又怕见你。"

史可为有种不真实的感觉。

"你给我三个月时间好不好,三个月后,我就离开信河街,以后再不回来。"

"这样有用吗?"史可为说。

"我也不知道。"琳儿摇摇头说。

五

第二天，丁大力跟着史可为去了一趟得胜花园。他们叫了一辆小货车，在地下仓库装了一百箱葡萄酒送到观月楼KTV。在装葡萄酒过程中，丁大力一直站在仓库门口，史可为叫他进去看一看，他把脖子伸进去，相当潦草地瞄了瞄，马上缩回来，说："蛮好的，蛮好的。"

"你看都没看，怎么就知道蛮好？"史可为说。

"哎呀呀！你看过的货，我还能不放心。"丁大力咧嘴笑起来，"再说，葡萄酒千篇一律，有什么好看，当然是美女有看头。"

上午十一点一刻，他们敲开四组团五幢301室的门。还是玛利亚来开的门，史可为说："没有打搅你们吧？"

"没事，我们正在做饭。"玛利亚说着，把他们让进屋里。

进屋后，玛利亚对古兰丹姆说："古兰丹姆，给客人泡茶。"

塔西娜正在客厅的一面整衣镜前梳辫子，见史可为进来，对他吐了吐舌头，没有回避的意思。玛利亚指着她，笑着说："你这个死蹄子，客人来了都不知道害羞。"

"没关系。"史可为制止玛利亚说，"我们现在是一家人了，不用刻意回避什么。我今天来，主要是带一个朋友来看望大家，他叫丁大力，是我的好朋友，是我们两个人把这批葡萄酒盘下来的。"

"你们好，史可为已经把你们的名字告诉我了，我叫丁大力，甲乙丙丁的丁，大小的大，力气的力，又好记，笔画又少。"说着，丁大力伸手摸了摸口袋，又打开手提包翻了翻，突然笑起来说，"对不起，这次来得匆忙，没给你们带见面礼，下次一定补上。"

"你力气很大吗？"塔西娜抬头问丁大力。她的普通话说得不连贯，每个字都用翘舌音。

"嗯？"丁大力愣了一下，但他马上就明白过来，握了握拳头说，"是的，我力气很大的。"

"我看不像。"塔西娜咯咯咯地笑起来，摇了摇头说，"看你细胳膊细腿的，瘦得像只猴狲。"

"没礼貌。"玛利亚说。

古兰丹姆把泡好的两杯茶端过来，无声地递给史可为和丁大力。

"这茶是用我们天山雪菊泡的，你们尝尝。"玛利亚说。

史可为发现丁大力一直盯着古兰丹姆看，似乎眼睛里要伸出一只手来，看得古兰丹姆的头越来越低，连脖子都红了。史可为故意咳嗽了一声，对丁大力说："喝茶喝茶。"

丁大力这才接过古兰丹姆的茶。

史可为是第一次喝雪菊茶。看颜色，有点儿像红茶，几颗花蒂漂在上面，花瓣则沉入杯底。闻一闻，有植物的清香，还掺杂着一丝中药味道。刚入口，有股青涩味，入口后，向两腔沁去，迅速化开，又有甜甜的回味，进入喉咙后，整个身体缓慢暖和起来。

丁大力喝了一口茶后，转头去看她们准备的午餐，玛利亚介绍说："今天我们打牙祭，做了一个新疆名菜——大盘鸡，如果你们不嫌弃，就留下来和我们一起吃。"

丁大力说："下次我带你们去吃海鲜，信河街的海鲜产自东海，肉质鲜嫩天下第一。"

"说话要算数。"塔西娜插嘴说。

"我说话当然算数。"丁大力说。

"我们实在没什么好吃的拿得出手。"玛利亚说。

"大力不是这个意思。"史可为赶紧打圆场，并且马上转移话题，"我们这次来，一是见个面，二是想征求下你们的意见，接下来的工作怎么开展。"

"我们也想早点儿出去工作。"玛利亚看了看古兰丹姆和塔西娜，又看看史可为和丁大力，说，"王董接手整个西域葡萄酒公司后，我们就没出去工作了。我们也不想这样，葡萄酒推销不出去，我们每天在这里干耗，想回新疆又回不去，总公司的人说我们推销不利。"

"没事的，我这两天就会谈妥酒店，你们马上就可以工作。总公司那边我昨天也跟王董对接过了，这点你们放心。"史可为说。

"这段时间，我们什么也没做，虽然每月都拿到工资，心里却很不是滋味。"玛利亚说。

"我能理解。"史可为说,"我下午就去联系酒店。"

"既然玛利亚诚心邀请,我们中午就在这里吃吧。"丁大力一点儿想走的意思也没有。

"下次吧,手头还有很多事呢。"史可为知道玛利亚是客气话,他心里比玛利亚更焦急,想尽快把工作铺开来。说完之后,用力把丁大力往外拉。

"既然这样,下次我来请客。"丁大力一边往外退一边说。

"说话不算数是小狗。"塔西娜已经把头发梳好,盘在头顶上。

"我一定算数的。"丁大力拍拍胸脯说。

出了门,丁大力看着史可为说:"你不够朋友。"

"我怎么不够朋友了?"

"你把三个绝色美女藏起来了。"

"现在不是带你来了吗?"

"你应该第一时间带我来的。"丁大力装出很生气的样子,然后回头看看刚出来的地方,叹了口气,"天下怎么会有这样的绝色美女呢?"

史可为知道他指的是谁,拉住他正色地说:"这是做生意,你不要乱来啊。"丁大力看了他一眼,突然哈哈大笑起来说:"哎呀呀!那你跟琳儿就不做生意了?"

史可为一时语塞。过了一会儿,他缓缓地说:"我也不知道怎么处理才好。"

"你放心,这种事,我比你内行。"丁大力笑嘻嘻地说,然后又点了点头，对史可为说，"这次不在她们这里吃饭也好，以后有的是机会。咱们找一个地方吃饭去。"

"你早上不是说跟林檬檬约好一起吃中饭吗？"史可为说。

"你看我的脑袋，转身就把这事忘了，但跟林檬檬约好吃饭也不算什么事，还是我们一起吃有意思。"丁大力笑着说。

"下午要去谈事情，中午不能喝酒。你还是去跟林檬檬吃吧。"史可为说。

"那好吧。"丁大力说。

他们在得胜花园门口分手，丁大力的三菱越野开得凶，油门一响，车蹿出去，一会儿就不见了。

六

那天下午，史可为去了一趟王贤良的办公室。

"你怎么电话也不打一个就来了？"王贤良抬头看见他，慢悠悠地说。

在史可为的印象里，从读书开始，王贤良就是这个性格，参加班级的长跑，他也是一个人慢悠悠地跑在最后面，女同学一个又一个地超过去，他的步伐没变。他的身材也没变，以前就是瘦高个，现在还是，手长脚长，站起来竹竿一样。他是个白面书生，戴一副金丝眼镜，脸更显得白。史可为见他这么问，接口说："我这不是焦急吗，再说，这么大的事，只跟你通个电话，显得不够隆重。"

"看来你这次确实焦急，嘴唇都起泡了。"王贤良笑着说。

"急火攻心。"史可为说，"你想想看，五万多瓶葡萄酒存在仓库里，是我全部身家。"

"这次急也没用。"王贤良看了他一眼说，"我昨天找了几个信河街高档酒店的老板，这次经济危机，对酒店的影响也很大。"

"高档酒店也有影响？"史可为惊奇地问。

"这你就不懂了吧，"王贤良笑着说，"高档酒店的主要客户是大企业的老板，这些老板要么宴请政府官员，要么宴请各个管理部门，要么宴请银行领导，要么是老板之间应酬。经济危机一来，老板们躲的躲，逃的逃，还在坚持的也不敢去高档酒店。"

史可为一听，心凉了一半，看着王贤良，一时说不出话来。

"我后来了解过，像你目前这样的情况，也不适合将葡萄酒推销到高档酒店里。"王贤良对他说。

史可为又不懂了。

"大凡高档酒店，门槛都很高，所有的酒水都要进场费。"

"需要多少进场费？"

"信河街的规矩，五星级的酒店是五十万，四星级四十万，三星级三十万。"

"这也太黑了吧。"史可为一听，倒吸了一口气，他哪里拿得出这么高的进场费。

"也不是一点儿可能没有。"王贤良看着他，笑着说。

"还有什么办法,你说说看。"史可为的胃口又被他吊起来了。

"我手头正在查唐人街大酒店的账,是一家四星级酒店,老板姓李,很早就认识了,多次邀请吃饭,我都没去,今天是最后一天,肯定还会找我,到时我给你说说看,能不能免费进场。"王贤良说。

"那真是太好了。"史可为说。

"可这是有代价的。"

"什么代价?"

"我让他免了你的进场费,他肯定让我减免税收。"

"那你怎么办?"

"谁叫我们是同学,为难也要做。"

王贤良正说着,放在桌上的手机响了,他拿起来看了一下,又放下。

"怎么不接?"史可为问。

"说曹操曹操到。"王贤良指了指手机说。

"那你怎么不接?"史可为问。

"再等等,他还会打来的。"王贤良笑着说。

王贤良的话音刚落,手机铃声果然又叫起来,王贤良对史可为笑了一下,拿起手机,轻轻地说:"李老板啊,不好意思,刚才跟领导通电话。"

"我知道王科长日理万机,没别的事,就是想请您吃顿饭,不知晚上有没空。"李老板在电话那头说。

"晚上单位有个重要接待,不能请假。我们都是老朋友了,吃不吃饭感情都在那儿。"

"那是那是,我就是想见见王科长,当面聆听您的教诲。"

"不敢当,李老板的心意我心领了。"

手机那头停了一会儿,接着又小心翼翼地说:"我还想向王科长打听一件事。"

"你说吧。"王贤良一边说,一边对史可为眨了眨眼睛。

果然,手机那头的李老板问他说:"我酒店的账查得怎么样了?"

"问题不小,但最终的结果还没出来,我的同事还在加班加点,有结果我会及时通知你。"王贤良说。

"谢谢王科长,请您多关照。"李老板说。

"我也知道做企业不容易。"王贤良说。

"有王科长这句话,我就放心了。"李老板说。

"哦,对了。"王贤良像突然想起一件事似的,"前几天有个做葡萄酒生意朋友问我,想进入你的酒店,不知有什么要求?"

"没有要求,您叫您朋友直接来找我就行。"李老板说。

"有什么要求你只管跟我朋友说,不能让你的酒店吃亏。"王贤良没有松口。

"我知道,您叫您朋友来找我,下午我都在酒店里,我会安排好的。"李老板的口气,生怕王贤良反悔了。

"那就谢谢李老板了,有事我们再联系。"

"应该是我谢谢王科长才对,您给我介绍了生意。"

挂了手机后,王贤良看了看史可为,笑了笑说:"我这是为朋友两肋插刀啊。"

史可为心情复杂地离开王贤良,直接开车去唐人街大酒店。他到酒店的停车场,给李老板打了一个电话,说是王贤良科长介绍过来的。对方很客气地说自己在办公室。史可为到了他办公室,看见一个方头大耳的胖子,短身材,远看像个球。他给史可为让座后,递来一张名片,史可为看了看,名字叫李使命。史可为抬头看了看他,下巴右边有颗黑痣,长着一根很长的毛。

因为有王贤良的交代,接洽异常顺利,史可为把葡萄酒的情况跟他一说,他捋了一下下巴的那根长须,说:"我知道,你说的就是王志远原来的公司。"

"你们认识?"史可为问。

"我们以前合作过生意,后来分开了,他为葡萄酒的事找过我,后来嫌进场费太贵没进来。"李使命说。

"我也觉得进场费太高,付不起。"史可为说。

"王科长交代了,你的情况特殊,进场费就免了。"李使命挥了挥手说。

"那真是太感谢李老板了,"史可为停了一下,又说,"酒店提成多少还要李老板确定一下。"

"没事的,你定就是。"李使命说。

"葡萄酒的进价是六十。我计划在你的酒店卖一百八十八一瓶，我得一百，八十八归你，这样行不行？"史可为昨天了解过，酒店还是拿大头。

"没事，你定就是。"李使命笑着说。

"那就这么定了。"史可为说，"还有一个新疆的表演队每天晚上会来你这里推销葡萄酒。"

"这个形式好。"

"下午先运一百箱过来。请你交代餐厅经理，让服务员多推销我的葡萄酒。"

"没问题，我马上就交代下去。"

"我现在马上回去准备。"史可为站起来跟李使命握手告别。

李使命客气地送到门口，拉着他的手说："以后还要请你在王科长面前多替我美言。"

"一定一定。"

史可为知道，他什么感谢的话也不用说，王贤良不是说了吗，估计就是给他减税了。

七

从唐人街大酒店出来后，史可为开车到得胜花园的五幢301室，跟玛利亚她们说了晚上表演的事，她们欢叫了起来，玛利亚问去唐人街的路怎么走，史可为想了一下，说："晚上我送你们过去。"

"这怎么好意思。"玛利亚说。

"没关系,你们第一次去,人不熟,到了酒店也不知道找谁。"

"你就让他当一回护花使者嘛。"塔西娜笑着对玛利亚说。

"还把自己当花了呢,你这个不知羞耻的小蹄子。"玛利亚笑着回了一句。

古兰丹姆伸手捂着嘴,转身过去,笑得肩膀一抖一抖。

史可为觉得她们三个各有各的可爱,他来了几次,一次比一次喜欢这个地方。特别是塔西娜,简单得近于透明。见她们拌嘴,他也笑了起来,说:"以后我就当你们的司机好了,随叫随到。"

"你说话可要算数。"塔西娜马上看着他说。

"小蹄子越来越像猴狲,见树就往上爬,客气话也听不出来。掌嘴。"玛利亚做出要打她嘴巴的姿势。

塔西娜远远跑开,躲在古兰丹姆身后,伸出脑袋,盯着史可为说:"说话算数哟。"

"算数的。"史可为点点头,笑着说。

从301室出来后,史可为叫了一辆货车,运了一百箱葡萄酒到唐人街大酒店。办理好所有的交接手续,已经下午六点一刻,史可为就在路边找了一家鱼丸店,叫了一碗鱼丸面。在等面的空隙,他给陈珍妮打了一个电话,说了今天的经历。陈珍妮说万事开头难,能谈下一家四星级酒店已经很不错。陈珍妮在大学里也是教营销,对市场有所了解。

吃完面后,史可为马不停蹄地赶到得胜花园,到了301室,看见的是另一番景象,她们穿上民族服装,颜色鲜艳又浓烈,特别是塔西娜,她皮肤白,穿上大红色的民族服后,衬得皮肤更白,脸蛋白里透红,两只眼睛显得更黑更深,有一股摄人魂魄的力量。

"没见过吧。"塔西娜笑着对他说,接着,她做了一个舞蹈的动作,右手举过头顶,左手朝下,身体扭成S形,在他面前转了两圈,衣服上的挂饰飘起来,发出一阵"叮叮当当"的声音。

史可为转头去看古兰丹姆,她手里拿着两个木勺,见史可为眼睛转过来,脸颊一红,不好意思地转过身去,留下一个修长而婀娜的背影。

玛利亚化了妆,眼神里流露出自信和自豪,自有一种成熟之美。她手里拿着一个小鼓,鼓的四周挂满铁片,一动起来,发出"叮叮当当"的声音。她对史可为笑了笑,也转了个身,说:"还可以吗?"

"太美了。"史可为感叹道。

玛利亚转身去储藏室拿来两瓶西域葡萄酒,放进包里。史可为问她说:"你带葡萄酒做什么?"

"按照规矩,每一个包厢表演完后,要敬一杯酒,一方面是对客人的尊敬,另一方面也能推动酒的销量。"玛利亚说。

"要敬酒也不用你自己带,酒店里有我们的酒。"史可为说。

"那不一样的。"玛利亚笑了笑说,"酒店里是你的酒,我带的酒是总公司专门发来的,是工作用酒。"

这让史可为大大地意外了。

"出发喽。"塔西娜喊了一声,跳起来,到了史可为身边,伸手挽着他的胳膊,笑着往外走。

到了楼下,来到史可为的车边,塔西娜打开后座的门,让玛利亚和古兰丹姆坐进去,她坐在副驾驶座,坐好后,用手一指前方,对史可为说:"目的地——唐人街大酒店,走。"

史可为油门一踩,出发了。

晚上七点,史可为将她们送到唐人街大酒店,把她们交给餐厅经理,经理告诉他,晚上一共有五十个包厢的客人,服务员向客人大力推荐了他的西域葡萄酒,有二十个包厢的客人点了他的葡萄酒。他把这个情况跟玛利亚说,玛利亚说:"先从点了我们葡萄酒的包厢开始表演,没有点我们葡萄酒的包厢也要去,让客人知道这个牌子。"

"当然好。"史可为看了看她们说,"只是太辛苦你们了。"

"我们就是来做这个工作的嘛。"玛利亚笑了一下,转身对塔西娜和古兰丹姆说,"开始工作。"

史可为站在餐厅门口,看着她们三人进去,塔西娜转过身来,看着他说:"你会在这里等我们吗?"

史可为点头说:"会的,表演结束后送你们回去。"

她们进去后,史可为先在餐厅的休息区坐了一会儿,经理给他泡了一杯茶。坐了一会儿,他回到车里,车里太热,他发动车子,开了空调,把座位放平,躺了下来,闭上眼睛,可怎么也睡不着。又坐起来，熄了火，回到餐厅休息区。

在餐厅休息区坐了一会儿，把杯子里的茶喝干，去边上的饮水机里加满。史可为还是坐不住，站起来，朝包厢走去。他一个包厢一个包厢走过去，包厢都有两个门，一个大门是客人进出，小门服务员走，上菜也走小门，大门关着，能从小门听见包厢里的说话声和笑声。

到了一个包厢门口，史可为听见里面传出击鼓和铃铛声。他站在小门外听了一会儿，朝里面伸了伸脑袋：玛利亚拿着小鼓，站在包厢一边，她一边击鼓，一边观察着包厢里所有人，她的鼓声是节奏，更是命令。古兰丹姆站在玛利亚边上，手拿木勺，跟随玛利亚的节奏，发出应和的伴奏声，她的主要任务是唱歌，唱的是维吾尔族语。史可为听不懂，可那调子很优美，声音扭来扭去，出其不意，古兰丹姆平时不大说话，声音却是又高又亮，高上去时也很婉转，亮起来后透着甜美，像瀑布一样流淌。三个人里，塔西娜才是主角，她负责跳舞，随着鼓声和铃铛声，她扭动身子，围绕着餐桌，在包厢里飞旋。她一边跳着舞，一边用眼神跟客人交流，脸上堆满笑容。

一曲结束，客人一片叫好声，叫她们再来一曲。玛利亚拿出自己带来的葡萄酒，倒了一杯，敬了客人，她说还有其他包厢要表演，等她们演完后，可以再回来给他们演一曲。她希望客人多尝尝她们的西域葡萄酒，是用她们新疆最好葡萄酿的，喝得再多也不上头。

史可为不想让她们看见自己，她们出来前，他躲到一个空包厢里，等她们进了下一个包厢，再跟过去。

一圈表演下来，用去三个钟头。有些包厢的客人已散去，有两个包厢的客人还在等，叫服务员来催玛利亚她们再去表演节目，玛利亚领着古兰丹姆和塔西娜又去了。

一直到夜里十一点表演才完全结束。史可为去收银台了解了一下，共卖出十箱葡萄酒，是个不俗的成绩。

八

史可为原来把目标定在各个大酒店，现在知道不现实。后来，他想了一个办法，列出一个喜欢喝酒的朋友名单，联系好后，送酒上门给他们试喝。有一个办眼镜配件厂的朋友，喝后觉得好，向他买了五十箱，但他只是个例。

史可为只好另寻办法，把目标瞄准信河街几十家经济型酒店。

他跑了一个星期，这些酒店的老板，要么根本不见，要么见了面后，开口就是进场费。史可为对他们说，他没办法付进场费，但可以让酒店拿更高的提成。所有的老板都是一个口径：没有进场费，一切免谈。

史可为还计划把葡萄酒推销进超市，他到超市里一打听，进场费比五星级酒店还要高。

多次碰壁后，陈珍妮给他出了一个主意，她说："你为什么不去排档试试？"

"吃排档的人会喝葡萄酒吗？"陈珍妮说的排档他知道，每年夏天一到，信河街的排档就流行起来。他就是排档的常客，平时以喝啤酒为主。

"去试试看嘛。"陈珍妮鼓励他说。

史可为一想也是，到了晚上，他开着车去了。排档分布在江滨路，靠着瓯江，再往东就是东海的入海口，夏天能吹到海风。这一带是信河街的老城区，原本就是居民吃夜宵的所在。早几年城市改建，拓宽了江滨路，修了景观带，一到夏天晚上，来这里消遣的人更多，排档蓬勃生长起来。城管原来也管过，排档跟他们打起游击战，后来管理办法有所改进，所有排档统一登记办证，购买统一帐篷和就餐用具，规定营业时间为每晚的八点到次日凌晨两点半。

见大排档的老板就容易多了，如果不出意外，他们都是老板兼厨师。无论走进哪家排档，只要看见一个脱光了上身的胖子、肩膀上披着一条湿毛巾、头上不忘歪戴着一顶白色的厨师帽、一边站在锅炉前炒菜、一边指挥服务员招待客人，那个人准是老板，其中有几个跟史可为是老相识。

史可为跟老板说了此行目的、想法和分成，老板拿湿毛巾擦着脸上的汗，看着史可为说，试试可以，我也不知能不能卖得动葡萄酒。当史可为说还有表演时，老板马上点头说，这个好，这个好。

大排档的老板对葡萄酒的销售情况心里没底，史可为更没底。另外，他也担心玛利亚她们不愿意到大排档演出，这种场合什么人都有，什么事情都做得出来，不过，玛利亚一口就答应了。得到玛利亚同意后，史可为就给各个大排档发货。

谈下大排档后，史可为把玛利亚她们的演出时间分为两场，上一场在唐人街大酒店，时间从七点到十点半，下一场在江滨路大排档，时间是十一点到凌晨两点半。从那以后的每天晚上，史可为成了她们真正的专职司机，她们演出，史可为尽量跟在身边，在唐人街大酒店的包厢里他没法进去，到了江滨路大排档，他就作为工作人员跟在边上。

经过十天的推销，唐人街大酒店的葡萄酒从最开始每晚六十瓶，上升到九十瓶，客人喝后反馈不错。大排档因为是刚开始，虽然这里的客人以喝啤酒为主，但只要玛利亚她们去表演，客人也会买一两瓶尝尝，有的甚至干脆改喝葡萄酒。也有客人喝了觉得不错，给史可为留了地址和电话，叫他明天送货上门。

跟史可为这边相比，丁大力那一边的推销更顺利一些，多家KTV进了他们的葡萄酒。这全亏林檬檬的帮忙，她有很多姐妹在信河街各家KTV里做领班，推销起来很卖力。半个月后，他们统计了一下数字，史可为这边推销出一千五百多瓶，丁大力那边卖出两千来瓶。

这十五天里，史可为跟丁大力没见过面，跟琳儿倒是见过一次。

那是玛利亚她们去唐人街大酒店上班的第四个晚上，琳儿说想见他一面，史可为把玛利亚她们送进包厢后，开车来到观月楼KTV。他把车停在路边，只一会儿，琳儿红着脸，快速地跑出来，一进来就钻进史可为怀里，她对史可为说："我这是串台呢。"

"什么叫串台？"史可为一时没听明白。

"我正在里面坐台，中间偷偷跑出来会情郎。这就叫串台。"她捧着史可为的脸用力地揉了揉。

"你好像喝了不少酒。"

"是你的葡萄酒啊，能喝多少就喝多少。表姐还教我一招，客人喝得差不多的时候，可以偷偷把酒倒掉。"

"你表姐这招挺损。"史可为说。

"我酒量还可以，从来没倒过。"

"这样做不好，倒掉多可惜，再说，让客人知道了，会出事情的。"

"我知道，我不倒。"说着，琳儿亲了他一下，说，"不能再待了，里面的客人会有意见的。"

"你进去吧。"

她又亲了一下史可为，爬出车子，对史可为挥挥手，跑进观月楼。

史可为看着她跑进去，又在车里坐了一会儿。然后发动车子，赶紧朝唐人街大酒店开。

九

一个月过去，史可为结了一次账，一共卖出一万瓶葡萄酒，刨掉提成，他跟丁大力每人分了三十万。

结账第二天，丁大力给史可为打电话，没头没脑地问他说："我对你怎么样？"

"什么怎么样？"史可为没听明白。

"就是你觉得我做人够不够朋友，对你够不够好？"

"当然好。"

"可我觉得你不够朋友。"

"我怎么了？"史可为心里一惊，脑子快速转动，是不是做出什么对不起丁大力的事了，他没想起来，只好说，"我是不是做出不妥的事了？"

"是的。"丁大力说。

"我真想不起来什么事，你能提示一下吗？"

"好吧，我提示你一下。"丁大力说，"作为朋友，是不是要有福同享有难同当？"

"是的。"

"你觉得我做到了吗？"丁大力又问。

"你做到了。"史可为说。

"那你呢？"

史可为突然明白过来了，丁大力说的肯定是约玛利亚她们喝酒的事，他说了很多次，史可为一直没动。一想明白后，他不禁在电话里头微笑起来，他知道丁大力的性格，反而不着急了，悠悠地说："我觉得我也做到了。"

一听他这么说，丁大力就急了，说："你说得出口？"

"那你说说看,我那里做得不好了?"

丁大力更急了,粗着嗓子说:"你这个重色轻友的家伙,还好意思问。"

"我怎么重色轻友了?"史可为故意逗他。

"你一个人整天跟三个美女泡在一块儿,不给我一点儿机会。"丁大力终于把想说的话说出来了。

史可为笑起来说:"这段时间不是忙吗,现在慢慢走上轨道了,我马上安排。"

"不是马上,而是立即。"丁大力说。

其实,史可为早有这方面打算,玛利亚她们辛苦了一个月,每天表演到凌晨两点半,史可为除了给她们每人发了两千元的奖金外,也想犒劳她们一下。她们晚上要演出,只能选择白天,史可为知道她们来信河街这么长时间,还没出去玩过,决定带她们去一趟江心屿,中午在那里烧烤野餐。史可为告诉她们,江心屿是东海入口处的一个孤岛,当年宋高宗赵构,被金兵追得从杭州一路坐船南逃,曾经到江心屿住了十一天,也算一个有来历的地方了。岛上还留有历代著名诗人的诗句,有谢灵运,有李白,有孟浩然,有文天祥,所以,当地也有人叫它诗之岛。岛上有东西两座小山,山上各有一塔,一座建于唐朝,一座建于宋代。还有一大片的园林和滩林。最主要的是,江心屿四面环水,孤悬在江海的交汇处,登岛只能靠渡轮,相对安静。听史可为介绍完,塔西娜紧张地说:"四周都是水,岛会不会漂走或者沉下去?"

"漂走最好了,直接把你漂到新疆,连路费都省了。"玛利亚笑着说。

"把你漂走才好呢,直接漂到大海里喂鲨鱼。"塔西娜张大嘴,做出鲨鱼的样子。

"你生得漂亮,鲨鱼要吃也是先吃你。"玛利亚说。

"先吃你,你肉比较多。"塔西娜不甘示弱。

"你个死蹄子,哪壶不开提哪壶,知道我听不得别人说我胖,你成心跟我过不去,看我不捶死你!"

玛利亚的拳头还没举起来,塔西娜已经尖叫起来,好像被揍得很惨。弄得玛利亚只好放下拳头,威胁她说:"明天我们去江心屿玩,你留在家里。"

"我跟史可为去,又不是跟你去,你凭什么管我?"她拉着史可为手臂说。

她们斗嘴时,古兰丹姆很少插话,看着她们笑。

当天晚上,史可为通知丁大力,明天去江心屿,中午在那里烧烤野餐。丁大力说:"这就对了嘛,明天烧烤的东西我来准备。"

"明天上午十点半江心码头见。"史可为说。

"为什么要等十点半,我恨不得现在就去野餐。"

"她们要工作到凌晨,太早起不来。"

"还是你懂得疼人。"丁大力在电话那头怪里怪气地笑起来。

第二天十点,史可为开车到得胜花园,她们都已准备妥当。史可为跟她们打招呼说:"你们挺早啊。"

"有人平时怎么拖也拖不起来,今天倒是一大早就起床,还硬把别人拽起来。"玛利亚说。

"我只拖古兰丹姆起床,什么时候拖你了?"塔西娜反问说。

"你虽然没拖我,却打着手鼓在客厅又跳又唱,分明是不想让别人睡。"

"你冤枉人,我练习歌舞怎么叫不让你睡觉了呢?"塔西娜说。

"你这个死蹄子,那叫歌舞吗?有你那样歌舞的吗?"玛利亚说。

十点半,他们到达江心码头,丁大力已经到了,渡轮的票也买了,身边堆着两个大袋子。丁大力一看见玛利亚她们,眼睛亮起来,说:"三位女菩萨,我们又见面了。"

"你这猴狲,身边两个大袋子是什么东西?"塔西娜笑着说。

"这袋是烧烤工具,这袋是中午吃的菜和酒。"丁大力拍着两个袋子说。塔西娜叫他猴狲,他一点儿也没着恼,眼睛不时地看着古兰丹姆。

"这还像点儿话。"塔西娜点点头说。

大家依次进了检票口,到了渡轮上。塔西娜看了看丁大力,又问他说:"你还有一件事情没兑现。"

"你冤枉好人了,我早就想请你们喝酒,是史可为推三阻四,不信你问他。"丁大力指着史可为说。

"我就知道你是一个说话不算的人。"塔西娜还是这么说。

"我又哪里做错了?"丁大力问。

"你说过,再次见面要给我们每人一份见面礼,难道忘了?"塔西娜问。

"记得记得。"丁大力连忙说,"我准备好了,等到了岛上再给你们。"

渡轮在江上行驶不到十分钟便靠岸了。登岛后,时间已近十一点,大家直奔滩林,选了一个靠江又有大片树荫的位置,丁大力把烧烤工具一一摆起来,用木炭生火,史可为和玛利亚帮忙把另一袋子里的菜拿出来。丁大力带来了大量海鲜,有小黄鱼、鱿鱼、虾蛄、花菜,还带来羊肉串和牛肉串,还有一扇羊肉。酒是一箱啤酒和两瓶轩尼诗。史可为问他:"你怎么带洋酒来了?"

"给三位女菩萨尝一尝。"丁大力笑着说。

"你不会想把玛利亚灌醉吧?她不能喝洋酒的,一喝就醉。"塔西娜说。

"哈哈,你把玛利亚缺点暴露了。"丁大力笑着说。

玛利亚瞪了塔西娜一眼,手里依然在忙,她将一把羊肉串放在烧烤架上,动作熟练。塔西娜被她一瞪,缩了一下脖子,做了一个鬼脸,拉着古兰丹姆去江边。

滩林里很快飘起了香味。史可为以前没有弄过烧烤,他只是给丁大力和玛利亚打下手,帮助整理东西。丁大力带来一张大尼龙布,史可为把尼龙布铺在草坪上。丁大力还带来一张小桌子，他把小桌子架在尼龙布上。丁大力居然带来五个玻璃杯。

第一批烤羊肉串很快出炉，史可为把羊肉串放在一个铁盘里，端放在小桌子上。古兰丹姆和塔西娜闻着香味跑回来。

大家围在小桌子边，丁大力也暂时放下手头的活，开了轩尼诗，给每个杯子倒半杯，玛利亚捂住酒杯说："我喝啤酒。"

"大家都喝轩尼诗，你一个人喝啤酒多没意思。"丁大力说。

"就是啊就是啊。"塔西娜笑着说。

"你这个死蹄子，总有一天我要你好看。"玛利亚说。

"谁怕谁？有本事你就跟我喝洋酒。"

"喝就喝，我怕你不成。"

丁大力赶紧给玛利亚倒上。

"一口干了。"塔西娜说。

"干就干。"

两个人一口就喝了。

"真是好酒量。"丁大力说着，又给他们满上。

"还喝不喝？"塔西娜故意问。

"喝。"

两个人又一口干了。

丁大力又要给她们满上，史可为说："先吃点儿东西，空腹喝酒容易醉。"

"没事，再喝一杯，我今天要教训一下这个不知死活的小蹄子。"玛利亚说。

"再喝一杯就再喝一杯，醉了不要怪我。"塔西娜笑着说。

丁大力马上把她们的酒杯倒得满满的，她们端起来，又一口干了。

三杯酒下肚，塔西娜脸红了，说话舌头变大。玛利亚的脸色倒没什么变化，她放下酒杯，摇了摇头说："这是最后一杯。"

玛利亚毕竟是大姐，这时并没跳起来反攻。

丁大力见战争已平息，转身拿酒杯去敬古兰丹姆，古兰丹姆脸一下红起来，看了一眼玛利亚，见玛利亚没有反对，就举起酒杯喝了一小口。丁大力说："不要这么舍不得，你喝大口一点儿嘛。"

她已经把酒杯放下了。丁大力见她这样，就说："不行，你这样喝得太少，说不过去的。"

"我真的不会喝酒。"古兰丹姆红着脸，轻声地说。

丁大力不肯放过，说："少一点儿也行，不过你要告诉我你名字的意思。"

"古兰丹姆在维语里是雪中花的意思。"塔西娜接话说。

"那你的名字呢？"丁大力转头去问她。

"我的名字是盼望的意思。"塔西娜说。

"玛利亚又是什么意思？"丁大力接着问。

"是圣母的意思啊。"说完，塔西娜哈哈笑了起来，笑完之后，她看了丁大力一会儿，说，"我给你也起个维吾尔族的名字吧。"

"好啊好啊。"丁大力说。

塔西娜眼珠子转了转,看着丁大力说:"就叫卡巴科好了。"

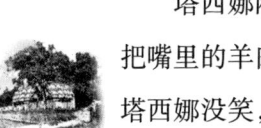

塔西娜刚说完,玛利亚和古兰丹姆两个人都笑了,玛利亚把嘴里的羊肉都喷了出来。古兰丹姆捂着嘴,转过身去。只有塔西娜没笑,很认真地看着丁大力。

"卡巴科。"丁大力嘴里默念了两遍,一边点头说,"蛮好听的,蛮好听的,你能告诉我是什么意思吗?"

"就是很聪明的意思。"塔西娜说。

玛利亚和古兰丹姆又笑。

"你也给史可为取一个名字吧。"丁大力说。

"我早给他取好了,叫阿西根。"塔西娜说。

"也蛮好。"丁大力点点头说,"什么意思?"

"我的爱人。"塔西娜看了史可为一眼说。

"这样啊。"丁大力看了看塔西娜,又看了看古兰丹姆和玛利亚,说,"我们两个名字能不能交换一下?"

"不能交换,我们给人取名字都是根据各人的特点,一交换,特点就没了。"塔西娜说。

"那么说,我在你们眼里的特点就是聪明喽。"丁大力说。

"是的。"塔西娜隆重而又严肃地点了点头,"我们以后就叫你卡巴科了。"

"好的好的,就叫卡巴科。"丁大力点头说。

玛利亚和古兰丹姆又笑成一片。

吃完烧烤后,丁大力自告奋勇要带她们去岛上游玩。史可为经常上岛来,他又有午睡习惯,想在这里眯一下。丁大力说:"没问题,阿西根你只管休息。"

"我也想在这里休息一下。"塔西娜说。

这下让玛利亚为难了,她看看塔西娜,又看看古兰丹姆,似乎对谁都不放心。最后还是选择跟古兰丹姆去了,她临走前,对塔西娜说:"不要再捣蛋哈。"

"你也不要捣蛋哈。"

玛利亚又对史可为说:"你帮我看好这个捣蛋鬼。"

"你放心去吧。"史可为说。

史可为这时发现玛利亚的脚步有点儿踉跄,他转头看着塔西娜说:"玛利亚真的不能喝洋酒?"

"她上次只喝一杯就醉倒,睡了一个下午。"塔西娜看着他说。

"不会出什么意外吧?"史可为说。

"这点我也不清楚,我倒希望她出点儿意外。"塔西娜调皮地说。

见她们走远了,史可为问塔西娜:"刚才玛利亚和古兰丹姆笑什么?"

见他一问,塔西娜终于弯腰笑了起来,一边笑,一边指着他们走去的方向说:"卡巴科在我们维语是笨蛋的意思。"

史可为一听也忍不住笑出声来,指着她说:"你是不是也拿我消遣了?"

"没有,阿西根就是'我的爱人'的意思。"她看着史可为,史可为马上把眼睛移开。

十

史可为想感谢一下王贤良,以前王贤良帮过忙,他都会表示一下,有时是一些土特产,有时是一张消费卡,王贤良每次都批评他太客气,但都笑纳。这次帮了这么大的忙,表示感谢更是应该。正因为这个忙帮得比较大,倒让史可为犯了愁,几箱葡萄酒显然拿不出手,数额大的消费卡又有贿赂的嫌疑。

江心屿烧烤回来后的这个月,葡萄酒的销售量猛增,从上个月每天平均三百多瓶上升到每天四百多瓶。史可为给王贤良打电话,王贤良也很高兴。

第二个月结完账那天,史可为在唐人街大酒店碰到李使命,史可为对他表示了感谢,李使命拉着他的手说,自家兄弟,说客气话干什么,他说想请王科长吃一顿饭,问史可为能不能帮忙牵个线,史可为觉得按照人情世故,也应该感谢一下李使命,既然这样,何不由他做东来宴请王贤良,李使命作陪,一石双鸟。李使命一听,说,怎么能让你请客?史可为说没关系的,地点就在唐人街大酒店,菜和人你来安排,王科长我来请,如果你请,他说不定就不来了,李使命见史可为这么说,很高兴地答应了。

史可为给王贤良打电话,说了吃饭的事,他倒没有推辞,不过,他说最近在查一个案,能不能把时间往后推一推,史可为说当然可以,你定个时间就是,王贤良说定下个星期五吧,史可为看了一下日期,是十天以后,对他来说早一天迟一天都一样。他把这个消息告诉李使命,李使命当然说好,过了一会儿,就把日期、时间、地点、包厢号发到史可为手机。史可为马上把这个短信转发给王贤良。

十天很快就到,那晚,史可为提早半个钟头去接玛利亚她们,他到301室,刚要敲门,门却开了,钻出一个人头,居然是丁大力,他说:"大力,你怎么在这里?"

丁大力笑了一下,反问他说:"你能在这里,我为什么不能?"

史可为一想也对,他了解丁大力喜欢往女人堆里钻的性格,也就释然了。

"卡巴科在这里待半天啦。"塔西娜笑着说。

"我在这里吃中餐,刚要走,你就来了。"丁大力看了看他,接着说,"你今天比平时早半个钟头。"

"今天有点儿事,早点儿来。"史可为没有把晚上跟王贤良喝酒的事跟他说。

"我先走了,有什么事我们再联系。"说完,丁大力转身对屋里挥了挥手,说,"我下次再来吃午餐。"

丁大力走后,玛利亚她们开始收拾演出行头,谁也没有再提丁大力。

到了车上,史可为把晚上喝酒的事跟她们说了,他说:

"我担心喝了酒后不能送你们去大排档。"

"没关系,你让玛利亚开就是。"塔西娜说。

"你能开吗?"史可为问玛利亚。

玛利亚点了点头。塔西娜接着说:"她可是个老驾驶员,连货车都能开。"

"真的?"史可为转头看了一眼坐在后座的玛利亚。

"刚进西域葡萄酒总公司时开过一段时间。"玛利亚说。

"开货车的女驾驶员很少的,辛苦不说,手臂没有一定力气,连方向盘都转不动。"史可为说。

"为了生活嘛。"玛利亚笑了笑说。

"玛利亚是我们总公司的能人!最困难的事都派她去做。"塔西娜说。

"来信河街也算?"史可为说。

"也是公司的一种尝试吧,"玛利亚说,她停了一下,叹了一口气,"说到底,还是没能力,没把工作做好。"

"你已经做得很好了。"史可为说。

玛利亚没有回话。车里一片沉默。

到了唐人街大酒店,史可为把车钥匙交给玛利亚,说:"你晚上把车直接开回得胜花园,我明天去开。"

"好的。"玛利亚说。

史可为看了看玛利亚,又看了看塔西娜和古兰丹姆,说:"要不你们晚上就不要去大排档了。"

"怎么了?"玛利亚问。

"那地方太乱了。"

玛利亚一听，笑了起来，说："我们会小心的。"

史可为看着她们走进去，看见塔西娜转身朝他挥挥手，他也举手挥了挥，等她们消失在拐弯处，正要转身去包厢，他的手机叫起来，一看，是琳儿打来的，他接了，琳儿问："你在哪里？"

"我在唐人街大酒店。"

"我想你了。"

"我晚上有个应酬，可能见不到。"

"你应酬到几点？"

"我也不知道。"

"我就是想见见你，见一下就行。"

"好的，迟一点儿再联系。"

挂断电话，史可为来到包厢，李使命已在里面，他身边有个长得很白的女人，史可为见过，是唐人街大酒店的财务总监。李使命见他进来，很客气地站起来跟他握手。坐下来后，一起聊了一会儿葡萄酒的事。一看时间，已经六点四十分，过了约定时间。李使命说："王科长不会临时有事来不了吧？"

"不会的，我们下午还通了电话。"史可为说。

"你打个电话问问。"

史可为掏出手机，拨通了王贤良的手机，他说已到门口，说着包厢的门就开了。王贤良一进门，就被扶到主宾的位置上。王贤良坐下后，李使命让史可为坐主人的位置，史可为觉得不太合适,两个人相互推让,最后还是王贤良发话:"晚上是你请客,你就坐嘛!"

"对对对,就应该你坐。"李使命说。

见他们这么说,史可为只好坐在主位上。落座后,李使命问他说:"王科长,我们晚上喝什么酒?"

"来这里,当然喝西域葡萄酒喽。"王贤良看了一下史可为,笑了笑。

"对对对,喝西域葡萄酒。"李使命说。

葡萄酒上来后,热菜还没上来,李使命先满满地敬了王贤良一杯酒,接着是财务总监满满敬了王贤良一杯。

热菜上来,李使命居然上了一条六斤重的黄鱼。王贤良说:"太难得了,现在很难吃到这么大的黄鱼。"

"李总一个星期前就交代厨房,要一条最大的黄鱼。"财务总监说。

"应该很贵吧?"史可为没吃过这么大的黄鱼,听说黄鱼越大价格越高。

"这条黄鱼市场价大概两万多。"财务总监说。

"不说价钱,能请到王科长是我的福气,我再敬王科长一个满杯。"李使命把鱼头夹到王贤良面前的小碗里。

王贤良站起来,说:"这杯酒应该我来敬,一来感谢李总多年来对我工作的支持;二来上了这么大的黄鱼。"

说完,他把酒杯加满,跟李使命碰了一下,一口喝了。

李使命跟王贤良喝酒时,财务总监就跟史可为喝。跟财务总监喝完后，他又敬了李使命一杯，因为李使命把鱼尾夹给他吃。

酒吃到一半，史可为接到琳儿的短信，问他好了没？史可为不好意思在包厢里回短信，找了个借口，跑到走廊回，说还在喝，喝完就给她电话。回完短信，史可为看见有一个包厢门开了，塔西娜和古兰丹姆从里面出来，最后出来的是玛利亚，她出来时，后面跟着一个人，史可为一眼认出来，是王志远，他拉着玛利亚的手不放。史可为赶紧走过去打招呼说："王董晚上也在这里吃饭啊。"

王志远抬头看见史可为，把手缩回去，笑着说："小史啊，听说你葡萄酒生意做得很好。"

"这得感谢王董。"史可为一边说一边对玛利亚她们使个眼色，她们对王志远说了声再见，进了下一个包厢。

"你调教得好，她们越来越招人喜爱。"王志远意犹未尽地朝她们进去的包厢看了看。

"找机会我请王董喝酒。"史可为说。

"好的，让三个美女作陪。"王志远说。

回到包厢后，史可为发现王贤良已有醉意，他酒量比史可为差一些，酒风还可以，不像他平时做事那样慢条斯理，见史可为进来，马上说："来，今天高兴，大家一起喝一杯。"

李使命和财务总监齐声说好，四个人站起来，财务总监负责把每个酒杯倒满，然后碰一下，一口喝了。

不久，史可为又接到琳儿的短信，她晚上有点儿反常，平时只发一次短信或电话,一天内很少出现两次,史可为觉得时间应该差不多了,就没回。

王贤良不能再喝了,他老是一句话翻来覆去地说,他对史可为说,我们是不是老同学?你说我们是不是老同学?史可为说是,一转身他又问史可为,我们是不是老同学?对李使命说,我们是不是老朋友?李使命说是,一转身,他又问李使命,我们是不是老朋友?王贤良喝成这个样子,史可为不是第一次看见,到了这个程度,他可以一直坐下去,话可以一直说下去,酒可以一直喝下去。史可为看了看李使命,轻声对他说,晚上的酒就到这里吧,王科长很尽兴了。李使命想再问问王贤良,史可为说你不用问了,我知道的。

十点半,他们出了包厢,王贤良摇摇晃晃,史可为看见财务总监把一张银行卡递给王贤良,王贤良顺手接了。到了门口,他叫了一辆出租车,要把王贤良送回家,王贤良是他叫来的,喝成这样,应该把他送回家,可是,这个时候王贤良却拉着财务总监的手,对史可为挥着手说:"你走吧,我还有事。"

史可为不知道说什么好。

"交给我好了,我会安排好的。"李使命笑着说。

"你真的不跟我走?"史可为又问王贤良。

"你走,我还有事。"他又挥挥手。

史可为跟他们挥了挥手,钻进了出租车,他知道,王贤良虽然喝了那么多酒,意识还是清醒的,他在税务里做了这么多年,什么阵势没见过?什么事情能不能做,他比谁都清楚。

史可为担心的是玛利亚她们，总觉得晚上会出事，应该赶过去陪她们，可他答应了琳儿，跟她见一面。他犹豫了一下，还是先给琳儿打一个电话，先跟她见一面，再赶到大排档。他拨通了琳儿的手机，只"嘟"了一声，琳儿就接了，问他说："你在哪里了？"

"我在出租车上，你在哪里？"史可为说。

"我在观月楼边上一个叫得月小区的门口，你知道这个小区吗？"琳儿问。

"我知道。"那是信河街一个老小区。

"我和表姐就租住在这个小区，我在门口等你。"

"我马上到。"

到了得月小区门口，史可为看见琳儿穿着一套紫色的连衣裙站在路边，史可为还是第一次见她穿裙子。他什么话也没说，下了车，跟她进了小区，拐了两个弯，来到一幢楼，进了电梯，琳儿按了十三楼，到了之后，她用钥匙打开1301号门。进了门后，史可为才问她说："你晚上没去上班？"

琳儿一转身，抱住他，嘴巴迎上来，堵住他的嘴巴。

一边亲吻，琳儿一边把史可为往房间带，进了房间，琳儿顺手把房门关上……不知过了多久，琳儿长长地喘了一声粗气，对史可为说："我不能去上班了。"

"为什么？"

"无论坐哪儿，都会想到你，要么就是拼命用葡萄酒把自己灌醉，要么就是坐在那里一言不发。"

"那怎么行。"

"是呀，总被客人投诉。"

"那怎么办？"

"我想我再也不能在这里待下去了。"琳儿从被窝里伸出手，摸了摸史可为的脸，"对不起，史可为，我原来叫你给我三个月时间，看来等不及了。"

"离开这里，你去哪里？"

"先回四川老家住一段时间。"

"还会出来做事吗？"

琳儿突然凄凄地笑了一下，脸上出现了她这个年龄段不应该有的沧桑，看着史可为的眼睛一会儿，移开，盯着天花板，说："像我这样的人，从事过这种职业后，恐怕很难再在老家安心生活了。"

"有什么计划？"

"我还有一个表姐，就是林檬檬的妹妹，在上海做领班，我可能会去她那里。"停了一下，她问史可为，"如果你去上海，会去见我吗？"

史可为马上摇头说："不会的，我不会再跟你见面了。"

史可为是凌晨两点离开琳儿家的，出了得月小区，他给玛利亚打了一个电话，知道她们刚刚回到家，心才放下来。

十一

次日中午，史可为先去得胜花园开车，然后送琳儿去机

场，在车上，他给了琳儿五万元，琳儿说："我不能拿你的钱。"

"这是我的一点儿心意。"史可为看着她的眼睛，把钱放进她随身带的皮包里，按住她的手。

琳儿没有再说话。

到了机场停车场，坐在车里，琳儿看着他说："史可为，你能抱抱我吗？"

史可为伸出双手抱住她，她摸了摸史可为的嘴唇，亲了一下，说："你不要下车，看着我走就行。"

说完，她打开车门，站在车外朝他挥挥手。史可为看着她肩上挎着一个皮包，手里拉着一个拉杆箱，一直看着她走进机场大楼。他把椅子放倒，身体躺在上面，看着车顶，脑子里一片空白，似乎身体里也被清空了，空空荡荡。

也不知过了多久，一阵手机铃声把史可为惊醒过来，是王贤良打来的，他问史可为说："昨晚是你请客的吗？"

"单是我买的，大黄鱼是李使命送的。"史可为问，"有什么问题吗？"

"没问题。"王贤良说，他想了想又说，"你的西域葡萄酒不错，口感很好。"

"如果喜欢，明天我送几箱给你尝尝。"

"不用，想喝我会跟你说的。"又停了一下，他对史可为说，"酒好是好，就是酒精度有点儿高，很快就把我喝糊涂了，我昨晚有没有说出什么不应该说的话做出什么不应该做的事吧？"

史可为知道他打这个电话的意思了，马上说："没有，你挺正常。"

"那就好。"停了一下，又交代说，"昨晚我们喝酒的事，你不要跟别人说。"

"我知道的，你放心。"

放下电话后，史可为把车子发动起来，开回了家。陈珍妮中午很少回家，即使下午没课，她也是在学校食堂吃了中饭回家，有时在学校备了课，到傍晚才回家。史可为没吃中饭，到家后，直接躺在床上，几乎一躺下就睡着了。

下午五点钟醒来，陈珍妮已回家，烧好了饭和菜，在吃饭过程中，史可为一句话也没说，眼睛也没看陈珍妮，陈珍妮问他说："你有心事？"

"没。"

"看你心事重重的。"

"我只是越来越觉得这种生活没意思。"

"你说的是我们这种生活？"陈珍妮看着他，轻轻地问。

"不是。"史可为赶紧说，"我指的是卖葡萄酒这件事。"

"你不是卖得挺欢的吗？"陈珍妮看着他，笑了一下，又说，"我听一个熟人说，你每天晚上带着三个新疆姑娘在大排档推销葡萄酒。"

"你知道这事呀，我一直以为你不知道呢，是不是觉得你老公挺丢人，放着好好的大学老师不当，眼镜厂也没办好，却

去大排档推销葡萄酒。"史可为苦笑着说。

"我没觉得这有什么自卑的,凭劳动赚钱,不偷不骗,能赚到钱是真本事。"陈珍妮看了他一眼,说,"听说那三个新疆姑娘长得非常漂亮,我担心你被她们迷住了。"

"既然这样,你为什么不阻止我。"

"我阻止有什么用啊,你还不是辞职去办眼镜厂了。"

史可为看着她好一会儿,说:"我真的想尽快结束这种生活,我还是想做眼镜,老老实实地做,能赚多少算多少。"

"还有多少葡萄酒没推销出去?"

"两个月已卖了一半,我和丁大力各收回近一百万资金,如果这个月做满,差不多可以把成本拿回来。"

"已经很好了。"

"我想这个月做满就收手。"

"只要你决定了,我就支持你。"陈珍妮看着他说。

"那我现在就要去卖葡萄酒了。"史可为吃饱了,他收拾好碗碟站起来,对陈珍妮笑了一下。

"记住回家的路哟!"陈珍妮笑着说。

从家里出来后,史可为开车到得胜花园接玛利亚她们。玛利亚问他:"你昨天晚上没喝多吧?"

"还好。"史可为说。

"我觉得也是,凌晨两点多还能给我打电话,口齿也很清醒,肯定没喝多。"玛利亚笑了笑,转头说,"可我们这里有个神仙说你一定喝多了,非要跟我们打赌。"

"赌注是什么呀？"史可为看着塔西娜，笑着问。

"她说输了就喝一瓶葡萄酒，一口干。"玛利亚笑着说。

"喝就喝，大不了一醉。"塔西娜笑着说。

"说得轻松，你还记得上次喝醉是什么样子吗？让古兰丹姆说说看。"玛利亚说。

"别说了，羞死人了。"塔西娜用手遮住脸，跺着脚说。

一屋人都笑了起来。

她们整理好演出行头，坐史可为的车到唐人街大酒店，她们进餐厅表演，史可为回到车里等。等一会儿，他也进了大厅。在大厅坐了一会儿，又回到车里，他心里有股冲动，想开车去得月花园看看，又不能去，坐在车里，空调开起来，关紧窗户，把音乐开到最大。他突然想唱歌，却又不知唱什么，想起第一次去观月楼KTV，丁大力和林檬檬唱《知心爱人》，他只记得开头两句：让我的爱伴着你直到永远，你有没有感觉到我为你担心。他也不知道调子准不准，只管翻来覆去地唱。

下半场到了大排档，他拎着葡萄酒，跟在玛利亚她们后边，玛利亚表演完了，照例要敬客人一杯葡萄酒，史可为总是尽量少倒一些，玛利亚一直说没事。史可为觉得玛利亚是真能喝，一个晚上下来，喝了四瓶葡萄酒，也就是微醺，外人一点儿感觉不出来。

这样的日子又过了十天。

那天晚上十二点左右，史可为拎着葡萄酒跟着玛利亚她们进了一个大排档的包厢，里面坐着三个光头男人，赤着上身。

玛利亚说明来意，喝不喝葡萄酒没关系，只要他们愿意，她们乐意为他们表演新疆的民族舞蹈。

玛利亚的话刚说完，坐在最外边的光头看见了史可为，站起来问他说："你是什么人？"

"我是工作人员。"史可为说。

"这里没有你的工作，你出去。"光头说。

"我为什么要出去？"史可为说。

"叫你出去就出去，哪来那么多废话，滚。"光头伸出食指指着他。

玛利亚看了看史可为，接过他手中的酒瓶，说："你在帐篷外等吧，我们很快就出来。"

史可为瞪了那个光头一眼，那个光头说："你看什么看，小心老子把你的眼珠子挖出来。"

"我们给大家跳一个刀郎舞。"玛利亚用眼神示意史可为赶快出去。

史可为又狠狠瞪了那个光头一眼，掉头走出帐篷。排档老板大概听到刚才的声音，赶紧过来，递一根中华香烟给史可为，对他眨眨眼，摇了摇头。史可为平时不抽烟，这时顺手把香烟接过来，点燃后，猛抽一大口，然后重重地吐出去。帐篷里响起玛利亚的手鼓和古兰丹姆的声音。

史可为的香烟才抽了一半，听见帐篷里传来塔西娜的尖叫声，他把香烟往地上一扔，一头冲进帐篷，看见坐在中间的光头正双手抱着塔西娜。

卖酒人

117

"我×你妈的。"史可为骂了一声,随手操起一把塑料椅子朝那光头砸去。

那光头见史可为的椅子砸过来,顺手把塔西娜朝史可为这边一推,史可为一惊,如果砸下去,肯定砸在塔西娜头上,他硬生生地把手抬起来,身体却不由自主地朝前冲去。他见坐在中间的光头已站起来,抬起腿,朝他踹来,他的小腿被撞了一下,整个人扑倒在地,马上觉得有无数只脚踹在他身上。他听见玛利亚和塔西娜的尖叫声,玛利亚一边叫古兰丹姆打110,一边操起一把椅子冲过来。这时,躺在地上的史可为抱住一只脚,同时,他听见玛利亚手里椅子砸在一个光头身上的声音。史可为忍着身上的痛,抓住那只腿要站起来,就在他快站起来时,看见刚才叫他"滚"的光头手里举着一个啤酒瓶,朝他砸来,他听见啤酒瓶在他头上开花的声音,他的身体晃了晃,有一股热热的东西从脸颊上流下来。古兰丹姆尖叫了一声:"血。"

史可为身体晃了晃,一屁股跌坐在地上。那个光头飞起一腿,朝史可为的眼睛踢来。史可为抬着头,看着他,脸上浮现出微笑,身体一动不动。这时,塔西娜"哇"地叫了一声,扑在他身上,把他抱住,他听见光头那一脚结结实实地踢在塔西娜身上。

远处传来隐隐约约的警笛声,三个光头冲出帐篷,遁入夜色。塔西娜和古兰丹姆抱着史可为,坐在地上哭。史可为抬头看看玛利亚,眼皮有点儿沉,有红红的液体从眼皮上垂下来,

把帐篷隔成好几段。玛利亚手里还拿着一把破碎的塑料椅子,胸脯一起一伏。他对她微微地笑了起来。

警察来了,先把史可为送到信河街人民医院急诊室,他的脑袋被啤酒瓶砸了一个小洞,好在不是关键部位,医生给伤口消了毒,把他像伤员一样包扎起来,叫他隔一个星期后来换药。从医院出来,他们又被带回派出所做笔录。做完笔录,史可为坚持要送她们回家,玛利亚说:"算了,就让我们送你一回吧。"

"我现在一点儿事也没有。"被揍了一顿,史可为反觉得身上轻松很多,他转头问塔西娜,"刚才身上被踹了一脚,痛不痛?"

塔西娜的情绪大概还没稳定下来,先是摇摇头,接着又点点头。

"真是谢谢你们!"史可为说。

十二

丁大力第二天中午才知道打架的事,他给史可为打电话说:"你昨天晚上为什么不给我打电话?"

"打电话给你干什么呢?"史可为说。

"这是什么话,"丁大力生气地说,"好朋友就要有难同当有福同享嘛。"

"好吧,下次打架我一定叫你。"史可为说。

"这就对了。"丁大力说。停了一下，他又说："这几天你休息一下，大排档那边让我去，如果让我遇见那三个孙子，看我怎么收拾他们。"

"不用了，你把自己那摊管理好就行，我没事的。"史可为说。

"哎呀呀！你脑袋瓜是不是被砸傻了，都被打成这样了，还去大排档。"丁大力说。

"我没被砸傻了。"史可为看了看身边的陈珍妮，对丁大力说，"陈珍妮说还要感谢那三个人，我被砸了之后，脑袋瓜反而开窍了。"

陈珍妮早上没课，在家里陪史可为，见他这么说，在他手臂上掐了一下，疼得史可为一只眼睛眯起来，歪着嘴巴，倒吸一口气。

史可为没问丁大力在哪里，但他猜丁大力应该在得胜花园四组团五幢301室，否则，丁大力不可能知道昨晚的事。

挂完电话后，陈珍妮问他："你真的还要去大排档？"

"当然是真的，这个月剩十天，坚持做完，我就收手。"史可为说。

"如果再碰到那三个人呢？"陈珍妮问。

"你以为他们跟你一样傻呀，一看他们就是老手，不会现在出来让警察抓捕。"史可为说。

"既然知道他们是老手，你为什么还要跟他们打架？"陈珍妮问。

陈珍妮这一问就把史可为问住了,他不能告诉她自己的真实想法,想了想后,史可为摸了一下脑袋说:"我也没想到,在那么多人的情况下他们会出手。"

"想不到的事情还有很多呢。"陈珍妮笑着说。

史可为觉得陈珍妮今天说的每一句话都包含着更深的意味,这使史可为不敢跟她对视,他故意干笑了两声,说:"所以我才会被砸破脑袋呀。"

又停了停,史可为抬起头,看了陈珍妮一下,一语双关地说:"你放心,以后再也不会了。"

陈珍妮也看着他,点了点头。

那天晚上,史可为还是去了大排档,但他没有再去给玛利亚拎酒瓶,也没有跟着她们进帐篷,而是坐在车里,看着玛利亚她们在各个帐篷里进进出出。后来,他向大排档老板要一把椅子,坐在瓯江边,吹着从东海来的带着咸味的海风。

去大排档的路上,玛利亚也担心那三个光头会再来闹事,史可为说:"你们放心,肯定不会。"

"就是来了我也不怕。"塔西娜说。

"呦,你不怕了?我看你昨晚吓得差点儿尿裤子了。"玛利亚说。

"今天我带了这个。"说着,塔西娜从包里摸出一把小刀,比画了一下。

"你怎么带刀来了?"史可为说。

"是我离开新疆时爷爷送给我的,是我们家的传家宝,爷爷说，如果遇到坏人，就用这把刀结果他。"塔西娜说。

"你昨晚为什么不拿出来？"玛利亚笑着问。

"人家没带嘛，谁知道昨晚会遇到坏人。"塔西娜看了史可为一眼，带着哭腔说。

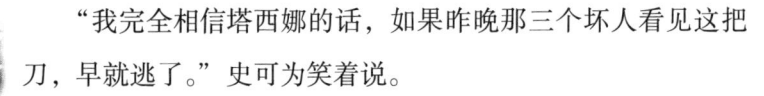

"我完全相信塔西娜的话，如果昨晚那三个坏人看见这把刀，早就逃了。"史可为笑着说。

"从今天起我会一直带在身边，只要那三个坏人再来，算他们倒霉！"塔西娜说。

玛利亚笑着说："呵，我们的塔西娜要开杀戒喽。"

古兰丹姆捂着嘴在笑。

还好，那天晚上三个光头没有出现，有效地躲过了塔西娜的祖传宝刀。

接下来的几天里，那三个光头也没出现，倒是丁大力来了几趟，他对史可为说："有情况打电话给我啊，我立马赶到。"

史可为笑笑，他觉得丁大力来这里的目的是古兰丹姆，对于这件事，史可为从来没问，也没办法问。

直到这个月结束，三个光头没再出现。

到了日期后，史可为把所有的账结了，他和丁大力各分到一百四十万，剩下的葡萄酒转让给丁大力。

史可为跟玛利亚说这件事是在跟丁大力结完账那天，说以后丁大力就是她们的老板了，他想次日请玛利亚她们在唐人街大酒店吃一顿饭，这三个月来，她们一直在唐人街大酒店表演，就是没吃过饭。另外，史可为也想表示一下谢意，如果没有她们，在这么短的时间里，不可能卖出这么多葡萄酒。最主要的是，史可为有点儿舍不得她们，这段时间来，几乎每天在一起，以后不可能有这样的机会了。听了他的话，玛利亚很平静，似乎早就知道他的打算了。她邀请史可为去她们那里吃中饭，她能烧一桌正宗的新疆菜。史可为见她说得诚恳，就答应了。

史可为中午十一点半到她们那里，丁大力正在对古兰丹姆说："我晚上带你去唱卡拉 OK 好不好？"

古兰丹姆摇摇头。

"你这么好的嗓子，不去唱歌真是太浪费了。"

看见史可为后，他站起来说："前老板来了。"

被丁大力这么一说，史可为突然想到了王志远，王志远把葡萄酒和玛利亚她们转让给了他，他现在又转让给了丁大力，这么说来，他跟王志远是一路货色。这让他突然难受起来。

玛利亚见他来了，招呼说："吃饭了，大家就座。"

入座后，史可为看见餐桌上摆了六个大盘，满满一大桌。史可为只认识三个，一个是大盘鸡，一个是烤羊肉串，还有一个是麻酱黄瓜。玛利亚给他介绍另外三个是肚子烤肉、烤馕和抓饭。喝的是西域葡萄酒。

玛利亚特别推荐史可为尝一尝肚子烤肉，她做的肚子烤肉就是新疆人也没吃过，她的做法是把羊肚洗干净，把切好加了作料的羊肉塞进羊肚子里，然后把口子扎好，放进烤箱里烤熟。玛利亚夹了两块给史可为说："你尝尝。"

史可为闻一闻,有焦味,咬一口,却是无比鲜嫩。

玛利亚介绍时,丁大力的筷子不停地冲进肚子烤肉盘子里,一边吃一边问玛利亚说:"为什么我以前没吃过?"

"没有史可为,你哪里吃得到这样的美食。"玛利亚看了他一眼说。

丁大力哈哈一笑,继续吃,吃了一会儿,他把碗筷一放,说:"我吃饱了,现在开始敬酒。"

说着,他站起来,用红酒敬大家一圈。敬到塔西娜时,塔西娜没动,丁大力笑着对她说:"来来来,卡巴科敬你一杯。"

塔西娜眼睛看着桌面,还是没动。史可为觉得塔西娜今天有点儿奇怪,平时满屋子都是她的声音,今天一句话也没说。

"其实我知道,卡巴科是笨蛋的意思,但这是塔西娜给我取的名字,我会一直叫下去。"丁大力依然端着酒杯,笑着对塔西娜说,"为了这个名字,我也要敬你一杯,但我知道你酒量差,我喝完,你随意看一下酒杯就行。"

丁大力的话刚说完,塔西娜"嚯"地站起来,端起酒杯,一仰脖子,喝进去了。

丁大力敬完后,史可为也站起来敬一圈,他先从左手边的塔西娜开始敬,他知道塔西娜酒量不好,只给她的酒杯里倒了一点点,把自己的酒杯倒满,端起来对她说:"谢谢塔西娜,我会一直记得你替我挨的那一脚。"

"我也要加满,"塔西娜抬起头看着史可为,说,"我要跟你一样多。"

史可为看了看玛利亚，见她没有表示，就把塔西娜的酒杯加满，塔西娜端起来，跟史可为碰了一下，一口喝了下去。

史可为的第二杯敬玛利亚，他对玛利亚说："这三个月来，最辛苦的是你，这一杯我敬你。"

玛利亚早就端起酒杯，一口干了，她对史可为说："谢谢你这段时间对我们的照顾，应该我敬你才对。"

史可为的第三杯敬古兰丹姆，他对古兰丹姆说："虽然我不再做葡萄酒生意了，但你的歌声会一直留在我心里。"

古兰丹姆什么话也没说，站起来，就把酒喝了。

"古兰丹姆，你这样不公平，我刚才敬你，只喝半杯，史可为敬你，你喝满杯。"丁大力叫起来。

"你也只是半杯的料。"玛利亚半开玩笑半认真地说。

史可为敬完后，玛利亚站起来敬了他一杯，接着她又敬了塔西娜和古兰丹姆一杯，敬完之后，她对史可为说："上星期接到总公司的电话，塔西娜和古兰丹姆明天就要飞回新疆了，总公司给她们安排了新任务。"

玛利亚的话出乎史可为的意料，他看了看塔西娜，又看看古兰丹姆，正想说点儿什么，塔西娜突然站起来，冲进卧室，顺手把门反锁起来。

"她一会儿就没事的。"玛利亚说。

史可为看看古兰丹姆，她倒没什么反应，依然面带微笑坐在那里。

"她们都回去了，你怎么办？"史可为问。

"我还得坚守在这里，总公司会再派两个演员过来。"

史可为点了点头，沉吟了一下说："明天我开车送她们去机场。"

"那我就替她们谢谢你了。"

"应该的。"史可为说。

第二天上午，史可为开车送她们去机场，塔西娜坐在副驾驶室，玛利亚和古兰丹姆坐在后座，有一刹那，史可为觉得是送她们去推销葡萄酒。一路上大家都没说话。到了机场，办了登机手续，史可为和玛利亚送她们进安检，塔西娜突然回过头来，看了史可为一眼，转身走过来，抱了他一下，在他耳边轻轻地说："阿西根，我会想念你的。"

史可为轻轻地拍了拍她的背。她转身过了安检。

往回开时，史可为感觉玛利亚几次想开口跟他说话，最终都没有说出来，他也没问，把她送到得胜花园后，他就开车去眼镜厂了。

大约是一个月后，有一天晚上，史可为开车经过江滨路大排档，看见玛利亚带着两个他不认识的新疆姑娘在推销葡萄酒。丁大力坐在不远处的一张椅子上，史可为把车开过去，跟他打了一个招呼，丁大力高兴地站起来，说："喝两杯？"

"我戒酒了。"

"酒跟你无冤无仇，戒它干什么？"

史可为不想说这个话题，问他说："还好吧？"

"很好啊，一个月赚的钱，比做一年眼镜配件还多。"丁大力笑着说,"你回来我们一起做吧。"

史可为笑了笑,摇了摇头。

停了一下,丁大力"哦"了一声,说:"哎呀呀!有件事忘了跟你说,我现在是跟玛利亚合伙做葡萄酒生意。"

"噢,"这出乎史可为的意料,他看着丁大力说,"你们什么时候开始的?"

丁大力笑了笑,说:"去江心屿那一次我们就开始了。"

史可为知道丁大力误会他的意思了,但丁大力的回答又出乎他的意料,他一直以为丁大力的目标是古兰丹姆呢,他看着丁大力一会儿,对他挥挥手,朝家里开去。

决不饶恕

一

信河街的格局现在全变了。

老街被拆得无影无踪。进入信河街,可以看见一面巨大的电视墙,"信河街服装批发商场"几个字像子弹一样从电视墙里射出来,连绵不绝。电视墙后面是一群整齐的红房子,被铁栏杆围起来。里面进进出出的人像蚂蚁搬家。

说起这个商场,跟一个叫周蕙芪的女人有关。周蕙芪以前在这一带开过一家织衫店。那是在商场还没有建起来之前。但她的故事在商场里,甚至在整条信河街,几乎无人不知。

事情已经过去好多年了。

那个时候,信河街还是一条窄小的老街,两辆三轮车面对面蹬过来,得侧头看看对方的左车轮。街的两旁全是店铺。都是一些零零碎碎的小本生意,有南货店、修车铺、补鞋摊、刻字店、裁缝馆,等等。

周蕙芪的织衫店就开在这条街上。

信河街的年轻人,曾经私下里给这条街上美丽的女人排名次,周蕙芪全票当选第一名。周蕙芪长着一副风流相。她的皮肤又白又细，两个脸颊总是绯红的，看人的时候，头没有动，只是眼珠一转，只要被她这么一看，男人基本上就站不住脚了。当然，说周蕙芪风流相是比较客气的。有说得难听的，就是媚相，就是会勾人魂魄的那种。你看她的两颊总是绯红的嘛！看人是用眼珠往里勾的嘛！分明是狐狸精嘛！这样的女人很少有安分的。周蕙芪还有一个特点，她有一米七五的个子。在南方，这个个子就有点儿"过头"了。粗壮是难免的。但周蕙芪没有这种感觉。她很匀称，腰身很瘦，走起路来，整个身体像鳗鱼一样摆动，很有想象的空间。周蕙芪另外一个知名的原因是她的婚姻。在开这个织衫店之前，周蕙芪是信河街一家裁缝馆的老板娘。她的老公叫周正衣，是方圆几十里著名的裁缝老司。周蕙芪家跟周正衣家是远房表亲，周蕙芪曾经跟周正衣学过裁缝，后来，在家人的安排下，嫁给了周正衣。第二年，他们生了一个女儿，取名周布。周布才几个月大，周蕙芪就跟周正衣脱离了婚姻关系。女儿周布归她带。

离婚以后，周蕙芪去上海学习了一段时间织毛衣的技术。从上海回来后，她带回了一台织毛衣的机器，在信河街租了一幢房子，开了一家织衫店。在她之前，信河街人穿的毛衣都是家里妇人一针一线手织起来的。是周蕙芪把第一台织毛衣的机器引进了信河街，她只用了三个钟头就把一件毛衣完整地做出来了。而在这之前，信河街的女人就是不吃不睡，织一件毛衣也要花上三天时间。

关于周蕙芪跟周正衣离婚的原因，传到周蕙芪耳朵里的版本就有很多种，周蕙芃都是笑笑就过了，因为真实的情况不好说出口。

事情发生在一天的深夜，周蕙芃笑着送走所有来裁缝店玩的人，周正衣的脸上乌云滚滚，一声不响地在做衣服。周蕙芃知道周正衣心里在想什么，他是不乐意自己跟信河街上那些男青年来往，但他从来没有说出口，而是每次看到这种情况，就把脸阴下来。周蕙芃倒是希望周正衣能够拿着一把斧头，把那些人统统赶出去，就是砍伤一两个也没有关系啊！但周正衣只是阴着脸在那儿做衣服。当那些人都离开后，周正衣又把头抬起来，眼巴巴地看着她，很无辜的表情。一看见他的这个模样，周蕙芃就连多看他一眼也不愿意了，更不想开口跟他说话。周蕙芃在鼻子里"哼"了一下，就抱着女儿到内屋睡下了。也不知道过了多久，周蕙芃被外面的一阵"哼哼"声惊醒，声音像两只老鼠在撕咬，越叫越尖厉。听声音，是从前面的店铺里发出来的。周蕙芃想，老鼠要咬就咬自己，千万不要把顾客的布料咬坏了。她还在心里骂了一句周正衣，平时一听见老鼠的声音就跳起来的，今天怎么就"死"了？这么想着，她就从眠床里翻身起来。她推开门的时候，正好看见周正衣拿着长长的裁缝针，用力地往自己的大腿上扎。他的腿上全是一条一条的鲜血。那一针扎下去，周正衣的两只眼睛全翻成白色的了。他大概是很痛了，上下的牙齿紧紧地咬在一起，那个像两只老鼠撕咬的声音就是从他嘴里发出来的。周蕙芃心里一下就火了，她说，周正衣，你发什么神经呀！周正衣抬头看了看她,他的脸上全是汗。周正衣还是没有说话,只是抬起头来,眼巴巴地看着周蕙芪。周蕙芪一转身就走了,"嘭"的一声,把门带上。

第二天一大早,周蕙芪对周正衣说,周正衣,我们离婚吧!周正衣低着头,轻声地说,我不离。周蕙芪说,你知道我不爱你的,为什么不离呢?周正衣还是低着头,这次他连话也没有了。周蕙芪又说,这样下去有什么意思呢?你今天拿裁缝针扎自己的大腿,我明天就拿剪刀割静脉好不好?周正衣这个时候说话了,不过他还是低着头,说,如果你死了,我也会跟着你一起死的。我不怕死。周蕙芪接着说,但她把话转了一个方向,她说,死不死的我们先不说,你如果真的不离,终有一天,我会偷偷地跟一个人跑掉的。这样你就很不好看了。她这么一说,周正衣就把脸抬起来了,脸上全是泪水。过了很久,他问周蕙芪说,你真的要离吗?周蕙芪说,我当然是说真的。周正衣又问,离了婚后,你会离开信河街吗?周蕙芪说,我不会。周正衣又问,那我能去看你吗?周蕙芪说,可以。周正衣又问,你如果跟别人结婚了,我还能再去看你吗?周蕙芪瞪了他一眼说,你放心,我不会跟别人结婚的。周蕙芪最后这句话,似乎给周正衣吃了一颗定心丸,他不想让周蕙芪随随便便跟一个野男人跑掉,只能做出暂时的妥协。所以,那天下午,他像个孩子一样,跟在周蕙芪后面,去民政局办了离婚手续。

离婚以后的周蕙芪,突然像变了一个人。

她开了织衫店以后，就很少笑了。无论谁到她的店里来，她只是轻轻地跟人打了个招呼：你好！有人叫她，她也只是"喔"了一声。跟别人说话的时候，她总是低着头，别人看不见她的脸颊，更看不见她的眼睛。有时，她偶尔抬头看一下，还没有等别人注意到，就把眼睛垂了下来。她原来的骄傲和风流不见了，她的张扬也不见了，她原来的样子，好像身上长满了华丽的羽毛，所有的羽毛都张着，向人们炫耀着。在外人看来，那是有意的，是开放的，是虚的，是有机可乘的。现在，她突然把自己的羽毛收起来了，把自己所有的美丽也都收藏起来了。她把自己裹起来了，把别人想象的路都堵死了。

刚开始的时候，大家都在想，这下周蕙茵的织衫店热闹了，那些不务正业的浪荡子们每天都要打得头破血流往里钻了。但是，周蕙茵这么一来，那些浪荡子们反倒不好意思去了。如果要去，就要找一个借口了，譬如请周蕙茵给他织一件毛衣，或者，把织毛衣的钱付给周蕙茵。去了之后，拿到了毛衣，或者付清了钱，周蕙茵就低着头自顾自地在机器上织毛衣。来的人站了一会儿，只好无趣地退了出来。

周蕙茵好像只对两个东西感兴趣：一个是她的女儿周布，另一个就是织毛衣。自从离开裁缝馆后，她就一个人带着周布。去菜场买菜的时候，去市场进毛线的时候，她都把周布背在背上。这种时候，周蕙茵的提包里总是装着奶瓶和奶粉。走着走着，周布就突如其来地在周蕙茵背上蹬几脚，又蹬几脚。她不哭。周布的脚蹬了两次，周蕙茵就接到通知了，收到了周布已经要吃东西的信号了。周蕙芪就跟周布说，别蹬别蹬，你发出的信号妈妈已经收到了，这就给你泡牛奶。说着，她就把周布从背上卸下来，从提包里拿出奶瓶和奶粉，还有她随身带着的一个小热水瓶。把牛奶冲好，塞进周布的嘴里。周布从小就显得跟别的孩子不同，不哭是一种不同，她还很喜欢自己拿奶瓶，别人拿着奶瓶她就不断地蹬脚，她自己一捧着奶瓶就安静了。两手捧着奶瓶之后，周布就"唧咕唧咕"地吮。一口一口地，节奏控制得特别好，显得特别冷静。吃饱了之后，周布就静静地趴在周蕙芪的背上，抬着眼睛，这里看看，那里看看，突然地，就莫名其妙地冲人咧嘴一笑。看得累了，头一歪，就睡着了。在店里的时候，周蕙芪总是在织毛衣。她把周布放在一把椅子上，用布条把周布的身体和椅子围起来，这个等于是五花大绑了，但周布好像一点儿也没有觉得自己是被妈妈绑起来，她好奇地看着周蕙芪织毛衣的动作，眼睛瞪得大大的，跟着织衫机转来转去。手和脚也跟着机器的声音一动一动的，嘴里还会发出"呜呜呜"的声音。偶尔闲下来的时候，周蕙芪就会拿一本织毛衣的书，坐在周布的椅子边。这个时候，周布往往都已经睡着了，头歪在一边，嘴角流着长长的口水。周蕙芪入神地看着书，很长时间后，会抬起头来，看一眼睡熟了的周布。这时，她的脸上才有了一点点暖意。

日子就这样一天一天地跟周布长起来。

当女儿周布长到了十三岁的时候，原来的那个周蕙芪已经逐渐被人淡忘了。这个时候的周蕙芪，已经成为信河街上受人尊敬的织衫老司。别人尊敬周蕙茛的原因有很多，譬如这十几年来，她开织衫店赚了一些钱，在信河街买了房子。女儿周布现在已经是一个初二的学生了，每次考试，她的成绩都是全段第一名。而且，最让周蕙茛放心的，是周布对学习的自觉，她从来不用周蕙茛督促，每天早上都是天不亮就起床了，预习今天的功课。预习完之后，就自己烧早点吃，把周蕙茛的早点也烧好，热在锅里，然后把门带好，去学校上学。周蕙茛有时会问周布，这样读书累不累。周布说自己一点儿也不累。周布这么说，自然有她的理由，因为她确实是喜欢读书，只要一想到读书，她心里就渗透出一丝甜味来，只要一坐在教室里，手里捧着书本，心里就一点儿杂念也没有了，脑子里全是书本里的内容，所以，书上的内容她一看就懂，她觉得书里面没有什么东西能够难得住她，正因为这样，她才要在书里找，看看自己到底能不能从书本里，找出自己不懂的问题。周布这么说，周蕙茛听了当然很高兴，她对周布说，只要想读，她就让周布一直读下去，读了中学读大学，读了大学读研究生，读完研究生读博士，读完博士读博士后，读很多很多学位回来。周布很有信心，她说没有问题啊！只要让她读书，周蕙茛想要什么学位，她就能够把什么学位拿回来。周蕙茛听了之后很受鼓舞，还和周布拉了钩。周布除了学习自觉外，她对家里的劳动也很自觉，每天从学校回家，总是要帮周蕙茛织一阵毛线衣。周布对织毛线衣也很有悟性，第一次上机，就能够织出均匀的毛线来。这一点，连周蕙茛都很惊奇。周布就笑着对她说，我被您绑在椅子上的时候，就学会织毛线衣了嘛！一个离婚女人，能够把一个家立起来，很不容易；能够把女儿养大养好，更不容易。而周蕙芪却能够把这两项都做得很好，还成了一个小老板，这样就太不容易了。周蕙芪受人尊敬还有一个更重要的原因，那就是这十几年来，周蕙芪一直是一个人过，她没有跟哪一个男人传出哪怕是一点点的绯闻。至此，信河街的人已经相信，周蕙芪跟周正衣的离婚，真正的原因是为了爱情。她不爱周正衣。所以，她宁愿不当惬意的老板娘。她更不想周正衣为了她而痛苦地用裁缝针扎大腿，所以，她毅然地选择了离婚。将心比心，如果仅仅为了爱情，自己能不能做出周蕙芪那样的抉择呢？信河街的人都清楚自己内心的答案，所以，他们觉得周蕙芪不简单。

以周蕙芪的相貌，这十多年来，不乏追求的男人。也有很多热心的老街坊要给周蕙芪介绍对象。都被周蕙芪一一谢绝了。周蕙芪对那些热心的街坊说，我已经是半老的人了，早就死了那条心。我现在只想把周布培养好，把织衫店经营好，就知足了。

当然，还有一个人一直默默地关注着周蕙芪，那就是周正衣。他是周蕙芪织衫店最稳定和最忠诚的顾客，他身上穿的毛衣都是周蕙芪织的。隔几天，周正衣就会到周蕙芪的织衫店来。周正衣轻轻地走进来，用眼睛很小心地瞟瞟周蕙芪，周蕙芪只管自己织毛衣，脸上淡淡的。周正衣站在门口问，我可以进来吗？周蕙芪看见他这个样子，就一点儿也不想理他了。周蕙芃没有吭声，周正衣就站在门口不敢进来。周布看见周正衣站在门口不敢进来，她就走上去，说，爸爸，你进来吧！周正衣还是拿眼睛瞟瞟周蕙芃，不敢迈开脚步。周布就把周正衣的手臂拉住，摇一摇，撒娇似的说，进来啦！进来啦！周正衣终于犹犹豫豫地把脚跨进来了。但是，周正衣在周布面前也很放不开，没有爸爸应该有的风度。周布叫他的时候，只是很谨慎地"嗯"了一下。周布摇他的时候，他的手臂像打上了石膏。其他表示更是没有。对于周正衣一而再地来织衫店，周蕙芃的态度很明确，她对周正衣说，你早点儿找一个吧！我不可能再跟你复婚的。你就死了这条心吧！周正衣还是一声不响。他总是用哀求的眼神看着周蕙芃。过几天，还是来。

到了后来这几年，谁都看出来，周蕙芃确实已无意再嫁人了。她确实已经把所有的爱都给了周布和织衫店了。唯一有可能的就是她跟周正衣复婚，周正衣是真心爱她的，这中间还有一个女儿周布，不为自己想想，也要为女儿想想啊！但周蕙芃咬着的牙一直没有松动。近年来，大家还有一个惊人的发现，原来一米七五的周蕙芃在慢慢地变矮了，她的背也有点儿驼了。原来光滑红润的皮肤，已经逐渐变得苍白。原来很饱满的身材，正悄悄地干瘪下去。信河街的人开始遗憾了：一个曾经倾倒信河街男人的第一美女就这么"败"了。

二

谁也没有想到，就在这个时候，周蕙芃突然爱上了一个比她小了六岁的男人。这个人名叫刘科。

在信河街，刘科的声誉很不好。但刘科说，我刘科是做大事的人，我不会一辈子困在信河街的。他说，想当年，我祖上刘邦，也总是被一帮无知的乡民看不起的，到后来还不是他老人家坐了天下！

刘科说刘邦是他的"祖上"，这事不靠谱。因为刘科不是纯正的"国人"。他的个子要比信河街人高出一个头。他的头发虽然是黑的，眼睛却是蓝的。看人的时候，眼睛会发出蓝幽幽的光，鼻子又高又大，像是用塑料捏起来的。如果单单从相貌上来说，信河街上没有人比得过刘科，因为他身上有一半是西班牙的血统。用信河街的话说，他是个"番人"。刘科很喜欢穿一身白色的西装，脚踏一双白色的尖头皮鞋。很是英气逼人也！

其实，刘科只能算半个"番人"，他父亲是信河街人。早年的时候，他父亲去了西班牙，在那里娶了当地的一个女子，生了刘科。后来，因为刘科的爷爷病危，刘科的父亲带着两岁的刘科回了一趟信河街。没有想到，一回来，他爷爷没事，他父亲却病倒了。来不及交代，就扔下刘科走了。刘科等他妈妈来领，可他妈妈一直没有来。几年后，爷爷过世了。是刘科的叔叔收留了他。但刘科的叔叔根本管不住他。到十几岁的时候，刘科的个头已经像二十几岁的人了。他的力气大得很，他可以用手掌连着一口气劈断三十块砖，掰手腕的话，信河街已经没有人是他的对手了。也就是这个时候，刘科跟社会上的人混在了一起。他自称刘邦是他的"祖上",开始做一些他说的"大事"。如果把刘科跟信河街上的一些浪荡子们来比较,这些年来,刘科还真是做过一些"大事"的:他去石狮贩卖过私布,去东南沿海一带走私过台湾手表,卖过假电器,举办过抬会,放过高利贷。所有被打击的事情他都做过。赚了钱后,他也学着他的"祖上"一样,大手大脚地花,每天引着那帮不三不四的朋友去找乐子、喝酒,还经常有一些外地的朋友来信河街找他。他也经常好些天不在信河街出现。

所以,谁也不会想到,周蕙茋会爱上刘科这样的人。

对于周蕙茋为什么会爱上刘科这个问题,信河街的人有各种说法。其中,最统一的一种说法是:周蕙茋被刘科俊美的相貌彻底地迷住了。周蕙茋毕竟还只是一个三十多岁的女人啊!正是女人最丰富最茂盛的年龄,她又枯竭了这么多年,一遇见刘科这样的美男子,哪有不怦然心动的道理?

关于这个问题,周蕙茋一开始也没有想明白。但有一点周蕙茋是非常清楚的,自己不是被刘科"俊美的相貌"迷住的。

周蕙茋知道,事情刚开始,是信河街上一个小青年跑到她的织衫店里来,拿了五百元给周蕙茋,说,刘科要织一件白色的羊毛衫。周蕙茋曾经听说过刘科的名字。但刘科从来没有去过周正衣的裁缝馆,也没有来过周蕙茋的织衫店。周蕙茋对那个拿钱来的小青年说,织羊毛衫是要量身材的,人不来怎么量呢?那个小青年说,对呀!我怎么把这事给忘了呢!他说,我这就去叫刘科来你这里量身材!过了一会儿,他气喘吁吁地跑

回来对周蕙苡说，刘科正在打牌，说自己就不来了，叫我来问问你，都要量哪些部位的尺寸给你？周蕙苡说，要肩、胸、腰、臂和上身这五个部位的尺寸。那个小青年向周蕙苡借了一条皮尺，又急匆匆跑到刘科那边去了。过了一会儿，就把刘科的尺寸写在一张纸上拿来给周蕙苡，周蕙苡看见纸上写道：肩——二尺，胸——三尺八，腰——二尺八，臂——二尺五，上身——二尺六。周蕙苡看了这组数字后，觉得很奇怪，除了腰围的尺寸外，其他的尺寸都比常人大了两个码。她问小青年，你们是不是量错了？小青年说，没有错，我量了两遍的，刘科就是这个身材。周蕙苡点了点头，但她嘴里还是禁不住念了一句：刘科就是这个身材？

周蕙苡很快就把刘科的羊毛衫织好了。她通知那个小青年说，你来拿羊毛衫吧！小青年说，刘科说了，他自己会来拿的。周蕙苡听他这么说，就说，麻烦你再跟刘科说一下，叫他早点儿来拿。小青年说，你放心，我一定会跟刘科说的。

又过了一个来月，周蕙苡时不时还会想起这件事。但刘科还是没有来拿。

进入深秋的时候，织衫店也进入了旺季。周蕙苡就把这个事情忘记了。一直到了农历年底的时候，周蕙苡在整理店里的东西，看见了刘科的那件羊毛衫，才又突然想起了这件事情。这是从来没有过的。周蕙苡心里觉得有很过意不去，自己早早就收了人家的钱，衣服却一直挂在店里。除此之外，周蕙苡心里也有一个老大的好奇，这个刘科到底是个什么样的人呢？他怎么跟别人就这么不一样呢？周蕙芪决定，这天下午，抽一个时间，把羊毛衫给刘科送过去。

　　周蕙芪一路问到了刘科的住处。路上有人告诉她，刘科跟他叔叔住在一起。但他为了出入方便，把他叔叔家硬生生地开辟出"半壁江山"来，在墙壁上打了一个洞，做上铁拉门。周蕙芪找到铁拉门时，刚好看见一个块头巨大的人从里面出来。周蕙芪心想他肯定就是刘科了，就赶紧上前去说，我是织衫店的，请问你是刘科吗？那个人正是刘科。刘科昨天刚打了一个通宵的麻将，他现在一点儿精神也没有，所以，他只用眼睛极不情愿地瞥了她一下，用很不耐烦的口气说，我是刘科，你有什么事吗？周蕙芪说，你在我店里定做了一件羊毛衫，都半年了。刘科翻了一下眼睛，他在脑子里一阵乱翻，终于想起有这么一回事了，他说，噢，我忘记了。周蕙芪说，是我忘记了，直到现在才给你送来。说着，周蕙芪把羊毛衫递给他。刘科本来就没有把毛线衣的事情放在心上，现在拿来也就拿了，所以，他接过羊毛衫后，看也没看，只是轻描淡写地说，没有关系。说着，站在门口，把毛线衣扔进屋里，就去锁铁拉门。他把铁拉门锁好了，回头看见周蕙芪还是站在那儿，心里就很不舒服了，他以为自己给的钱不够，他想自己昨天刚输了麻将，难道今天还要被这个女人追债？他就皱了一下眉头，问她说，你还有什么事吗？他这一问，周蕙芪一下就慌张起来了，她说，没有了没有了，赶紧把身体往路边缩。站在路边后，周蕙芪又站住了，她回过头来，若有所失地看着刘科，这个时

候,她只看见一个刘科离去的身影,像一扇门板一样地移动。

周蕙芘承认,自己就是在那一刻爱上刘科的。她被刘科那种"无所谓"的神态给迷住的。在周蕙芘看来,信河街的男人,都是黏糊糊的,都想跟她套近乎,这当中包括周正衣。越是这样,她就越不稀罕,也就越反感。只有这个刘科,他竟然没有用正眼看一下自己。只是用眼睛轻轻地瞟了一下,转身就走了,好像根本就没有看见周蕙芘这个人。他这一走,就把周蕙芘的灵魂带走了。这是她第一次对一个男人有这种感觉。她站在路边,只有一个想法,希望刘科能够回过头来看她一眼。如果刘科真的这么做了,她就会毫不犹豫地跟上去的。如果刘科这个时候对她呼唤一声,就是叫她从楼顶上跳下去,她也会毫不犹豫地跳下去的。只是周蕙芘还不敢确定这到底是不是爱,在这之前,她没有这种经验,她对周正衣没有,对其他男人也没有。现在,她觉得自己身体里有一股热热的东西不断地往外涌,她觉得自己身上突然有了一股无比大的力量,她想张开双臂,把她喜欢的一切都抱在怀里。她仿佛又回到了自己的少女时代了。

人们很惊奇地发现,原来那个一米七五的第一美人又回来了。她的腰身一下子就伸直了,两个脸颊又绯红起来了,眼睛也开始勾起来了,而且,她笑了。这十几年来,她几乎没有笑过,现在,一切都改变了。这都是因为刘科这个人。

从那以后,周蕙芘每天都要去一趟菜场,买很多菜,把这些菜烧好以后,她就去叫刘科来吃。刘科来的时候,周蕙芘总是显得手足无措,不知道该干什么好。她看刘科一眼,又看刘科一眼。当刘科也用眼睛看她时,她的整个脸一下就红了起来,连头也不敢抬起来了。她就转身去织毛衣。但是,她刚把机器开起来,才织了几下,又织不下去,出了一会儿神。然后对刘科说,你先吃吧!我给你买酒。说着,就出去了,跨过门槛的时候,她还轻轻地扭了一下腰。

可是,刘科不常来周蕙芪的织衫店。刘科有很多事情要忙,他说自己有很多朋友要会,有很多大事要办,走不开的。周蕙芪就对他说,你把朋友带到我这里来嘛!你们要吃什么东西,我给你们烧,去外面多麻烦呢!又不卫生。在我这里又安静,又安全。

从那以后,刘科来的时候,就把他那些社会上的朋友也带来了。他们在周蕙芪家里就跟在酒店里一样,吃起酒来总要到天亮,一边吃,一边猜拳,吆喝声一阵高过一阵,整条信河街都听得见。周蕙芪不停地走来走去,不断地给他们热酒、加菜。稍微空下来之后,她就坐在刘科身边,微笑地看着刘科,准备随时听从刘科的吩咐。

周蕙芪这么做的心思很明显,那就是想嫁给刘科。

在这个问题上,刘科好像一直没有给周蕙芪一个明确的答复。他跟一帮朋友在周蕙芪家里吃喝了一个通宵后,抹了抹嘴,什么话也没有说,第二天一早就消失了。周蕙芪根本不知道他去哪里。所以,周蕙芪只好开始又一轮的等待。

有一天,刘科到周蕙芪家里来。这一次只有他一个人。周蕙芃一看见他,就从织衫机前跳了起来,她紧张地说,你来了。刘科"嗯"了一声。周蕙芃说,我给你买菜去。刘科摆了一下手说,不用了,我马上就走,我是顺路过来告诉你一声的,我要去山西承包一个煤矿,还缺一点儿钱,现在要到各个朋友们那里走走,筹点儿款。说着,刘科看了周蕙芃一眼。周蕙芃也马上看了刘科一眼,二话没有说,就去楼上的房间里,把自己的存折拿给他。她对刘科说,我这里只有五万元,你看够不够,不够的话,我再去别人那里借一些。刘科看了看存折,说,先拿这么多吧!怎么能让你去借钱呢!过了一会儿,刘科又说,这些钱算我跟你的贷款,到时候,我连本带息一起还你。周蕙芃说,贷什么款呢?你拿去用就是了。刘科马上说,那不行,如果你不同意,我就不要你这些钱了。说着,刘科把存折递回给周蕙芃。周蕙芃心里马上一阵慌张起来,赶紧说,别这样,别这样,就当你是贷款好了!

　　刘科去了山西以后。周蕙芃天天盼望着他回来,刘科却没有一点儿音信。过了两个月,周蕙芃才接到一个电话,周蕙芃一听刘科的声音,眼睛就红了,她说,刘科,你在哪里啊?在外面好不好啊?怎么这么长时间都没有音信啊?你什么时候能回来啊?刘科说,我一切都好,现在人在山西太原呢!承包煤矿的事情都已经谈妥了,只是还有一笔五十万的资金的缺口,正在跟朋友们想办法呢!周蕙芃马上就说,我帮你想办法吧!刘科说,怎么能叫你一个妇道人家想这么大的办法呢!周蕙芃说,没有关系的,我会有办法的。刘科说,那好吧,你就试试看吧！如果你能够筹到钱，就说三个月后，一定可以连本带息一起还的。周蕙茋说，这边的事情你就放心吧！在外面要多注意自己的身体。刘科说，我会的。

周蕙茋接到这个电话后，对谁也没有说，就开始筹钱了。她把能借的人都借了个遍。包括周正衣。周正衣听说她要借钱，问也没有问，就把自己的存折交给她了，他的存折里有十五万元。这是最大的一笔。其他都是几千几千地借，一共借了三十多家，凑了十五万。实在没有办法了，周蕙茋最后把自己的房子和织衫店也抵押给了银行，贷了十万，一共筹了四十万。周蕙茋把这笔钱汇进刘科报给她的账户。然后，她就在织衫店里不安地等刘科的电话，她想告诉刘科的是：自己实在对他不起，已经是没有办法了，能借的地方她都借遍了，只有四十万了。她最担心的是，因为差了十万元，影响了刘科承包煤矿。因为这个，她每天都想哭。她恨自己没有能力，只差了十万了也不能凑齐。不过，她心里希望刘科的朋友能帮他把这十万补齐，刘科有那么多朋友，应该问题不大。但是，周蕙茋终究还是放心不下，为了这个事情，周蕙茋连织毛衣的心思也没有了。

周蕙茋一直等了三个月，刘科也没有把电话打过来。这个时候，周蕙茋的债主们却找上门来了。他们找上门来有两个道理：一个是周蕙茋在借钱时说过，"三个月后，一定连本带息一起还"。现在，三个月到了。第二个是他们听说，周蕙茋借去的钱是给刘科的。他们一听这个消息，就知道事情坏了。因为信河街的人都看得出来,刘科跟周蕙茵的交往,就是看上了她的钱。虽然大家都想不出他用了什么骗术让周蕙茵迷上了他,但大家更没有想到的是,这一次,这个"番人"把自己也骗进去了。如果早知道钱是给刘科的,打死也是不会借给周蕙茵的。

所以,他们一听说这个事情后,马上赶到周蕙茵的织衫店里来,他们对周蕙茵说,周蕙茵,三个月到了,你要还我们的钱了。周蕙茵觉得自己的脸上硬了一下,把头低了下去,但她很快就把头抬起来,说,你们放心,刘科说过,就在这两三天内,会把钱汇回来的。周蕙茵这么说后,债主们还是站着一动不动。周蕙茵又说,我向你们保证,就在这两三天内,刘科一定会把钱汇回来的。周蕙茵觉得自己这时嘴巴已经完全不听自己的控制了,她接着又说,我向你们保证,就在这两三天内,刘科一定会把钱汇回来的。大家见周蕙茵说得这么肯定,多少也有点儿将信将疑了。最主要的是,这么多年来,大家已经对周蕙茵建立起来了尊重,这个"尊重"是有惯性的,迫使大家不敢逼她太甚。所以,大家就犹豫着离开了织衫店。

过了两天,债主们又来了。他们一来就问周蕙茵,周蕙茵,钱汇回来了没有?他们问的时候,故意把"刘科"这两个字省略了。

周蕙茵说,还没有。

但她接着就说,大家再等一等,刘科很快就会把钱汇回来的。

债主们说，我们不想等了，利息我们也不要了，你只要给我们本钱就行。

没有想到，周蕙苠这时却很坚决地说，那怎么行呢？本钱和利息都要给，这是说好的事，我们一定会给的。

周蕙苠的口气让债主们很不舒服，他们忍不住怀疑了起来，这个周蕙苠是真的被刘科骗傻了呢，还是她跟刘科联合起来骗大家的钱？她还"我们"呢！所以，有人就有点儿不尊重了，问她说，你老说刘科马上回来，如果刘科不回来呢？那我们的钱怎么办？周蕙苠愣了一下之后，就更大声地说，刘科不会不回来。刘科一定会回来的。有的债主就说，刘科回不回来我们不管，我们只想要回自己的钱。周蕙苠还是一口咬定说，刘科会回来的，钱也是一定会还大家的。此后，无论债主们怎么问，周蕙苠就是这一句话。

接连有一个月光景，债主们每天上门来找周蕙苠，来了就坐在织衫店里不走。周蕙苠还是那句话，她说，刘科一定会回来的，钱也一定会还给大家的。再问她别的，她就闭口不语。这一个月里，周蕙苠也没有心思织毛衣了，她就呆呆地坐在自己的店里，嘴里不停地念着那句话。

所有的债主里头，只有周正衣没有上门来讨债。

周蕙苠跟刘科有了那种关系后，周正衣又开始用裁缝针扎自己的大腿了，但他并没有停止来织衫店看周蕙苠。他来了之后，并没有进店去，只是站在街对面的一棵桉树下，人笔直笔直地站着，面朝着周蕙苠的织衫店，痴痴地看着周蕙苠织毛衣的身影。过几天,他就会来这里站两个钟头。有时站着站着,就下起雨来了,路人纷纷逃窜,只有周正衣,还是一动不动地站在街对面的桉树下,保持着笔直的姿势,痴痴地看着店里的周蕙苊。但是,自从他知道债主找周蕙苊要债后,就再也没有在街对面出现了,他把自己关在裁缝店里。

五天以后,周正衣凑了两万元,包在一个布包里,叫一个学徒送到周蕙苊的织衫店里。学徒把布包递给周蕙苊,周蕙苊问他,这是什么意思?学徒说,我不知道,是老司叫我送来的。周蕙苊点了点头说,我知道了,你回去吧!

那个学徒的后脚跟刚跨进裁缝馆的门槛,周蕙苊的前脚也踏进了裁缝馆的大门。周正衣看见周蕙苊突然"莅临",惊喜得整个人都硬了。他脖子上挂着量衣服用的布尺,好像他的身体被人从后面捆住一样,一点儿也动弹不得。周蕙苊铁青着脸进来,把那个布包摊在周正衣面前,说,周正衣,你说说看,你这是什么意思?是在可怜我吗?是在接济我吗?周正衣张了张嘴,却发不出声音来。周蕙苊说,周正衣,你给我听好了,我用不着你的可怜,更用不着你来接济。周正衣整个脸憋得通红,就是说不出话来。周蕙苊说,刘科肯定会回来的,到时候,欠你的十五万也一定会连本带息还给你的。说完后,周蕙苊把那个布包往周正衣怀里一塞,一转身,快步走了出去。周正衣也跟了出去。走了几步,周蕙苊突然回过身来,指着周正衣说,不要再跟着我了,我会把钱还给你的。说完,一掉头,跑回自己的织衫店。

她店里停止了一段时间的织衫机又响起来了。

大概过了两个月后,周蕙芪还掉了第一笔债——五千元,另加五百元的利息。周蕙芪非常骄傲地对那个债主说,看看,这钱是刘科从山西汇回来的,他承包的煤矿已经开始赚钱了。

那个债主一副失而复得的惊喜。但他又有点儿犹豫地对周蕙芪说,本钱我拿回来,利息就算了。

周蕙芪一口就拒绝了,她说,那怎么行?说好了要给利息的,就一定要给利息。

周蕙芪还说,刘科很快就会从山西回来的。

又过了两个多月,周蕙芪又还掉了另外一笔债,把利息也如数奉上。那个债主有点儿不好意思了,说,我只拿本钱就行了,利息可以不要的。周蕙芪说,这钱是刘科从山西汇过来的,他交代一定要给你利息。她还对那个债主说,刘科说自己很快就会回来的,到时候请大家吃酒。

再过了三个月左右,周蕙芪又还掉了另外一笔债。她对那个债主说,这钱是刘科从山西汇过来的。刘科处理完手头的事情就会回来,到时候请大家吃酒。大家一定要来啊!

渐渐地,所有的债主就都退出了织衫店。因为大家发现了周蕙芪还债的秘密:

每次还债这天的早晨,信河街的人还没有起来,周蕙芪就一个人背着一个包,坐车悄悄地离开了信河街。她在隔壁的一个城镇下了车,在大街小巷里走来走去,其实就是在转圈圈,不时回头看看。走到上午九点钟左右,她突然拐进一个银行里，慌慌张张地把背上的包卸下来，从包里拿出一件毛线衣，从毛线衣里掏出一沓钱和一张存折，对营业员说，麻烦你把这些钱存到存折里。把钱存好后，周蕙芪先在里面朝外张望一下，迅速地拉开门，飞快地挤出来，然后坐车回信河街。一回到信河街，周蕙芪的整个神态就变了，她先在信河街的街道中央走一个来回，手里拿着一张银行的存折，看见谁都是微微地点头，把手里的存折举起来，挥了挥，说，刘科又从山西汇钱过来了！这样一路走到信河街的银行，她先站在门外朝里看看，如果里面人少，她就不进去，站在外面继续挥手；如果里面人多，她立即就进去了，挤到柜台前，把手中的存折递进去，很响亮地对营业员说，请你把存折里的钱给我取出来。营业员把钱给她后，她就站在柜台边一张一张地数起来，数完了之后，她又伸头对柜台里面的营业员说，麻烦你，给我一个你们银行的塑料袋子。她从营业员手里接过塑料袋子，仔细地把钱放进去，把袋子折起来，把印有银行字样的那一面朝在外面。然后，捧在手里，朝一个债主家里走去。

　　周蕙芪通过银行转移汇款的方式做了一段时间后，又换了另一种方式——改用邮局电汇了。邮局电汇有一个很明显的特征，每收到一笔款的时候，都是由邮递员骑着绿色的自行车，送上门来的。邮递员都是一边骑车一边摇着车铃，一路溜了过来，一到周蕙芪的店门口时，就会扯着声音喊，周蕙芪，有你的汇款。这个时候，周蕙芪总是要让邮递员喊上两三遍，才从店里跑出来，很高声地和邮递员说，又是刘科寄来的钱。

邮递员送了一段时间后,周蕙芪又换了另一种方式,由一个人送到她织衫店里。这个人大家都不认识,也不知道周蕙芪是从哪里找来的,付了他多少钱,他一进信河街,就问,请问,去周蕙芪织衫店的路怎么走,刘科托我带一笔钱给她。这个人一路走来,路上无论见到谁,都要停下来问一问,而且声音很洪亮,一直来到周蕙芪的织衫店,把钱交给周蕙芪。这个人后来还来了很多趟,因为路已经熟悉了,他没有再问,但他一看见信河街的人,就自告奋勇地说,是刘科托我给周蕙芪送一笔钱来的。

这三种方式,周蕙芪是轮流着用。信河街的人开始有点儿不理解,对周蕙芪的做法不以为然。到了后来,知道她的用心良苦,谁也不忍心戳穿她,无论她使用了哪种方式,大家也都很配合她,见到这种情况就说,哦!刘科又给你汇钱来了。每当这个时候,周蕙芪总是很骄傲地笑起来,说,是啊!是啊!刘科又把钱汇过来了。

从周蕙芪开始还债以后,她织衫店里的机器声,再也没有停过,连夜里也没有停过。

其实,这样的光景只过了三个月,周蕙芪的身体就很明显地瘦了下去。她的腰身一下子弯成了"7"字形,颧骨耸出来,两个腮帮凹下去,脸色像在水里泡了很长时间一样。她的眼睛睁得越来越大,看上去一片灰茫茫。人一下就瘪了。

半年以后,周蕙芪的身体就出问题了。

那天中午,她站在织衫机前面,站着站着,觉得脚上一软，人就瘫到地上去了。她挣扎着要站起来，却怎么也站不起来。一直到女儿周布从学校回来。周布说，妈，你怎么了？周蕙芘说，没有关系，只是觉得腿很软，站不住。她对周布说，你扶我到眠床上躺一下就行了。周蕙芘在眠床上躺了一会儿后，又爬起来了，双腿一颤一颤地，慢慢地走到织衫机前。她刚走到织衫机前时，觉得自己的双腿一弯，整个人又瘫到了地上。这一次连人也昏迷了过去。周布叫了好几声"妈"，她只是眼皮动了一下。周布连抱带拖把她移到眠床上，赶紧去请医生过来。

医生过来看了以后，对周布说，你妈妈是劳累过度了，要多休息，多补充一些营养。医生说，我先给她挂一瓶葡萄糖好不好？周布说，好的。周蕙芘这时刚好醒过来，她说，不好不好，我没有事的，只要休息一会儿就没事了。坚决不挂葡萄糖。

医生见周蕙芘这么坚持，就说好吧好吧！不挂就不挂，但你要多注意休息。周蕙芘说，我会的，我会的。医生走后没有多久，周蕙芘对周布说，妈妈口有点儿渴，你去冲了一碗糖水给妈妈喝吧！喝完不久，周蕙芘又回到织衫机面前了。

周布这时已经读高中了。她对织衫店里发生的整个事情都很清楚。她也知道妈妈为什么不挂葡萄糖，因为挂一瓶葡萄糖就要三十元钱呢！周布劝她说，妈，我们挂了再说嘛！身体要是坏了怎么办呢？周蕙芘说，好好的挂什么葡萄糖呢！再说了，挂葡萄糖跟喝糖水有什么区别？

这事发生后，大概过了一个星期，周布做出了一个重大决定。那一天，周蕙芃正在织衫，周布突然跟她说，妈，我不想读书了，我要回来跟您一起织毛衣！周蕙芃听见这句话，身体颤了一下，她回头看了看周布，说，不行，你还是去读你的书，家里的事妈妈来解决。周布说，家里都这样了，我的书已经读不下去了。周蕙芃说，家里是我的事，你的任务就是读书。就是把我们想要的学位拿回来。我们是拉过钩的。周布说，拿不回来了，我现在一点儿也不想读书了，一看见书我就头痛得要裂开，这几个月来，我的成绩一直往下掉，已经跟不上其他同学了。周蕙芃说，这样不行，我马上就去找你的班主任，我不能让你就这样掉下去。周布说，已经迟了，我跟学校都说好了，办了休学的手续了。周蕙芃说，如果不读书，你以后怎么办呢？周布说，我跟你一起织衫。周蕙芃眼睛一阵发酸，她对周布说，都是妈妈不好，是妈妈欠你的。

几天之后，织衫店里就多了一台织衫机。从那以后的好几年里，这两台织衫机的声音总是在不停地赛跑，没有白天，也没有黑夜。偶尔的时候，是一个声音在跑，这个声音听起来就特别忧伤，一声一声地叫，一声比一声急，先是在原地徘徊不去，突然拉高了声调向天空中射去，然后慢慢掉下来，一直到另一个声音也响起来了，才把自己融进去，连成一片。但是，不管是一个，还是两个，反正从那以后，这种声音就再也没有断过。信河街的人睡觉前最后听见的一个声音是它们，早晨醒来听见的第一个声音也是它们。

信河街上很多人，睡觉之前和醒来之后，都要做一门功课，那就是忍不住要感叹一下：这个狗生的刘科啊！他们这么感叹是有道理的。周蕙芪走到这个地步，当然是刘科作的孽。他把周蕙芪害了不说，连着把周布也带了进去。这就等于把周蕙芪连根拔了。这是很阴的。如果说周蕙芪是"自作孽不可活"的话，那周布有什么"孽"呢？但是，她现在却要早早地背上了还债的担子。她还有人生吗？当然，信河街的人这么感叹还有另一层意思，那就是他们不能对周蕙芪母女感叹，从周蕙芪方面来说，她所表现出来的坚强，是不要别人感叹的，她不屑于别人的感叹。她反而时时流露出自己的"幸福"和"人生的高度"，相对于她的"幸福"，信河街的人都是不幸的。她的态度就是这样的，她的气势也是这样的。她的这种气势、她的这种"高度"也确实压着信河街的人了，信河街的人不敢正眼看她了，只能骂一句：这个狗生的刘科啊！

这样过了四年。

到第四年的时候，周蕙芪把大部分的债都还掉了。包括周正衣那十五万。那一天，周蕙芪也是一大早坐车去隔壁的城镇存钱，周正衣的这一笔钱，已经存了快两年了，这一次存了之后，她就可以把所有的钱都取出来了。从隔壁城镇存完钱回来后，周蕙芪照例在信河街的街道中央走了一个来回，然后，才去银行取钱。取完钱后，这一次因为钱太多了，周蕙芪没有站在柜台边一张一张地数，她对营业员说，麻烦你，能不能给一个你们银行最大的塑料袋子？营业员说，好的。就递给周蕙芪

一个大的袋子。周蕙苎把钱包好后，又对营业员说，麻烦你，能不能再给一个你们银行最大的塑料袋子？营业员早就习惯周蕙苎这一套了，就再递给她一个更大的塑料袋子。周蕙苎很小心地把这个袋子套在外面，高高地捧在手里，来到周正衣的裁缝馆。还没有进门，周蕙苎就高声地说，周正衣，我来还钱了。

周正衣听到声音，慌慌张张地跑了出来，对周蕙苎说，你进来吧！有话我们进来说吧！

周蕙苎却在门口站住了，她说，我不进去了，我是来还钱的，还了就走。说着，就把十五万和利息一起递给周正衣。

周蕙苎说，这钱是我刚从银行取出来，你看袋子也是银行的呢！我也没有时间点，你点一点看，数目对不对？

周正衣捧着一袋子的钱，眼睛却看着周蕙苎，几乎要哭出声来了，他说，我不要这些钱行不行？我不要行不行？

周蕙苎很肯定地说，不行。这是我欠你的，就要还给你。

接着，她又说，这钱是刘科从山西汇过来的。你一定要收下。刘科还说了，到时候一定请你喝酒呢！要好好地谢谢你呢！

说完，周蕙苎冲周正衣挥了挥手，就回织衫店去了。

这个时候，周布已经出落成一个大姑娘了。周布也有一米七五左右的个子，她长得比当年的周蕙苎更匀称。而且，周布无论从长相上还是气质上，都跟周蕙苎不一样。打一个比喻吧！如果把周蕙苎比喻成天上飞的鸟的话，周布就是水底游的鱼。周蕙苎的美丽是可观的，也是大致有数的。而周布的美丽却是深不见底的，是不可知的，是更有"杀伤力"的。具体的表现是：她看人的时候，就直直地盯着看一会儿，把眼睛瞪得大大的，充满好奇地看着对方，好像要把对方一眼看穿，把对方脸上有几根眉毛数清楚，把眼睛伸到对方的身体里去，把里面的东西看一个遍。好像对一切都一目了然了，然后，冲对方甜甜地笑一下。她看人的时候，能够把人看得高度紧张，整个人像铁条一样僵在那里，脑子里"嗡嗡嗡"地叫，脑子里面越叫越大，不知道自己要干什么了，更不知道周布心里在想什么，接下来要做什么。相反的，跟周布比较，周蕙芃完全变成了另外一个人了。首先变的是她的背，由于长期站在织衫机前面，她的背已经整个驼下来了，好像背着一个高高耸起的锅。其次的变化是她的头发，她原来有一头浓密乌黑的长发，现在却已经白了一大半，她也已经把长发剪成了齐耳短发，由于缺少梳理，一头凌乱。再有的变化就是她的牙齿差不多都快掉光了，整个嘴巴塌了进去，看起来，脸的上部显得非常大，下半部分却像突然丢失了一样，非常突兀。最大的变化还是她现在总是不停地咳嗽，一咳起来，本来很驼的背就更驼了，头不停地弯下去，把身体弯成一个"n"形。除了去还债，她的脚就很少踏出织衫店了，她也不想见任何人。因为，有一天早上，周蕙芃无意中看了一眼镜子，这一看，她吓得叫了一声"啊"，声音里充满了惊慌。周布听到声音，急忙跑过来。周蕙芃一看见周布，一头就钻进了周布的怀里，把周布死死抱住，全身发抖。周布说，妈，怎么了？怎么了？周蕙芃一下就哭了起来。一边哭，一边指着镜子说，里面，里面有妖怪。周布知道她指的是什么意思了。她拍着妈妈的背,说,没有关系的,没有关系的,你只是看花了眼,没有妖怪的。安顿好妈妈后,周布就找来很多木板,把家里所有的镜子都用木板封死。这个事情,周蕙芪自己其实也是清楚的,从那以后,她再也不照镜子了,更不提照镜子的事了。

到了第五年的时候,周蕙芪把银行里的最后一笔贷款也还清了。

那一天,周蕙芪还完贷款,从银行回到家里。站在织衫机前面的时候,周蕙芪觉得自己从来没有过的空虚,她不知道自己还应该干些什么。想了很久之后,她还是把织衫机开了起来。大概半个钟头以后,周布转头去看的时候,周蕙芪已经直直地躺在地上了。周布叫了一声"妈",赶紧把她抱起来,她两只手一伸,往上一托,就把周蕙芪托了起来。周布把她放到眠床上。

躺在眠床上,周蕙芪突然一阵激烈地咳起来,她把头伸了伸,吐出了一口果冻一样的鲜血。周布一看就哭了,她说,妈,我们去医院吧!周蕙芪又是一阵激烈的咳嗽,伸手死死抓住周布,一字一顿地说,我不去。周布说,为什么不去呢?我们现在也不缺钱了。周蕙芪也不说为什么,她只是一字一顿地说,我不去。周布就说,既然你不去医院,我去请个医生来家里给你看看好不好?周蕙芪摇了摇头说,不好。周布说,你这样下去,身体出了大毛病这么办?周蕙芪摇了摇头说,我什么地方也不去,就在家里。

三

刘科离开信河街后，就没有回来过。但是，隔一段时间，就会有他的消息传回来。这些消息像烟雾一样到处飞，没有一条落到实在的地方。

曾经有一段时间，传说刘科到西班牙找他妈妈去了。这事有什么证据呢？谁见过他的妈妈啦？没有。后来，又有人说，刘科在武汉的码头上跟人打架，被人当场砍死。这事也没有确凿的证据，有好事的人打电话到武汉的警察局，说，请问警察同志，有没有一个叫刘科的人在你们地盘上被砍死了？他是信河街人氏。武汉那边回答说，砍死的人倒有，但名字不叫刘科，也不是信河街人氏。再后来，也有消息说，他因为贩毒被抓，判了无期，关在云南的一个监狱里。这个传说更没谱，只是有人根据刘科一贯品行的猜想。不过，大家一致的意见是：刘科不可能在山西承包煤矿。只是谁也不去拆穿周蕙茛编织的这个谎言。大家一想起这个事，就觉得愤怒，这个狗生的"番人"，总有一天会被雷劈掉的哩！

到第六年的时候，才有确切的消息传到信河街来。有个人在深圳见到刘科了。他已经是个著名企业家了，他名下的房地产公司就有五家，还投资了三个专业商场。他现在无论走到哪个城市，哪个城市的书记市长就会想方设法地宴请他，希望他来这里投资。

其实，这些年来，刘科跟他的叔叔一直有通电话，只是刘科的叔叔没有说，大家不知道而已。

因为刘科骗了周蕙茞的钱，所以，这些年来，刘科的叔叔深以为耻。自从周蕙茞开始还债以后，刘科的叔叔就不敢经过周蕙茞的门口了，他总是担心有一天周蕙茞会跑到他家里来，虽然周蕙茞一次也没有来，但他的心每天都是提着的。刘科每一次来电话，他叔叔就咬牙切齿，恨不得咬下刘科身上一块肉来。所以，他一听到刘科的电话，他就把声音提到一个很高的高度，他骂刘科说，刘科你这个畜生，你怎么还有脸活在世上呢？我以为你早死了呢！刘科的叔叔说，现在，全世界只有一个人相信你从山西给她汇钱了。周蕙茞一死，这个世界就再也没有人相信你了。刘科的叔叔在电话里还说，如果早知道你是这样的一个猪狗不如的东西，我当初就不应该养你，把你丢到粪坑里淹死多好。无论刘科的叔叔怎么骂，刘科在电话那一头都没有生气的意思。这有点儿出乎他叔叔的意料。刘科的叔叔敢这么嚣张地骂，因为那是在电话里，隔着千山万水，谅刘科也是鞭长莫及。他就是有原子弹也打不到这里来啊！

不过，话说回来，刘科叔叔这么大张旗鼓地骂，也是有道理的。一方面是因为他确实心里有气，家里出了这么一个骗色加骗财的败类，自己养了一只白眼狼，怎么说也是件很丢人的事啊！他觉得抬不起头来。愧对列祖列宗啊！要咬刘科一口的想法也是真实的。牙龈确实痒痒。另一个方面，刘科的叔叔这么做，也有表演的成分，他把声音提得很高，目的就是要让别

人听到,说明他的立场是明确的、方向是正确的,跟刘科是划清界限的,刘科骗钱的事跟他无关。他是站在周蕙芪这一边的,是跟正义站在一起的。

骂过之后,刘科叔叔的胸中怒气也就消了很多,说话的声音自然也就低了下来,有了促膝长谈的架势了。毕竟刘科是他一手养大的,感情还是深的,有些该说的话他还是要说的。刚才发了一通火后,他现在就能比较心平气和地对刘科说话了,他对刘科说,我说刘科啊!人家周蕙芪落到现在这个地步,你是要负责任的。而且,周蕙芪是真的爱你的,她怎么会不知道你刘科不在山西包煤矿呢?但她就是在这个时候也还护着你,不断地对别人说,这钱是刘科从山西汇回来的。这怎么不叫人感动呢?刘科的叔叔说,所以,无论如何,你刘科也要报答周蕙芪。对周蕙芪的付出有一个回报。对信河街的人也有一个交代,对列祖列宗也有一个交代。刘科在电话那头对他叔叔说,叔叔,我是真的不知道事情会是这样的。我以为自己骗了钱跑掉以后,周蕙芪会把什么事都推在我身上的,所以,我才说三个月后一定连本带利一起还,如果周蕙芪把什么事都推到我身上,那就什么事也没有了嘛!政府要通缉也是通缉我,但我真的没有想到周蕙芪会把整个事情背了起来。刘科对他叔叔说,他既然知道了这个事情,就不会撒手不管的,他会尽快安排时间回一趟信河街,把钱还给周蕙芪,或者给她一些其他的报偿。

六年后的一天中午,信河街突然响起一阵急促的警笛声。两辆警车在前面开道,两辆警车殿后,中间夹着五辆黑色的轿车。车队在刘科叔叔的家门口停下来。车队停下来的时候,有人突然放起了鞭炮。很多人闻声跑了过来,一时把小小的信河街围得风吹不进,人声震天。一阵硝烟过后,从轿车里钻出一大串市里的头头脑脑。然后,出来两个壮汉。再然后,大家就看见刘科从轿车里钻出来了。刘科好像没什么变化。他还是一身雪白的西装,脚踏一双白皮鞋。但明眼人一看就明白,他那身西装不一般,穿在身上,充满了气一样,一点儿不起皱。而市里的头头脑脑的西装就不行,好像都被雨淋湿了一样,显得垂头丧气。刘科的叔叔也是跑出来看热闹的,他没有想到会是刘科回来。刘科看见他时,赶紧叫了一声,叔。然后,对市里的头头脑脑说,这位是我叔叔,我就是叔叔养大的。那些头头脑脑马上一个接一个地跟刘科的叔叔握手,一边握,一边说,感谢你啊!你培养了一个我们的骄傲。弄得像刘科的叔叔接见他们一样。很是猝不及防。握完了手后,大家拥着刘科,进到家里去,参观刘科的"故居"。

当天晚上,市里隆重地宴请刘科。

荣归的刘科没有住在自己的"故居"里,他住在市里最高档的唐人街大酒店。据消息灵通的人说,他住的是总统套房,一个晚上的房价是两千八百八十八元。我的神哟!里面的眠床是金打的吗?信河街的人这样惊叫道。这时,有人想起来,以前,刘科老说自己是做大事的,就像他的"祖上"一样,是坐江山的。没有想到,老天无眼,果然被这个"番人"说中了。

但大家最关心的,还是刘科跟周蕙芪的事情。刘科既然回来了,也算是光宗耀祖了,总应该去见见周蕙芪吧!即使他不去见,周蕙芪也会来找他的。那么,接下来,两个人会怎么样呢?刘科会娶周蕙芪吗?或者,刘科会给周蕙芪多少钱呢?周蕙芪为了他做出那么大的牺牲!刘科要怎么补偿呢?

大家都想看看,刘科会用哪种方式来处理这件事。

第二天傍晚,信河街上的老店铺大多已经打烊了。此时,大家刚吃了晚饭,这是一天中最悠闲的时候,也是人的内心最活跃的时候。

就在这个时候,刘科一个人悄悄地来到周蕙芪的织衫店里。

刘科进来的时候,周布正在店里织毛衣。她抬头直直地看了刘科一会儿,对他笑了一笑。然后,又低头织毛衣。刘科就站在身后一直看着她。过了一会儿,周布又抬头看了他一下,平静地问刘科,你有事吗?

刘科说,你是周布吧?我是刘科。

周布说,哦。

刘科说,我来看你妈妈。

周布说,我妈妈病了。

刘科问,病得厉害吗?

周布说,还好。

他们在说话时,楼上有一阵咳嗽声传下来。

刘科说,你能上去跟你妈妈说一声吗?就说我想见一见她。

周布还是很平静地说,我妈妈跟我说了,她现在不想见你。你不如先回去吧！见面的事过几天再说。

但刘科还是站在织衫店里，没有走的意思。刘科来之前，是比较担心周布的态度的，周蕙茛走到现在这个地步，当然是自己的原因。害得周布辍学，当然更是自己的原因。自己是有愧于她们的。来了之后，刘科觉得还是有点儿意外，周布的态度虽然算不上热情，但也看不出来要把他当成敌人的意思。另外一个意外是，周蕙茛竟然不想见自己。刘科想，看来，周蕙茛心里确实是有气的，这些年来她受了多少的罪啊！一下子转不过弯来，也是正常的。所以，刘科并没有硬要上楼去看周蕙茛的意思，就算是上楼见一面又有什么意义呢？所以，刘科对周布说，我知道你妈妈现在一定很恨我，是我害了她，也害了你，你现在应该在大学的课堂里读书的，因为我的过错，你现在只能在家里织毛衣。周布说，你错了，妈妈跟我说过，她没有恨过你，她为你所做的一切都是心甘情愿的。周布说，倒是我，有一段时间曾经恨过你，那是因为妈妈为了还债病倒了，但她为了省钱，怎么也不肯看医生，连挂一瓶盐水的钱也舍不得花，我想这都是因为你，妈妈才会病成这样的，才会变成这样的。但后来妈妈坚持下来了，我也就不恨你了。刘科说，那你妈妈为什么不肯见我呢？周布说，这点我也想不明白，妈妈心里一直想着你的，为了让你回来容易找到她，她连去医院看病都不肯，就在前天，她还念着你的名字。可是，到了昨天中午，她听到了鞭炮声，问我街上发生了什么事了，我告诉她，是你赚了大钱回来了，这下你就可以看到苦苦等了六年的刘科

了。但是，就在这时，她突然激动了起来，她说我不想跟刘科见面了。我跟她说，这是为什么呢？等了这么多年了，终于等到了，却突然不见了。这又何必呢？但妈妈说，她现在不想见你了，因为看见你的时候，你肯定会说到钱的事。她现在一听见钱这个字就会哭起来。

听完了周布的话。刘科稍稍地回味了一下，他发现周布的话虽然说得很好听，暗地里却另有一层意思。好像话里藏着机关呢！刘科好生诧异，她一个小姑娘，怎么能够把话说得这么平静呢？说得这么滴水不漏呢？刘科想，从内心说，周布还是恨自己的吧！自己把她们的生活全毁了，怎么可能不恨呢？她能够这么平和地对自己说这些话，已经是很难得了。因为周布一开始就封了他的嘴，刘科就不好意思说到钱的事了，所以，离开织衫店时，他对周布说，过两天我还会来的，我把我的电话号码留给你，有什么事，你就给我打电话。周布说，好。说完，她很仔细地把刘科写给她的电话号码收起来。

再过了一天，刘科又去了一趟周蕙苣的家。周布还是对他说，我跟妈妈说了，妈妈还是很坚决，她说自己现在谁也不想见。刘科说，没有关系，我在信河街还有一段时间诗，我可以再等等，过几天，你妈妈的想法可能就会改变的。

刘科话是这么说，私下里已经开始行动了。因为刘科这一天去的时候，在店里碰到了给周蕙苣看病的医生。第二天，刘科派人悄悄地把那个医生请到唐人街大酒店里来。刘科问那个医生，你能不能跟我说说周蕙苣生的是什么病呢？医生说，周蕙茛的病，劳累过度引起的，她现在最大的问题是肺部，因为她总是咳血。刘科说，咳得厉害吗？医生说，厉害，最好早看，迟了就难说了。刘科说，这样的话你跟周布和周蕙茛说过吗？医生说，我说过，我早就说过了，可是，周蕙茛说什么也不肯去医院。

几天以后，一辆救护车呼啸着停在周蕙茛的店门口，车门"哐当"一声裂开，跳下几个穿白大褂的医生，他们抬着担架。

但是，他们敲了半天的门，里面也没有人出来。后来，有一个邻居出来说，前天晚上她们关了店门出去后，就没有回来过。

刘科听到这个消息时，心里紧了一下。随后，一个很大的问题跳了出来：周蕙茛是真的不想见自己了。但是，也就在那一瞬间，刘科也在心里想：既然这样，自己就非要找到周蕙茛不可了。如果就这么不见了，她们这辈子都会背着几十万的钞票在自己的脑子里走来走去的。只有找到了她们，把周蕙茛的病治好，把周布的生活安排好，让她们过上无忧无虑的生活，自己欠她们的债才算还清。要不，自己总是觉得欠着她们，背着一个老大的包袱，心里肯定是很不舒服的。

一连好几天，刘科都派人去信河街守候。织衫店的门每一天都关得跟岩壁一样。刘科又派人把医生请来，问他这几天有没有去给周蕙茛看病。那个医生说没有。那个医生知道这个情况后，就跟刘科说，这个事情不妙了，因为他留给周蕙茛的药只能够吃几天，没有药压着，她就会不停地咳血，不停地咳血,她是很危险的。

刘科一听就慌了。

派出去找的人也陆续回来了。包括周蕙茵的娘家,市里的各个医院,包括她在上海学织毛衣的学校,都找了一个遍,连一点儿周蕙茵的影子也没有。

又等了一个星期,这是难熬的一个星期。刘科总是在心里问,周蕙茵怎么可以这样呢?这样不辞而别是什么意思呢?自己这一趟回来,只想对她做点儿事,给她一点儿报偿,她这样躲着自己,难道是连这样的机会也不准备给自己吗?难道她就是故意要让自己的下半生背上这么个包袱吗?

就在刘科快要绝望的时候,他接到了一个电话,电话是周布打来的。一接到这个电话,刘科突然觉得自己眼眶一热,原来所有的怨气都不见了,他忙问周布说,周布,你们跑到哪里去了?这些天我天天派人在找你们啊!周布说,我和妈妈在离市里很远的一个乡村卫生院里。刘科说,你们怎么跑到一个乡村卫生院去了呢?周布说,十几天前的一个晚上,妈妈突然对我说,刘科要派人来抓我了,抓去以后,他就会用钱把我们砸死的,我们要赶紧逃。我说,妈妈,不会的,刘科来我们家是来看我们的,并没有恶意。妈妈一听,就哭起来了,说,你跟刘科串通起来害我了。她一哭,就咳了很多血出来,我就只好背着她跑了。这十几天来,妈妈每天都要换一个地方,而且死也不肯去医院。她说,刘科已经布下了天罗地网了,一去医院就会被抓住的。妈妈连旅馆也不肯住,她说,每个旅馆里都有刘科的眼线,一去也会被抓住的。白天的时候,我们就躲在一些破庙里,或者躲在荒山上;到了夜里,才出来换地方。逃出来以后,妈妈每一天都咳很多血,怎么止也止不住。昨天夜里我们赶了一夜的路,因为妈妈说,刘科已经派人从后面追来了,我们要快跑,不跑就死定了。我一停下来,她就叫起来,说,这次死定了,这次死定了,我听见后面有人追上来了。到了今天早上,妈妈的咳血就怎么也止不住了,咳得人都昏迷过去,我才偷偷地把她送到这个卫生院里来。卫生院里的医生给妈妈挂了盐水,一直到现在还挂着呢!可妈妈还是一点儿也没有好起来,他们都担心妈妈会死在这里!周布在电话那头说得断断续续,刘科想象不出她现在是什么表情,刘科也没有机会想,因为他听电话的时候,手抖得很厉害。他对周布说,周布,你不要慌,不要慌。其实,他自己慌得腿都软了。他也不知道自己的手为什么要抖,也不知道自己的腿为什么要软,反正它们的表现都不尽如人意。这一些,刘科其实也无暇去想了。他只是不停地对周布说,周布,你不要慌,我马上就带人赶过来。

挂完电话后,刘科马上跟市里的医院联系,叫他们派一辆救护车跟他一起去。

刘科赶到卫生院时,先看见了周布。这十多天来,周布变了很多。她好像是受到了极大的惊吓,头发乱成一团一团的,脸色黑黑的,目光直直地坐在病房里,一动不动。然后,刘科就看见躺在病床上的周蕙茞了。周蕙茞已经昏迷过去了。这是刘科回来以后，第一次看见周蕙苊，他虽然早就有了思想准备，但看见周蕙苊时，心里还是"咯噔"了一下。因为，躺在病床上的周蕙苊头发已经全白了，她的脸色跟她的头发一样白，连嘴唇也是灰白的。周蕙苊躺在那里，嘴巴微微张着，嘴巴两边的肉完全塌陷了下去，像一具木乃伊。刘科轻轻地拍着周布的背说，不怕了，我们不怕了，回到市里的大医院里，一切都会好起来的。

把周蕙苊运回医院后。住进医院里最大的一个病房。病房里面有好几个小房间。刚进去是个会客室，有三张沙发和一张茶几，茶几上放着一束新鲜的康乃馨。再进去是一张可以睡三个人的大病床。病床边上还有一个小房间，是给病人的家属住的。再边上是卫生间。周蕙苊住进去没有多久，医院的院长亲自领着一帮人来给周蕙苊做检查。周蕙苊被推进检查室后，刘科和周布就在外面等。

在检查室外面，刘科一直看着周布。刘科叫了一声，周布。周布站在那儿，一动不动，她低着头，眼睛看着自己的脚尖。周布现在这个模样，让刘科心里非常难受。刘科第一次看见她的时候，那时的周布，是一朵含苞待放的花，她是恬静的，是坚定的，眼神是温和的。可是，这一次看见周布时，她的眼睛不再看人了，微笑也没了，脸上的表情是惊慌，是茫然。如果一定要找出她没有变的地方的话，刘科觉得，那就是自己现在更加不知道她心里在想什么了。刘科说，周布，这十几天里，你们都去了哪里啊？周布只是摇头，一句话也没有说。但刘科可以想象得出来，周布背着周蕙茛到处躲藏的影子。周布一边走，背上的周蕙茛不停地咳嗽，不停咳吐血。周布一边哭一边深一脚浅一脚地走。刘科似乎看见周布眼神里充满了无助。但只是一眨眼，周布的眼神就不见了，她现在的眼睛很空洞，看着自己的脚尖。谁也不知道，她这时心里在想些什么。

周蕙茛在检查室里整整待了一个下午，出来以后，还是昏迷不醒。医生直接把她送回了病房。

医生安顿好周蕙茛后，对刘科说，周蕙茛的身体非常虚弱，很多器官都有一定程度的损坏。刘科说，那怎么办呢？医生说，最严重的还是她的肺部有一个肿瘤，现在还不能确定，这个肿瘤是良性还是恶性。但是，不管这个肿瘤是良性还是恶性，都必须做手术。刘科说，好吧！那就赶紧做手术吧！医生说，现在不能做，因为周蕙茛的身体太虚弱，要调养一段时间才能做。刘科连连点头，说，一切都听你们的，请你们用最好的药给周蕙茛调养，尽快给周蕙茛做手术。花多少钱都没有关系。医生说，院长交代过我们，我们知道的。

刘科对医生说，我对周布也有点儿担心，你们能不能给她也做一个检查？医生说当然可以。很快就安排周布做了一个全身检查，结果没有查出什么名堂来。刘科还是不放心，又叫医生给她的精神状况做个检查。办好手续后，医生对周布说，你跟我来吧！周布就一声不响地跟在医生后面。进了检查室后，医生说，周布，你站在这里别动。周布就站在那儿不动了。过了一会儿，医生说，周布，把你的两只手抬起来，抬平。周布却一点儿反应也没有。医生就走过去，把她的两只手抬平。这个时候，周布的眼睛还是直直地看着自己的脚尖，医生说什么，她好像一点儿也没有听见。检查到后来，医生把周布带到一台机器上，说，周布，你在这里站着，不要动啊！当医生跑回操作台，却发现周布已经不见了。医生找遍检查室，也没有周布的影子，便慌忙跑回周蕙苨的病房，发现周布已经一声不响地站在病房里了，眼睛直直地看着自己的脚尖。但是，医生告诉刘科说，从已经检查过的结果看，周布还是很正常的，她可能是受了一些惊吓，过一段时间就会慢慢好起来的。刘科听了以后，松了一口气，说，这样就好。

这一次，为了防止再出意外，刘科和医院里商量，医院派了两个护士专门在这里值班。刘科还是不放心，他又派了两个自己的人盯住这里。

周蕙苨在病房里一住就是一个月。

住进医院两天以后，周蕙苨就醒过来了。她一醒过来就说，我要离开，让我出去。但是，她出不去。两个护士二十四小时看着她，还有两个壮汉每天轮流把守着病房的门。连外面的窗户都用铁条焊死了。再说，周蕙苨也爬不起来呀！即使爬起来，也走不动。她知道这种状况，只说了一句后，就把嘴巴闭上了，什么话也不说了，用被子把自己的头和脚都蒙起来。她不想看见外人，更不想让外人看见她，对谁也不说话。

刘科每天都来病房。每一天，刘科都会送一束鲜花来，昨天是蝴蝶兰，今天是玫瑰花，后天是香水百合，再后天是康乃馨。病房里堆满了刘科送来的花。周蕙芪躺在病床上，身边鲜花环绕。刘科来了之后，就坐在病床前，隔着被子看着周蕙芪。他每天都跟周蕙芪说话，周蕙芪还是用被子把自己的头和脚都蒙起来。但是，周蕙芪越是这样，刘科就越想让她跟自己说句话。有一天，刘科说着说着，嘴里突然溜出一句自己从来没有想过的话，他对周蕙芪说，我们结婚吧！刘科这么说时，看见被子里的周蕙芪的身体动了一下。刘科觉得自己两个太阳穴一跳一跳的，身体有点儿飘了起来，他接着说，我已经想好了，等你的病一好，我们马上就结婚，结婚的时候，我们邀请信河街上所有的人都来吃酒，你以前说过，我回来要请他们吃酒的，我们就连着请大家三天三夜，让他们吃个够、喝个够好不好？刘科还说，我们现在有钱了，什么也不缺了，我们要让周布再去读书，去国外留学也可以。刘科越说兴致越好，他说，我们结婚以后，我准备建一所很大很大的别墅，地点我也看好了，钱也缴了，是一个靠山面水的地方，也不远，离信河街只有十分钟的车程。刘科说，如果你不想住在信河街也可以，只要你想住什么地方，我们就去什么地方，杭州也可以，上海也可以，移民去国外也可以，只要你喜欢就行。

　　刘科说这些话时，周布也在病房里，刘科问周布说，我跟你妈妈结婚，你会同意吗？周布的眼睛还是直直地看着自己的脚尖，好像并没有听见刘科的讲话。

　　一个月后，医生给周蕙芪做了一个全身检查。检查这一天,刘科一早就赶到医院,帮医生和护士把周蕙芪抬到推车上,一直把周蕙芪送到检查室的门口。一个钟头后,医生从手术室里出来,很高兴地告诉刘科说,周蕙芪恢复得很好,明天就可以做手术了。刘科一连声地说,好的好的。

第二天一早,周蕙芪就被推进了手术室。

三个钟头后,手术室的门被推开了。刘科就站在门边,医生看见刘科,马上把口罩拿下来说,手术做得很成功,这下你可以完全放心了。刘科说,谢谢,谢谢!他对身边的人说,你马上去外面买花,给每一个参加手术的医生都送一束鲜花,要挑最好的买。刘科又对陪在他身边的院长说,我要好好感谢你们!我以后一定要找一个机会好好地感谢你们。

手术之后,周蕙芪的身体一天比一天好了起来。咳嗽明显少了,但她还是没有跟刘科说话。

同时好起来的还有周布,她的脸色也渐渐地红润了起来,脸上也有了些微的笑容。这一段时间,她还经常去信河街走走,有时一走就是大半天。

对于周布去信河街走走这件事,刘科刚开始也有点儿担心,要是周布出去走走就不回来了怎么办?他派人暗暗跟了几天,发现周布也没有到处乱走,她只是回信河街走走、看看,差不多的时间,就回医院了。这样几回之后,刘科就比较放心了。因为周蕙芪还在医院里,他觉得周布只是出去散散心,走走也无防。

刘科一边每天来医院看望周蕙芪,一边安排人大兴土木建别墅。

每天来医院看望周蕙芪的还有一个人，就是她的前夫周正衣。只是周正衣从来没有走进医院的大门。他每天站在医院的对面，遥遥地看着医院。他也不知道周蕙芪住在哪个病房？现在的情况怎么样了？他倒是每天看见刘科进进出出。每一次看见刘科时，他的脸上就会升起几朵红斑，手心全是汗。他一直看到刘科坐上车走远了之后，才又一动不动地盯着医院的大楼看。他的鼻尖上冒出好几颗汗珠，一颤一颤的。

这样又过了一个月。在这一个月里，每过几天，医生就会送周蕙芪去做一遍检查，看看恢复的情况如何。医生每一次都说，周蕙芪，你恢复的情况很好，比上次好多了。有一次检查之后，医生对周蕙芪说，周蕙芪，你的身体已经没有问题了，再检查一次，就可以出院了。

刘科听到这个消息后，很是高兴。

但刘科最近也有一件比较发愁的事，那就是：周蕙芪出院后，让她住哪里呢？别墅还没有建好，住在酒店里，总归缺少家的感觉。刘科很想给周蕙芪一种家的感觉。所以，他这几天都在物色房子，他想先买一幢现成的住住，结完婚后，别墅也就建得差不多了，那时候再搬过去也不迟。他把这个意思跟周蕙芪说了，他说，周蕙芪啊！你看我这样安排行不行？周蕙芪还是整个人蜷伏在被子里，她还是一声不吭。刘科见周蕙芪没有吭声，他又说，我知道这样安排太简单了点儿，也太仓促了点儿，但这只是一个开始，以后我会慢慢补给你的。周蕙芪还是没有吭声。刘科就又转头跟周布说,他说,周布,你觉得我这样安排行吗?周布也没有表态,她还是用眼睛看着自己的脚尖。刘科拍了一下大腿,说,好了,你们不吭声,就表示你们都同意了,那就这么定了啊!

就在这个时候,又出事了。那一天,医生给周蕙茞做了最后一次检查后,在从检查室回病房的路上,周蕙茞和周布逃跑了。

刘科知道这个消息后,马上赶到医院,护士把一捆十五万元的钱交给他。护士说,这些钱是从周蕙茞的病床里发现了,里面夹了一张纸条,纸条上只有一句话:给医院的费用。

刘科马上派人出去找,寻找的地点包括信河街周蕙茞的家、车站、渡口、机场,还有各条通往外界的路口。而他自己也坐不住了,叫司机开着车,载着他,在路上一圈一圈地转。

一直找了一整天,天黑了,出去的人都回来了,都说没有发现周蕙茞和周布的身影。去信河街那一路的人却有收获,他们回来向刘科汇报说,我们去信河街周蕙茞的家里时,敲了敲门,门就开了。我们心中那叫一个激动啊!心想自己这下可立功了,都有点儿想给你打电话报喜了,是硬忍才忍住的。门开了之后,出来的是一个中年男子,中年男子说你们找谁?我们说,周蕙茞在不在家?中年男子回答说,周蕙茞早就不在了,上个礼拜,她就委托她的女儿把这幢房子卖给我了。

刘科听了这话后,脸上白了一下。他原本是站着的,听完之后,一屁股坐在椅子上,很长时间都没有说出一句话来。手下的人围成一圈，静静地看着他。过了很久后，刘科的喉咙才响了一下，他一字一顿地说，明天继续找。

第二天，所有的电视，所有的报纸，所有的广播，所有的公共场所都出现了寻找周蕙芘的启事，启事里最让人热血沸腾的是：只要找到周蕙芘和周布，奖金一百万元。人们还发现，连每一个上街巡逻的警察，手里都拿着一张周蕙芘和周布的照片。

这样过了三天，还是没有周蕙芘和周布的消息。

刘科手下的人来问他，寻人的广告还打不打。刘科做了一个拿着大刀往下砍手势，说，打。

四

事情发生后的第二天，刘科带着一个壮汉，去了一趟信河街，去了周蕙芘原来的家。

那个中年男子对刘科说，这幢房子是我花了二十万元买来的，同时买过来的还有织衫店。刘科说，我给你五十万，你把这幢房子卖给我，好不好？那个中年男子看看刘科，他可能觉得刘科出口太大方了，这几十万赚得太容易了，既然这么容易，是不是可以再赚一些呢？所以，他犹豫了一会儿，然后，一口咬定，我不卖。刘科又说，一百万卖不卖？中年男子脸上的肌肉跳了几下，吞了口水说，一百万我也不卖。刘科说，不卖你会后悔的。那个中年男子拍了一下自己的胸说，嗤！我后悔?我不后悔的,房子是我的,我没什么可后悔的。刘科见他这么说,突然跟身边那个壮汉挥了一下手。那个中年男子大概以为刘科想用武力来解决了,他赶紧把马步摆起来,做出打拳击的姿势。但是,刘科却领着那个壮汉,头也不回地走了。那个中年男子一脸的搞不懂。他张了张嘴,好像是想叫住刘科,最后还是没有叫出来。

周蕙芪和周布失踪一个星期后,刘科飞快地和市里签好了一个投资项目,由他投资,建一个大型的服装商场。

在这之前,刘科跟市里的头头脑脑一直在谈。刘科这趟回来,市里的头头脑脑帮了他很多忙,包括叫公安找周蕙芪,包括安排医院给周蕙芪治疗,这些事都是他们亲自交代的,公安和医院才给刘科那么大的面子,刘科当然知道,他们这么给面子,无非就是想他来信河街投资。现在,该是刘科投桃报李的时候啦!所以,刘科对市里的头头脑脑说,投资没有问题,投多少资也是好商量。我只有一个要求,那就是商场必须设在信河街,而且时间要快。

市里开会研究之后,很快就同意了他的要求。

只过了两个来月,信河街所有的房子就拆迁完毕了。服装商场很快就开工。

然而,寻找周蕙芪的结果却很不理想。日子一天天过去了,附近的县市都找遍了,所有周蕙芪可能藏身的地方也都找了。刚开始一段时间,因为刘科承诺给找到周蕙芪的人付一百万奖金,那么,找到周蕙芪就等于挖到一个金矿啊!信河街有

很多人自告奋勇地出去寻找，有的是一家人倾巢而出，有的是做好了打"持久战"的准备，大家都制订了悠长而细致的寻找路线，不放过任何一个周蕙芃可能藏身的地方，包括尼姑庵，包括厕所。寻找之细致，工作态度之严谨，跟工兵挖地雷差不多。有的人，寻找的线路排出好几个省，光这笔投入，就是不小的数目。但是，到了最后，所有的人都是空手而回。这就让人灰心了。找了这么远地方了，都没有眉目，再找下去，不是大海里捞针吗？很多人就主动地撤回来了。只有个别人还不死心，仍然在各地苦苦地寻找。悬赏的电话倒是不断地响起，但去了之后，发现都不是周蕙芃和周布。时间长了之后，很多人都知道要拿到那一百万几乎是没有可能的，因为周蕙芃是成心要躲刘科的，她肯定会躲到一个谁也找不到的地方。地球这么大，去哪里找呢？只好趁早死了那条心。

只有刘科依然充满着信心，他天天来施工现场，总是很急迫地对手下的人说，你们要抓紧时间把商场建好啊！周蕙芃和周布很快就要回来了，她们已经把房子卖掉了，这个商场现在就是她们的家了。刘科说，如果她们回来之前，商场还没有建好，你叫她们住在哪里呢？刘科还跟人说，等周蕙芃和周布回来之后，我就把这座商场送给她们。让她们来管理。她们以前开过织衫店，管理商场应该是没有问题的。在商场的规划里，刘科还单独建了一幢楼。刘科说，那幢楼就是专门给周蕙芃和周布准备的。

所有的人都知道，周蕙芃肯定是不会再回到信河街来了。

她如果要回来，哪里还用得着一而再地逃跑呢？这个事情，大概只有刘科一个人没有看明白，只有他还坚信周蕙芘会回来。

自从周蕙芘从医院逃跑后，周正衣也就不再去医院守望了。但他守望的习惯没有变，而是改在每天去周蕙芘的织衫店外站一段时间。这种情况一直延续到信河街被拆迁。

周正衣的裁缝馆也在拆迁之列。推土机把房子推倒那一天，他就亲自在信河街观看。有人跟他开玩笑说，周老司，你裁缝馆的招牌还没有卸下来呢！推土机一推，不是把你的老招牌也砸了吗？周正衣笑了一下说，他敢？看我不砸烂他的狗头。正说着，推土机就轰轰轰地把他的裁缝馆推倒了。周正衣看在眼里，两个鼻翼一张一翕的，脸上的红斑又出现了。但他还是表现得相当镇定，脸上还保留着笑容，像一个裁缝老司应有的样子。然而，过了一会儿，推土机就开到周蕙芘的房子了。这时，周正衣的风采就不多了，他一路跟着推土机跑，伸手去拦，一边挥手一边大喊，停下来，你给我停下来。但推土机却一点儿也不听他的指挥，一头扎进了周蕙芘的房子。周正衣这时叫了一声，周蕙芘。用一只手捂着自己的脸，蹲在地上，另一只手很用劲地拍打着地面。

自从信河街被夷为平地以后，周正衣还是每一天要来信河街待一两个钟头。来了之后，他还是什么话也不说。自顾自地一动不动地站着，脸上是一副"天要下雨"的样子。

手下人把周正衣的情况反映给刘科。他们说，看起来，这个周正衣是个危险分子，放在这里，终究是个祸害，要不要把他"做"掉?

刘科摇摇头说,让他待着吧!

可是,周正衣在信河街站了几天后,就有了进一步的"动作"了。信河街现在变成一片废墟,上面躺着一些完整的砖块,也有一些,是被土埋着的,周正衣突然对这些被遗弃的砖块感兴趣了,他就一块一块地把它们捡起来,找一个地方,码好。砖头上如果有一点儿泥巴,周正衣也要把它抹干净。

日子长了,竟然就堆成了一条小"长城"。手下人又向刘科汇报,说,那个周正衣还在搞破坏,要不要对他采取措施?刘科说,他"码"砖头又没有妨碍我们施工,让他"码"好了。

这样又过了一些日子,信河街的建设每一天都在延伸。有一天夜里,一架挖土机的手臂一伸,周正衣的"长城"就倒下了。周正衣第二天过来时一看,愣了一下。但他看了看四周,很快又干开了,他埋着头,在倒下的"长城"里不断地挖,把还完整的砖块找出来,码到更远的地方去。

很快,他又码起了另一条小"长城"。

对于"码长城"这件事情,周正衣还是很上心的。有时候是下雨天,他也要来这里"码"上一两个小时。为了这事,他专门准备了一套雨衣,一下雨,他就披着雨衣出来,来了就埋头工作,争分夺秒的样子。

周正衣在信河街捡了将近一年的砖块,最后,这些砖块统统被填在了一条路下。一块也没有给周正衣留下。但是,周正

衣也不是没有一点儿收获,他最大的变化是手臂的力气大了很多,通过将近一年的劳动,他的两只手臂突然粗壮了起来,饱满得跟两只大蟹螯一样。他现在两手轻轻一抓,二十来块的砖就被他抓起来了。一般的工人能够一把抓起十块砖就不错了。

在刘科的全力催促下,一年以后,"信河街服装商场"建好了。

服装商场建好之后,周正衣就没砖可捡了。所有的砖块都被处理掉了。所有的地面都铺了水泥,连找一片泥巴也是一件比较困难的事情了。后来,商场把围墙也建起来了,用砖砌起来,砌成整整齐齐的一条"长城"。门口有人把守,周正衣想进去,被人挡了出来。这叫周正衣怎么办呢?周正衣一下子就显得空落落的,两只手捏得紧紧地,发出"噼噼噼"的响声。手臂上的肌肉一鼓一鼓的,像有两只小老鼠在里面窜来窜去。

但是,周正衣很快又有了新的目标。他的做法就是把"长城"上的砖一块一块地挖出来。"码"在另外一个地方去。他挖得非常快,当看守发现时,已经被他挖出一个很大的洞了。看守冲过来喊,喂!你干什么?周正衣也不答话,抱着二十来块的砖,转身就跑。看守根本跟不上。因为白天的时候,看守老是出来干扰,周正衣就把来这里挖"长城"时间改为晚上。他跟看守打起了游击战。看守一来,他就跑,跑出一段路后,就停住了,回头对看守喊,追呀!有本事你就来追我呀!看守已经跑得腰都直不起来了,指着周正衣说,有本事你就不要跑,看我不揍死你这个偷砖贼!周正衣说,你才是贼

呢！你这个地盘都是我的呢！我挖挖砖怎么了？有本事你来追呀！看守猫着腰又追，周正衣转身就跑。看守追到东，他就逃到西。看守追到西，他就逃到东。看守一停下，他也跟着停下，喊道，追呀！有本事你就来追我呀！这样的结果是，"长城"被挖成一个又一个大窟窿。有一天，它自己就倒了。

手下人又把这个情况汇报给刘科，说，叫警察来，把这个捣蛋的周正衣抓走算了。

但刘科没有，他对手下的人说，围墙倒了最好，我最近刚想把它换成铁栏杆，这样看起来更加气派，更加美观。

围墙很快就换成了铁栏杆。

刘科还特别交代了看守，说，不要为难周正衣，他要是再捣蛋，把他赶走就行了，千万不要伤害他。

围墙换成铁栏杆之后，周正衣就没办法挖了。但他还是想方设法要爬到商场里面去。这个时候，看守已经对他进行了重点盯防，而且，铁栏杆上装了报警器，只要周正衣一爬上栏杆，好几个看守马上就围过来。周正衣只好赶紧跑开。

自从商场装了铁栏杆后，周正衣的工作内容也做出了相应的调整，他的手段就是往铁栏杆里掷石头，砖头已经没有了，他抓到什么掷什么。看守一来，他知道他们人多，打不过他们，转身就跑。再说又是晚上，想抓他也不是那么容易的事情。

事情到了服装商场开业的前一天。这一天夜里，整个服装商场已经是张灯结彩了，铁栏杆上插满了旗子，商场的四周挂满了广告条幅。风吹过来，广告条幅发出一阵阵擂鼓一样的声音，整个商场好像都要飘起来。

这天晚上，刘科和周正衣不约而同地来到商场。不同的是，刘科在商场里面，周正衣在商场外面。刘科是因为明天要开业了，明天请了很多嘉宾。明天他是主角，他不放心，所以一定要来看一看。周正衣是因为今天的工作还没有完成，他一定要来这里掷几块石头以后，心里才会舒服，回家才会好睡。周正衣来的时候，刚好看见刘科带着一帮人马要从里面出来。刘科看了他一眼，他也瞪了刘科一眼。边上的看守马上跑过来，赶苍蝇一样地对周正衣挥手，大声地喊，走开走开。周正衣就转身走开了。走了一段路后，他突然又跑了回来。这个时候，刘科站在轿车边，低着头，正想往轿车里钻。周正衣想也没想就抓起一块石头，他的手臂一扬，石头像长了眼睛一样射出去，一下砸在刘科的头上。刘科叫了一声"啊"，双手捧着自己的头，慢慢地蹲了下去。鲜血顺着他的脸颊黄鳝一样地爬下来。周正衣看着刘科的身体慢慢地蹲下去，他这一次没有跑，而是一动不动地站在那儿。两个鼻翼一张一张的，脸上充满了红斑，连眼睛也红了。刘科身边的几个壮汉青蛙一样地扑出来，一把抓住了周正衣。他们马上兵分两组，一组把刘科送到医院去，另一组把周正衣扭送到派出所。

第二天的开业典礼，刘科没有参加。昨天晚上医生给他做了检查，医生说他的脑子被石头砸成了脑震荡。刘科还是想参加这个典礼，他跟医生说，我不去不行的，明天是开业典礼，来了很多人，这么热闹的日子，周蕙茵也会回来的。我不去她怎么找得到我呢？她找不到我就会走掉的，那怎么行呢？医生和手下的人不停地安慰他说，这个事情明天再说，这个事情明天再说。其实他们知道的，刘科明天肯定去不了。

刘科一点儿也没有想到，自己在医院里这么一住，就是两个月。

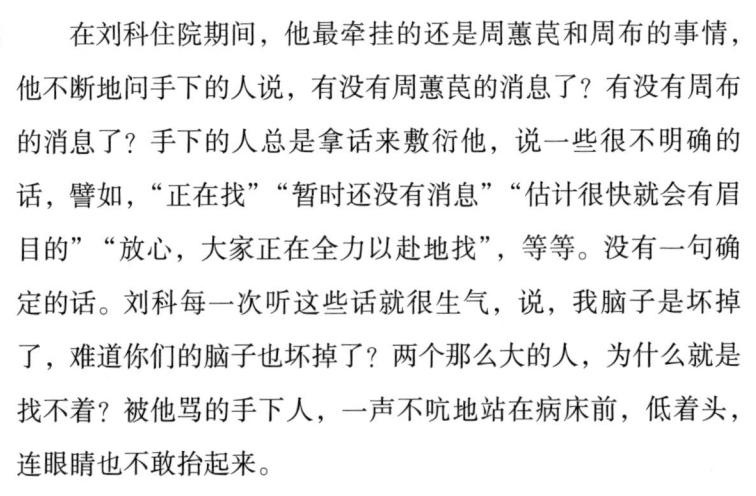

在刘科住院期间，他最牵挂的还是周蕙苨和周布的事情，他不断地问手下的人说，有没有周蕙苨的消息了？有没有周布的消息了？手下的人总是拿话来敷衍他，说一些很不明确的话，譬如，"正在找""暂时还没有消息""估计很快就会有眉目的""放心，大家正在全力以赴地找"，等等。没有一句确定的话。刘科每一次听这些话就很生气，说，我脑子是坏掉了，难道你们的脑子也坏掉了？两个那么大的人，为什么就是找不着？被他骂的手下人，一声不吭地站在病床前，低着头，连眼睛也不敢抬起来。

在这段时间里，还发生了一件事情。只是刘科没有把这件事跟手下的人说而已。那是刘科刚住进医院不久，有一天，他接到了一个电话，但电话里没有声音。刘科说，喂，喂，你是哪位？你是哪位？问了两声后，电话那头还是没有声音。刘科这时已经猜到了，一下子就从病床里跳了起来，对电话说，周布，你是周布吗？

电话那头没有开口。

刘科说，我知道你是周布，你肯定是周布。

刘科又说，我找你们找得好苦啊！周布，你们快回来吧！

电话那头还是没有声音。

刘科说，我知道我以前对不起你们，但你们为什么连个赎罪的机会也不给我呢？

大概过了五分钟，刘科听到电话那头"当"地传来了一声长音。刘科"喂喂喂"地喊了几声，急忙把电话拨打回去，却是一个空号。他马上查找打过来的号码，号码竟然没有显示。这样，刘科就一点儿办法也没有了。但是，这个电话也给了刘科很大的鼓舞，因为他又看到希望了，他相信周布还会给他打电话的，他相信周布有第一次，肯定就会有第二次，然后就会有第三次、第四次……最终，她们还是会回到信河街来的，回到他的身边来的。

事实跟刘科料想的差不多，隔了一个星期，周布又给刘科打了一个电话。刘科一听电话就说，周布，我知道你一定是周布，我就知道，你一定会再给我打电话的，你一定会再打来的。电话的那头还是没有声音。刘科说，周布，我的好周布，这几天，我一闭上眼睛就看见你们，我就整夜整夜地睡不着觉，我求求你了，周布，快告诉我你们在哪里好不好？我马上去接你们。刘科这么说时，他的话里明显带着哭腔。这一次，也是五分钟左右，那边的电话还是很坚决地挂断了。

又过了一个星期。这个星期里，刘科天天在等周布的电话，他天天在想，这一次，自己一定要让周布开口跟自己说话，只要她开口说话了，自己就能够找到她们了。这一次再也不能让周布把电话挂掉了。到了第七天的时候，刘科的电话果然又响了。让刘科没有想到的是，自己把电话一接起来，就把已经想好的话全忘了，他只是说，周布，你不要挂电话，你千万不要挂电话。说着说着，就哭起来了。但是，电话那头的周布还是没有开口。到了五分钟的时候，电话里又传来"当"的一声。

再过了一个星期，周布又给刘科打电话了，刘科一接电话，只叫了一声"周布"就哭了。电话那头还是没有声音，一直等刘科哭了足足的五分钟。

到了后来，刘科的脑震荡算是治好了，却又得了一个新的毛病，只要一听电话响了，整个人就跳起来，嘴里叫着"周布，周布"，眼泪就哗哗地流出来。

刘科出院以后，第一件事就是跑到商场的门口，拉着来往的人问，你看见周蕙芘没有？你看见周布没有？所有的人都摇摇头走开，一副爱莫能助的表情。但看见一个新来的人，刘科还是要问。

在大门口站了一段时间后，刘科终于进了商场，从第一个店铺开始，一直走到最后一个店铺。走完后，又从最后一个店铺倒走回来。他到一个店铺面前，都要停下来，充满期待地问店主，你们看见周蕙芘了吗？你看见周布了吗？开业典礼那天我不在，不知道她们来没来……

周正衣在派出所里待了一个晚上。

出事次日，刘科问手下的人，那个周正衣怎么样了？手下的人得意地说，那个周正衣正在派出所里待着呢！昨天晚上公安局的法医已经来过了，鉴定您是轻伤，周正衣这下要吃官司了。刘科说，你马上去一趟派出所，跟派出所的人说，我不起诉周正衣。我不就是被石头砸了一下吗？现在好好的，没什么事了。手下的人还愣在那儿，刘科瞪了他一眼，说，你还等什么？快去派出所啊！

刘科做出这个决定，让大家都没有想到。但大家很快就想明白，那可能是因为周蕙苠和周布，刘科才放周正衣一马的。

次日下午，周正衣就被放出来了。

出来后不久，周正衣还是做起了他的老本行。本来，周正衣在服装商场里也分到了一间店面。但是，他却以很低的价钱转手卖给了别人。有人问周正衣，周老司，你为什么不把裁缝馆开在商场里呢？这里可是你的地盘啊！周正衣头也不抬地说，我不当"亡国奴"。周正衣把这里的店面卖掉之后，在城市的另一端开了一家裁缝馆，店名叫作"周蕙苠时装广场"。周正衣在房顶上做了一个很大的霓虹灯广告，每天天还没有黑，就把霓虹灯广告的电源插上，"周蕙苠时装广场"这七个字立即就闪烁起来，照亮了整条街道，一直到第二天天光。

周正衣还有一项工作在继续，每天夜里，他都会穿过大半个城市，来到服装商场的铁栏杆外面，朝里面掷石头。

三人行

一

孙必达醒来时,发现自己躺在李琼梅床上。

孙必达身体没动,他不敢动,眼睛紧闭,努力回忆,努力将迷失的事情连接出个大致轮廓:是的,昨天是开封府一年一度的桃花诗会,这次诗会特别之处是,开封府准备评选出一位桂冠诗人,通过举茂才途径,推荐给朝廷。孙必达一大早便出家门了,没有去西壁次卞河北岸角门子外参加诗会,他去的是另一个地方——柳荫堤。柳荫堤是卞河边另一个花花世界,长约两里,酒店林立,每家酒店门口挂着红灯笼做招牌,也挂着红色彩带,远远看去,一片红色彩带随风而舞,舞得人内心发热,身体发胀。更妙的是,每家酒店连通勾栏——也就是妓馆,孙必达虽然没有深入妓馆,可在真实和虚幻之间,更增加了想象的魅力,这也是孙必达经常来柳荫堤的原因之一。孙必达常来的酒店叫欣乐楼,是开封府诗人经常聚会的场所。孙必达以为昨天没有诗人会来欣乐楼,所有诗人都争诗魁去了,出乎意料的是,他居然在欣乐楼大厅遇见著名诗人梁一贯,两个人相视一笑,携手进了包厢,要了酒菜,开怀畅饮。两个人的表现很相似，酒兴很高，话兴也很高，可话题始终避开参加诗会的事。这样的时刻容易醉酒，对于孙必达来说更容易醉，他的酒量是通过后天勤学苦练得来的，先天不足啊。孙必达的优点是不闹酒，他也没力气闹，酒到一定量后，身上酒气熏天，脸色紫红，毫无征兆地睡过去。每每如此。他还记得，就在将睡未睡之际，梁一贯出去一趟，很快带了两个女人进来。孙必达没有问，但他知道她们的身份，这让他紧张，却又兴奋，是的，一种控制不住的兴奋，要飞起来的兴奋。他觉得今天可以千杯不醉，可以喝尽天下佳酿。人生非常完美。孙必达记住坐在他身边的女人叫李琼梅，他不停地跟李琼梅喝酒，然后就是讲了一堆泡沫一样的胡话，大意是他今天很高兴，今天是他最高兴的一天，翻来覆去地讲。然后，便突然失去知觉，至于现在是何时？梁一贯去了哪里？他怎么到了李琼梅床上？发生了什么事？一概想不起来了。

　　孙必达这时有点儿害羞，也有点儿紧张，害羞和紧张没使他落荒而逃，恰恰相反，他壮着胆子睁开了眼睛，打量起身边的李琼梅和所处的环境。初春时分，开封城的风还是会割人的，但李琼梅的闺房很暖和，她只盖着一层薄薄丝绸被子，柔滑被子下的李琼梅让孙必达产生无限遐想。孙必达不知道，男人是不能以这种方式看女人的，在这种情况下男人完全没有理智和标准可言。这是孙必达第一次这么近距离观察一个女人和她的身体，是如此的熟悉和陌生，让他如此着迷，如此迷途不知返，如此惊慌失措和胆大包天。最后，孙必达的目光停留在李琼梅的嘴唇上,孙必达觉得是那两片嘴唇呼唤了他,招魂摄魄般的呼唤,哦,那是一个美妙的世界,风光无限,却无法抵达。

这种诱惑是致命的,是不可抗拒的。孙必达害怕了,他想大哭一场;他想逃,逃到一个渺无人烟的地方。他这时看见李琼梅睁开了眼睛,李琼梅就这么看着他。孙必达哭不出来了,更无力出逃,他从李琼梅的眼睛里看到了自己。一个正坠入李琼梅无边无际嘴唇的孙必达。

孙必达似乎知道自己正在下坠,身不由己的下坠。同时,他也认为自己正在飞翔,越飞越高,飞向没有尽头的天穹。这是一趟惊险之旅,崎岖又平坦,孤寂又嘈杂,艰辛又顺畅,痛苦又欢乐。这是一趟翻山越岭之旅,跋山涉水,就像他的诗歌写作,无依无靠,无法无天。然而,不同的是,这一次,他是和一个名字叫李琼梅的妓女一起旅行。这是意外之旅,却又如命中注定。

对于孙必达来说,这是划时代的,他的人生从此分成两段,两段人生相连,却又截然不同。这让孙必达忍不住在心里感叹,他感叹的不仅仅是李琼梅的嘴唇,更是自己的变化,他的身份发生了质的变化,思想也发生了质的变化,他觉得应该重新认识和定义"人生"这个概念。

孙必达听街上更夫走过,敲了五下,哦,原来一夜快过去了,他决定起床回家,昨晚未归,家中老娘亲必定一夜未眠。

离开之前,孙必达将身上所有银子拿出来,他没有直接给李琼梅，李琼梅这时还未起床，歪在被窝里看着他。孙必达知道在这地方过夜是要付钱的，但不知道该付多少，他将银子放在桌面上，看了看床上的李琼梅，不自然地笑了一下说："昨天出门只带了这些银子，也不知够不够？"

李琼梅并没有接他的话，而是停了一下，看着他问："孙公子还记得我的名字吗？"

"当然记得，你叫李琼梅。"孙必达好奇她为什么会问这样的问题。

李琼梅的眼睛依然看着他问："孙公子下次还会来吗？"

"有机会一定会来的。"孙必达说的是真心话，他没有任何把握自己还会再来这种地方。这是第一次，也可能是最后一次。

二

在欣乐楼遇见孙必达时，更吃惊的人是梁一贯。

在梁一贯心里，开封府的诗人只有一个，甚至整个大宋朝也只有一个，这个诗人就是他。他没想到半路杀出一个孙必达，在很短时间里，无论是官方还是民间的评论，孙必达的风头盖过了他。梁一贯当然细读过孙必达的诗，他承认孙必达的诗写得不错，不错而已，怎么能跟他梁一贯比呢，不在一个级别上嘛。不过，梁一贯知道文无第一，更重要的是，诗歌写作比拼的不是某时某刻，多少人爆红一时，却是昙花一现。所以，他不断在心里警告自己，可以将孙必达当作竞争对手，当作现实中的假想敌，但不能在言行中表现出来，更不能让外人看出来。他梁一贯不是那么没有气度的人。

梁一贯从来没有把孙必达当作敌人，对于诗歌写作来说，他只有一个敌人，那就是自己。他有这个自信。自信的人是有风度的，不会那么小肚鸡肠和斤斤计较。他跟孙必达相处得不错，并且是很不错，他们是同窗，还是酒友。同窗不稀奇，酒友也不稀奇，只有内心有宽阔风景的人才能成为同窗加酒友。

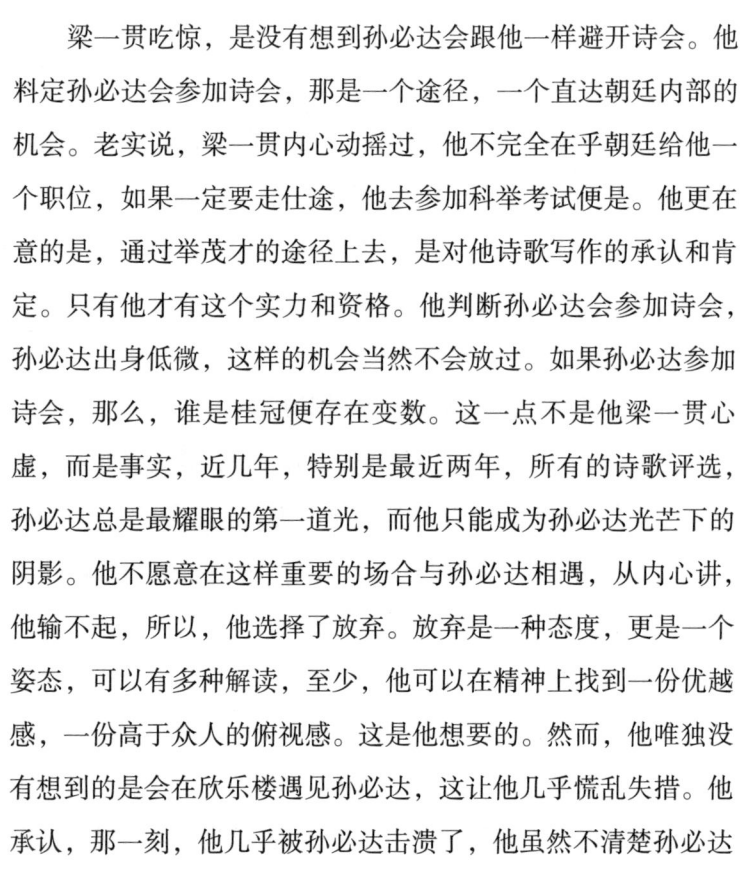

梁一贯吃惊，是没有想到孙必达会跟他一样避开诗会。他料定孙必达会参加诗会，那是一个途径，一个直达朝廷内部的机会。老实说，梁一贯内心动摇过，他不完全在乎朝廷给他一个职位，如果一定要走仕途，他去参加科举考试便是。他更在意的是，通过举茂才的途径上去，是对他诗歌写作的承认和肯定。只有他才有这个实力和资格。他判断孙必达会参加诗会，孙必达出身低微，这样的机会当然不会放过。如果孙必达参加诗会，那么，谁是桂冠便存在变数。这一点不是他梁一贯心虚，而是事实，近几年，特别是最近两年，所有的诗歌评选，孙必达总是最耀眼的第一道光，而他只能成为孙必达光芒下的阴影。他不愿意在这样重要的场合与孙必达相遇，从内心讲，他输不起，所以，他选择了放弃。放弃是一种态度，更是一个姿态，可以有多种解读，至少，他可以在精神上找到一份优越感，一份高于众人的俯视感。这是他想要的。然而，他唯独没有想到的是会在欣乐楼遇见孙必达，这让他几乎慌乱失措。他承认，那一刻，他几乎被孙必达击溃了，他虽然不清楚孙必达没参加诗会的原因,但孙必达的行为告诉他,他将孙必达想简单了,孙必达虽然出身低微,思想境界却不低微,行为更是高人一筹。击溃梁一贯的另一点是,他在发现孙必达的同时,居然对自己放弃参加诗会的行为产生了后悔,如果孙必达没有参加,那么,今年诗会的桂冠必定是他无疑,他为自己错失这一良机而遗憾。正因为这样,他对孙必达产生敬佩的同时,对他的敌意也成比例增加。当然,这种复杂的情绪梁一贯没有表达出来,怎么会呢?他生在皇城根下,每天结交三教九流之人,如果动不动喜怒形于色,怎么在江湖上混?恰恰相反,他早就练就了一种本领,遇见越是不喜欢的人,他表面上做得越客气,表现得越是肝胆相照,一副生死相托的模样。他知道这样不好,太虚伪了,这不是他想要的梁一贯,事后会反思,会自责。可是,他已无法改变这种处事方式了,因为他每每在这种行为中得到意想不到的快感,这是一种玩弄人于股掌之中的快感,更是能看透人间万事的通透感。世间万物皆不过如此耳。

将李琼梅介绍给孙必达,并不在梁一贯的计划之内,不过,相对于孙必达,梁一贯是这方面的老手。在开封城的文坛,梁一贯的风流是出名的,最主要的是,他也以风流自居,他几乎每天流连于柳荫堤,在柳荫堤过夜是再正常不过的事,柳荫堤的姑娘,哪一个不认识梁一贯?哪一个姑娘没有和梁一贯共过床?这是梁一贯的生活方式,或者,换一句话说,这是梁一贯有意选择并刻意塑造的自我形象。于他而言,诗人的身份是第一位的,其他所有身份和言行必须为他的诗人身份和形象服务。那么，他的风流便是自我塑造的一种手段，他知道，自古以来，风流是诗人的另一个身份，也是诗人的另一种生活方式。当然，可能也有诗人选择过苦行僧的生活，但他梁一贯不是那种类型。这便是了。在梁一贯看来，孙必达便属于苦行僧类型的诗人，多么寡味和无趣啊。梁一贯认为这是孙必达的选择，也是他的性格，当然不能勉强。然而，他没有料到孙必达这一次会这么主动，没有任何犹豫便跟李琼梅走了。这挺好，诗人嘛，就应该拿得起放得下。

孙必达去了李琼梅的琼梅居后，梁一贯去了一趟桃花诗会，他急切地想知道，今天的桂冠戴在哪位诗人头上？结果如他所料，因为他和孙必达的缺席，诗会没有选出桂冠诗人，也就是说，没有人拿走举茂才的名额。这个结果也在情理之中，放眼开封府，除了我和孙必达，谁有这个资格？谁？嗯？

这让梁一贯很是惬意，他返回柳荫堤，去找中午陪他喝酒的姑娘，他决定好好犒劳这个姑娘。

三

从柳荫堤回来后，孙必达连续七天没出门。

他不敢看娘亲的眼睛，但他听得出来，娘亲的声音依然慈祥和关切，一如唤他吃饭的声调。娘亲没有问孙必达为什么夜不归宿，只是轻轻地问候一声："孙大，你回来啦。"

孙必达知道娘亲不会骂他，她从来没有骂过他。但是，这个时刻,他特别希望被娘亲骂一顿,甚至打一顿。孙必达有一种负罪感,特别是在娘亲的注视下,几乎无地自容,只想夺门而出,逃离这个家。可是,他现在哪里也不想去,什么人也不想见,他只想待在书房里,不看书,不写诗,一个人静坐着,审视自己的灵魂。

家和外面的世界是完全不同的,外面的世界是开放的,是开阔的,是摇摆不定的,是充满诱惑的,是无比混乱和迷茫的。可是,进了自家的院子,特别是进了书房后,孙必达发现,这里才是自己真正想待的地方。在这里,他才知道自己真正想要的是什么,什么才是自己要得到的,也就是说,只有在这里,他对这个世界才是有信心的,对自己也是有信心的。也只有在这里,他才有勇气审视自己的身体和灵魂,他发现,自己身体不干净了,灵魂变脏了。他愧对娘亲。

这真是一件奇怪的事,在柳荫堤,他并没有觉得自己的行为有什么不妥,因为他知道,他所认识和所听说的文人墨客,不去柳荫堤的几乎没有,更重要的是,去柳荫堤是一种时髦,在柳荫堤过夜是一种风尚。不说别的,他便是特别羡慕梁一贯,羡慕他的风流,羡慕他的潇洒,梁一贯的人生比他多姿多彩得多。然而,孙必达知道,羡慕归羡慕,他成不了梁一贯,梁一贯的风流源自他的本性,他生而风流,也将这种风流体现在诗歌上,两者融为一体,相辅相成。可是,孙必达明白,他跟梁一贯不一样,他不是那类人,不是他不想,而是不能,他的出身、性格、人生观、价值观决定了他的格局,也决定了他的生活方式,更决定了他看待世界的眼光。这是他和梁一贯最小的差别,也是最大的差别。正因为有这种差别,他和梁一贯只能成为不同类型的人,他们所走的人生道路不同,看待世界的眼光不一样,写出的诗歌更是形式各异。

孙必达开始后悔了,那天不应该去柳荫堤,更不应该喝那么多酒,如果他不喝那么多酒,便不会失去记忆,便不会去李琼梅的闺房,便不会做出荒唐的事来。然而,后悔有什么用呢?世上当然没有后悔药,事情已然发生,不可能再回到从前,他现在唯一能做的是,保证以后不再发生这样的事。

能保证吗?孙必达这么问自己。从内心讲,他必须做到这一点,他不能允许再一次犯同样错误。可是,让他犹豫的是,他很清楚自己的缺点,他是个对酒精缺少抗拒能力的人,他喜欢喝酒,而且容易喝高,高了便不省人事,他完全有可能再喝高一次两次,甚至更多次。一想到这一点,孙必达内心充满了忧愁。

孙必达二十岁以前是不喝酒的,闻到气味就会呕吐,必须掩鼻而逃。可是,当他第一次参加桃花诗会,在诗友的怂恿和喝彩声中,当他在桃花树下将那微微泛黄的液体倒进身体时,他发现,那液体灌溉并滋润了身体里的五脏六腑,涤去一切污垢,肉身柔软了,轻盈了,最最要命的是,精神得到升华了。因为这诗歌,因为这酒,他发现以前对于世俗的追求是那么肤浅和可笑,简直有点儿可耻,所谓"文章千古事",与当一个伟大的诗人相比,进士算什么?状元算什么?当朝一品算什么？就是将整个江山送给你又如何。孙必达"顿悟"了，豁然开朗了，他爱上了酒，爱上了酒后的飞腾，爱上那种脱离世界羁绊的感觉，爱上了那种人我两忘的境界，并对此产生了依赖。他有时会想，现实于他而言并非过于严酷，他的生活顺遂，娘亲慈爱，兄弟情深，师生恩厚，精神有所皈依，为什么会沉迷杯中之物不能自拔呢？他想不明白。

四

"唉"，孙必达离开后，李琼梅在心里叹了一口气，她知道孙必达这个人，也在应酬场合见过他几次，只不过孙必达没有注意到她罢了。

李琼梅为什么会注意孙必达呢？问题很好回答，因为李琼梅是个女人，每个女人都会考虑归宿问题，即使是李琼梅这样沦落风尘的女子也不例外，总归希望有一个好的结局，能够找到一个值得相托的男人。这有错吗？当然没错。她知道，男人大多是江水，奔腾而下，一往无前，想留住他们是不可能的。当然，话说回来，李琼梅也没有挽留谁，对于她和她的职业来讲，她不能也不必要挽留男人。对于男人来说，她这里只是客栈，要的只是暂时的温暖，短暂的欢愉，只是某种时刻的需求。这一点她是清楚的，也是她入行前便接受的最基本教育。她十四岁入了这一行，在柳荫堤这么多年，也算是久经风雨了，人间多少欢笑，只不过如一台戏而已，戏台上你来我往，谁能长留？是的，说得更露骨一点儿，这些年来，她什么样的男人没见过？上至达官贵人，下至贩夫走卒，甚至连牛郎山上杀人不眨眼的强盗也没少来她这里过夜。可是，如果一定要让她说的话，那就是孙必达这样的男人没见过。为什么这么说？她的职业经验告诉她，天下所有男人的本质都差不多，她深知人性之恶，她每天都在接受人性恶的考验，是啊，这正是她对人世最为失望的地方，可她对人世的希望也正在于此，她总是觉得，既然人世有如此之恶，必定有善的一面相对应，她希望有一天能遇到善的一面。她相信善的存在。当然，她不能确信孙必达便是善的存在，他能代表善吗？肯定不能，她相信孙必达身上的恶未必比别人少，但孙必达身上蕴含着不同的气质。气质是缥缈的，看不见，摸不着，只能用来感受。没错，李琼梅第一眼见到孙必达时，便感受到他身上与众不同的气质，她觉得那种气质叫尊重，是对人的尊重，对世界的尊重。如果换一个肉麻一点儿的词，也可以叫爱。李琼梅从孙必达身上看出了一种爱，他爱自己，爱别人，爱山川河流和花草树木，爱这个活蹦乱跳并且乱七八糟的世界。李琼梅认为，尊重和爱是融为一体的，它们是递进关系。这些年来，李琼梅接待了那么多形形色色的男人，高低胖瘦，丑俊黑白，挥金如土，锱铢必较，什么类型都有，可他们有一个共同点：他们都爱自己，他们只爱自己。是的，在他们眼里没有别人，只有自己，以及自己的需要，所以，他们的世界也只是自己的世界，没有别人，他们不会与别人分享，他们不会。李琼梅觉得孙必达与他们的不同正在于此，他眼里有自己，也有别人，他爱自己，也爱别人。这点是多么重要啊，却是如此的珍稀。

所以，在李琼梅眼里与心里，早将孙必达和其他人分开，他有一个单独而特殊的位置。李琼梅也听说了，孙必达从来不在柳荫堤过夜，更没有和哪个姐妹有过纠缠，他每次在酒场上总是彬彬有礼，对他的朋友如此，对受邀参加酒宴的姐妹也是如此，一视同仁。正因为这样，李琼梅对孙必达也没有多余的想法，她知道，有的人是用来生活的，而有的人是用来想象的。孙必达便是用来想象的人。

李琼梅很清楚，孙必达在他这里过夜是个意外。对她来说是个意外，对孙必达来说也是。这一点儿，她从孙必达的眼神可以看出来，他的眼神是那么慌张，离开的步伐是那么慌乱，几乎是落荒而逃。

李琼梅并没有过多的期待，这样已经很好了，谁来她这里不是客人？她当然更愿意接待孙必达这样的客人。如果一定要说有遗憾的话，孙必达是在酒醉的情况下进了她的琼梅居，如果不是喝得大醉，孙必达肯定不会来，好像她欺骗了孙必达似的，这让她微微有点儿惆怅，至于惆怅什么，她也不甚了了，是红颜命薄？是青春易逝？是真情萌动？是思凡心起？或许都是，或许都不是。

不过，总的来说，这是一次愉快的旅程，她喜欢这样的旅程。当然，她也知道，离去的孙必达，不会再回来了，他有他的世界。这么想后，李琼梅对自己微微一笑，在心里对自己轻轻地说:"挺好的,这样挺好的。他有他的世界,你也有你的生活。"

五

孙必达可以不出门,但他必须去书院,必须去见先生。

孙必达觉得辜负了先生。先生并不赞同他写诗,当然,先生也不反对他写诗,在写诗和考取功名之间,先生将后者放在第一位。这当然没有错。先生说,考取功名是安身立命,写诗是千古文章,两者都好,但要有前后顺序。孙必达却将先生安排的顺序调过来了,他一头钻进诗歌里,再也拔不出来了。孙必达知道,先生对他是失望的,先生没有放弃,他知道孙必达诗写得好,名气大,所以,他才通过在开封府做事的朋友,做通府尹的工作,向朝廷争取到举茂才的名额。他是为了孙必达才做这事的。而且,他已将孙必达的诗集送给府尹,以孙必达的实力和名气,当然是实至名归。可是,孙必达却临阵逃脱,在柳荫堤过了一夜,先生该是多么伤心啊。

孙必达当然知道先生的心思,可也正因为这样,他才不去参加诗会。他不是拒绝先生,不是拒绝诗会,不是拒绝举茂才,更不是拒绝进入朝廷的机会,恰恰相反,他进书院读书,包括写诗,最终目的还是想进朝廷,实现抱负。可是,他不能接受先生以这种方式安排他进朝廷,他对先生的行为感恩戴德,但内心无法认同。他想以公平的方式进入朝廷,他不想让人非议进入朝廷的正当性,这不是清高,而是他的本性,更重要的是,他相信自己有这个能力。

孙必达去书院见了先生,他什么话也没有说,先生更是什么话也没问。这是先生的修养,也是他的行事风格。这种风格深深影响了孙必达。孙必达知道,先生表面若无其事,内心必定郑重其事。是啊,他有负先生期望了。这让他不安。

更让孙必达不安的是,他几日没来,书院弥漫着一股怪异的气息,所有同窗脸上写满了诡异,似笑非笑地看着他,却一言不发。当他一转身,立即声音四起。孙必达听出来了,他们窃窃私语的是他在柳荫堤的事,是他在李琼梅那里过夜的事。

这本来不是什么事,孙必达所有同窗都去过柳荫堤,都在柳荫堤过夜。他们能去?为什么他孙必达不能去?

问题的根源恰恰在这里,因为他是孙必达,是先生最寄予厚望的人,是开封府诗坛最耀眼的一颗新星。这些还不是最重要的,最重要的是,他之前从没有在柳荫堤过夜,虽然他从没有标榜什么,但在他人看来,他的行为便是在标榜自己是多么与众不同。那么,问题来了,事实证明他与他人没有什么不同,说得粗俗一点儿,脱了裤子大家都差不多。最最重要的是,以前的孙必达和大家是不同的,他身上似乎有一股与生俱来的气质,高高在上,不可触摸。可是,他现在也在柳荫堤过夜了,他身上的光环破灭了,原来他也跟大家一样,一介凡夫俗子而已。

孙必达知道同窗在背后嘲笑他,他没有回过头去。是的,他确实在柳荫堤过夜了,这是事实,既然如此,所有的反驳和辩解便失去了意义。他没有觉得同窗的嘲笑有什么不对,如果有不对的肯定是他孙必达,做了事,便要承担后果。

孙必达想离开书院,可又不知道能去哪里,他在原地站了一会儿,最终在自己的座位坐了下来。这个时候,除了看书,他还能做什么呢?可是,他没有料到的是,捧着书本,书本上的文字突然变成了巨石,每一个都有磨盘那么大,这些巨石不是静止的,而是排山倒海地朝他砸来,每一块巨石都在他身上砸出一个大窟窿,砸得他血肉四溅,砸得他体无完肤,直将他砸进地底里。他听到那些压在身上巨石的嘲笑声了。

他发现自己被打败了,从肉体到精神。他突然发现,自己的骄傲原来是那么不牢靠,自己一直维持的精神世界是那么不堪一击。他不能接受的还是精神上的打击,他一直苦苦坚守的城堡,在一夜之间便被摧垮,夷为平地了,对于他这样的人来说,还有什么比这更让人悲伤的呢?他不在乎身体,对衣食住行没有太多要求,即使身为平民,他也从来没有自卑过,更不会自暴自弃。他有时甚至想,如果上天允许他做一次人生选择,让他出生在王侯公爵之家,他愿意吗?他会毫不犹豫地说不愿意,他很满意目前的身份,很满意目前的生活,虽然身份低微,生活贫穷,可他觉得自己在精神上是个王,他有独立的城堡,他是城堡里最高统帅,无论遇见什么人,无论遇到什么事,他都能昂首面对,即使他俯下身来,精神还是高高在上的。可是,孙必达发现,几乎就在一瞬间,他城堡里的臣民挥戈反击了,城堡被摧毁,王冠被夺走,他的身体被践踏,他的头颅被踩成肉酱,最可怕的是,他的精神也被击溃了,他完蛋了。

就在此时,他看见了梁一贯,哦,梁一贯这时成了王,坐在他曾经的王位上,他得尽量抬起头颅,才能看清梁一贯的脸。那是一张闪耀着金光的脸,和气,端庄,慈祥,仁爱,当然,还有正义凛然。他这时听到一个声音,是梁一贯的声音,低沉,缓慢,却有强大的穿透力,而且是独一无二的,是城堡里唯一的声音,是压倒一切的声音,那声音正在宣布,不,是宣判,宣判孙必达的死刑。

孙必达觉得末日到了,他彻底完蛋了。

六

孙必达已经半个月没来书院了,先生说他病了,病得很重。先生这半个月也像丢了魂,背也弯了,步也飘了,语气虚弱,面色苍白,每次提起孙必达的病,嘴唇和手抖个不停,好像得病的不是孙必达,而是他老人家。

书院的同窗分了好几拨,陆陆续续去看望孙必达,回来之后,大家得出一个共同结论:孙必达疯了。

梁一贯一直拖着没去。梁一贯肯定是最想去看望孙必达的人之一,撇开同窗情谊不说,从竞争的角度来说,他们还是对手呢,他当然想去打探清楚对手的底细,做到知己知彼。他没有去是有原因的,他有他的顾虑,觉得孙必达不会这么随随便便就疯了的,他没有发疯的理由。书院里盛传他发疯的原因是在柳荫堤过了一夜,这个理由梁一贯不能接受,如果孙必达因为这个原因发疯,那么,书院里所有人都要发疯,他梁一贯早就发疯几百回了。所以,他认为大家看到的可能只是表面现象,至于真相是什么,梁一贯想不明白,有时,他认为孙必达根本没有病,他是做给别人看的,那么,他装病的目的是什么呢?梁一贯又想不明白了。对于梁一贯来说,孙必达一直是一个谜,他看不透孙必达,这也是他对孙必达感情复杂的一个重要原因。

　　梁一贯决定去浚仪桥的孙府看望孙必达,无论孙必达的病来得多么蹊跷,无论孙必达是不是真的装病,于他来说,都应该去探望一下,一是探个虚实,二是表达心意。梁一贯记得,那天在书院里,孙必达见了他,像见了妖魔鬼怪一样大喊大叫,手舞足蹈,这个细节也让梁一贯心里发虚,他有时想,孙必达见到他为什么会有如此大的反应?莫非真的与他在柳荫堤过夜有关?对于梁一贯来说,如果孙必达真的疯了,作为竞争对手的他来说该是多么寂寞啊,他虽然苦恼于孙必达时时的压制,可是,如果没有了孙必达,他又会觉得整座开封城变得空空荡荡。

　　从书院到浚仪桥的孙府,需要经过开封府衙,府衙门口站着两个卫兵,跟门口两尊石狮子一样,威严肃穆,却毫无表情和生气。梁一贯生于斯长于斯,几乎每天经过这条街,几乎每天经过开封府门口。他对府衙从来不排斥，因为他的童年便是在府衙里度过，虽然他父亲后来调去朝廷任职，开封府的衙门里依然有他儿时的玩伴，其中有个朋友叫朱杰，现在是开封府令史，人称朱令史，他们至今仍有往来，不时在一起喝酒。朱杰与他有同好，他们时常相约在柳荫堤过夜。可梁一贯对府衙并不亲切，反而有一种无端的压迫感，有时，这种压迫甚至使他喘不出气来。因此，如果能绕道而行，他宁愿多走几步路，实在绕不过去，总是匆匆而过，他也不知自己为何有此反应，实在费解。

梁一贯快速经过府衙时，发现衙门大开，门里深不可测。他听朱杰说，这是新任开封府尹的新规定，每天大开府衙之门，以便市民鸣冤，若有衙吏为难鸣冤之人，轻则处罚，重则革职，决不轻饶。这个新规倒是得到一些民心，让鸣冤之人有路可走，免受皮肉之苦。可是，开封府的人都知道，新任府尹严酷，喜欢杀人，曾经有三个市井无赖，说要放火烧了开封府，酒后一句玩笑而已，这话传到府尹耳朵，他命捕快捉来三人，砍了他们的脑袋，枭首示众三日。从那以后，开封城的人便不敢乱说话了。谁也不敢拿自己的脑袋瓜开玩笑。

到了孙府，孙府老太太告诉他，孙必达已经半个月没出书房一步，也不见人，她请梁一贯好好劝导孙必达。梁一贯进了书房，吃了一惊，孙必达坐在床上，面朝墙壁，身上披着被子，见他进来后，孙必达伸手将被子往上拉，将脑袋也包裹起来，不留一丝缝隙。

梁一贯在书房待了半个时辰，无论说什么，孙必达都不回答。孙必达像一尊石刻的雕像，纹丝不动。因为孙必达不开口，又将自己包裹得密不透风，梁一贯无法看见他的脸，无法看见他的眼睛，根本无法判断他有没有发疯。不过，根据常识，梁一贯知道一个真正的疯子是不会将自己包裹起来的，疯子的共同点是，他们都急于告诉别人：自己没有疯，而是这个世界疯了。那么，没有发疯的孙必达为什么要把自己关在书房里？为什么用被子将自己包裹起来？他内心到底在想些什么？他这么做有什么目的？梁一贯想不明白。

离开之前，梁一贯决定对被子里的孙必达说出心中疑惑："大家都说你疯了，但我不相信，如果这么容易疯了，你就不是孙必达了，至少不是我认识的孙必达。"

梁一贯看见被子里的孙必达动了一下，他停顿了一下，被子里的孙必达又静止了，他只好接着说："我虽然不知道你为什么这么做，但我知道你这么做肯定有你的道理，如果我没有猜错的话，你一定在想一个问题，我猜不出来是什么问题，但一定是决定你人生未来的大问题。"

梁一贯一直盯着孙必达，他依然没有动静。梁一贯用手指着被子里的孙必达说："不管你开不开口，反正我知道你没有疯。"

说完之后，梁一贯离开了书房，来到厅堂，孙府老太太问他劝导孙必达了吗？他说劝导了。孙府老太太问他孙必达怎么说？他说没事，孙必达在想一个问题，想明白就好。孙府老太太问他孙必达什么时候能想明白？他说快了，可能是明天，最迟后天。孙府老太太双手合十，念着阿弥陀佛，不停说着感谢他的话。梁一贯快步离开孙府，走出一段路后，他拍了一下后脑勺，问：谁给你欺骗老太太的权利了？嗯？

七

孙必达知道自己没疯，不过离疯也差不多了。十五天前在书院他就发现：这次危机了。

从书院回来后，他在书房整整想了十五天，他只有一个目的：他不想完蛋，也不能完蛋。他是孙必达，孙必达哪能说完蛋就完蛋？可是，他知道，他遇到大问题了。这问题关乎他的声誉，关乎他的形象，关乎他以后以何种面目示人，这个问题是别人给他的，更是他要独自面对的。他必须解决好这个问题，才能重新站立起来，才能以更雄伟的姿势屹立在众人面前，用他的姿态和神情告诉大家，他是孙必达，他拥有独立的城堡，他是城堡里的王，他是无可替代的。

可是，孙必达一直寻找不到出口，他仿佛进入一个无穷无尽的黑洞，随时有窒息在里面的危险。他最后能够找到出口，说起来还得感谢梁一贯。对于梁一贯的到来，孙必达心理是排斥的，他遭受的这一次打击，从某个角度来说，是因梁一贯而起，所以，从内心里，他最不愿意见的人是梁一贯。但是，让他没有想到的是，正是梁一贯的到来，触动了他的神经，让他找到了解决问题的方式，是啊是啊，事情因谁而起，因谁而消，这么简单的道理，自己怎么就没有想到呢？看来，人是容易犯糊涂的，容易钻牛角尖的。孙必达脑子里有了一个大胆的想法，他为这个想法而激动了。

当天晚上，孙必达便去柳荫堤找李琼梅，他到了梅花阁，梅花阁的老鸨告诉他，琼梅居的李琼梅中午被一个官人接到府上去了，还没有回来。孙必达问她，李琼梅晚上会回来吗？老鸨告诉他，按照规定，留在客人府上过夜，李琼梅必须派人回来请示，如果没请示，必须在午夜前回来。老鸨对孙必达说，我们这里姑娘多的是，你不必等李琼梅了，我介绍一个更好的给你。孙必达说，我今天晚上只要琼梅居的李琼梅。

李琼梅直到三更才由丫鬟梅香搀扶着回到梅花阁，她见到孙必达，一脸惊讶，问他说："孙公子，你怎么会在这里？"

孙必达见她满嘴酒气，想必喝了不少酒，但孙必达已经不能再等了，他必须把心里的想法说出来，那个想法像一头巨大的怪兽在他身体里横冲直撞，如果再不说出来，非将他身体撞破烂不可。他将李琼梅拉进房，看着她说："李琼梅，你还记得我是谁吗？"

李琼梅笑了，调皮地拍了下他的脸蛋说："乖乖，你是孙必达孙公子。"

孙必达说："你记得就好，我有一个想法要告诉你，我要娶你做老婆。"

李琼梅不笑了，抓住孙必达的手也松开了，她退后两步，看着孙必达说:"你能不能再说一遍?"

孙必达说:"我要娶你做老婆。"

李琼梅愣了一会儿,转身坐在床沿,低头想了好长一段时间,抬头看着孙必达,摇了摇头,轻轻地说:"我不能嫁给你。"

这次轮到孙必达愣住了,他问李琼梅:"你不愿意嫁给我?"

李琼梅又摇了摇头说:"是你不能娶我。"

"为什么?"孙必达问。

"因为我是妓女。"李琼梅说。

"我知道你是妓女。"孙必达这时笑了,他看着李琼梅说,"可我就是要娶你做老婆。"

"你为什么要这么做?"李琼梅看着他问。

"因为我在你这里过过夜。"孙必达说。

"在我这里过夜的男人那么多,"李琼梅看着孙必达说,"你不必为了这个原因而娶我。"

"这正是我跟那些男人不同的地方。"说出这句话时,孙必达的眼睛闪耀着光芒,他伸手摸了摸李琼梅的脸蛋说,"只要你同意,我明天就领你去开封府落籍从良。"

李琼梅哇的一声,赶紧伸出双手捂住嘴巴。

八

孙必达在做这个人生巨大决定时,双胞胎弟弟孙必贵不在开封,他去山东了。

孙必贵是开封府街东菜场的屠夫,他去山东买猪,山东的猪比开封便宜,买了装在马车运回来,圈在生意伙伴武大员家的猪栏里,这样他就不用去城郊杀猪,不用赶夜路,更主要的是利润更可观。去山东买猪是个辛苦活,借住在乡下农家,一户一户买猪,买齐后雇马车日夜兼程拉回来,在路上多待一刻,猪便多掉一两肉。掉的不是肉,是银子,孙必贵宁愿自己掉肉。孙必贵不怕辛苦,他原本可以和武大员轮流去买猪,武大员孩子小,老婆身体不好,孙必贵提出由他去。武大员和孙必贵不仅是生意上的合作伙伴,他们还是师兄弟,他们一共有十个师兄弟,从小一起练武,烧过香,拜过关二爷。

从山东回来后,孙必贵从娘亲那里听说孙必达的事,他马上去找孙必达:"哥哥,娘亲说你马上要成婚?"

孙必达笑着点点头说:"是的,我已经请人看了黄道吉日,婚期定在这个月二十三日,祝福哥哥吧。"

"哥哥成婚,我这个做弟弟除了高兴和帮忙,原本是不应该多嘴的。"孙必贵看着孙必达,接着说,"可是,哥哥要娶的是一个妓女,这事非同一般。"

孙必达知道孙必贵的好意,而且,他知道孙必贵是个武人,武人有武人的逻辑,他理解这个弟弟,他说:"你嫂嫂曾经是什么不重要,重要的是她现在从良了。她对我说,从今往后,好好跟我过日子,做一个贤妻良母。"

孙必贵摇摇头说:"我听人说,从事过那种行业的女人,经历过大风大浪,很难驯服。"

孙必达说:"弟弟放心,哥哥心中有数。"

"我知道哥哥是个有文化的人,待人善良,可这个世界很复杂,我总是担心别人利用哥哥的善良进行欺骗。"想了想,孙必贵又问,"哥哥能不能再考虑下这件婚事?"

孙必达说:"这事我已决定,你就不要再说了。"

见孙必达这么说,孙必贵就不好再说什么了,可他心里不顺,越想越觉得这事不对劲,他倒不考虑李琼梅从烟花场所出来名声不好,一个屠夫有什么资格嫌弃他人名声呢?他担心李琼梅久经风月场所,已是水性杨花,进了家门,迟早闹出事端来。而他这个做弟弟的,是最最尴尬之人,他既要维护哥哥的体面,又不能对嫂嫂一句不敬,从今往后,大家要在一个门里进出,这叫人如何是好?

那日午后,孙必贵闷头回家,铺开磨刀石,坐在小木凳上,又开双腿,霍霍的磨刀声从他的两腿之间传出,一声比一声尖锐。娘亲拉一把椅子坐在孙必贵身边,娘亲知道孙必贵心里担忧,其实这何尝不是她的担忧呢?孙必达和孙必贵的父亲早亡,她一手将两个儿子抚养成人,虽然两个儿子都没有大出息,可让她欣慰的是,两个儿子都是正直之人。哥哥孙必达走的是文路,虽然后来学会了喝酒,她知道喝酒不好,不过她相信孙必达不会做有违人伦的事。弟弟孙必贵走的是武路,交往的人路数复杂,可孙必贵是个忠勇之人,他不会做伤害别人的事。两兄弟相比,她更放心孙必贵,但她见孙必贵闷头磨刀,

到底有些心虚，她劝孙必贵说："既然你哥哥决定了，咱们支持他便是，娘亲相信人心都是肉长的，你哥哥对李琼梅好，她一定心怀感激，收心做一个好主妇。反过来看，说不定这是你哥哥的福气，也是我们家的福气。再说，成婚之后，你哥哥嫂嫂与我们住一个门，事事有娘亲看着，娘亲相信李琼梅也不会做出什么有违妇道的事。"

孙必贵没有想到娘亲如此开明，胸怀如此开阔，这倒让他这个七尺男儿暗呼惭愧，他抬头看了她一眼，回答说："我听娘亲的。"

九

孙必达将李琼梅从妓馆赎出来，带她去开封府办手续，负责妓女落籍的令史叫朱杰，也就是梁一贯的少年朋友，孙必达和他喝过酒，算是相熟。孙必达说明来意后，朱杰看看孙必达，又看看李琼梅，脸上浮现出怪异的笑容，他让孙必达办好手续，拿出一本册子，翻到李琼梅那一页，用红笔一勾，再盖上一个红色公章。

李琼梅从良了。

李琼梅带着丫鬟梅香嫁给了孙必达，成了孙府大奶奶。孙家虽不是显要人家，但在皇城内的繁华之地有独立院子，城外置有微薄田产，也算小康之家。

李琼梅也曾考虑过从良的事，可是，她踏上这个行业的第一天便清醒地知道,这段经历将伴随一生,直至血枯肉烂。她想过最好的结局,便是当还未年老色衰之时,当了某一个商人的小妾。她的前辈同行基本上是此归宿,她大致也是这种命运。所以,当她听到孙必达的决定后,确实是意外之喜,孙必达是读书之人,前途无可限量,并且,孙必达一表人才,举止文雅,还有点儿呆气,正是这股呆气,让李琼梅觉得他是一个值得托付终身的人,他不会以普通人的眼光来看待她的出身。能有这样的归宿,李琼梅心满意足。可是,她又觉得哪里不对劲,哪里不对?她想来想去,只有一点,那就是她对目前从事的这份职业还有留恋。没错,她确定是留恋。她知道,这种职业有一种毒,是一种有香味的毒,从事时间越长,中毒越深,越是迷恋这种生活。这是一种纵火自焚的生活,每一天都过得生不如死,可又对新的一天充满期望。也就是说,她还没有做好离开这个行业的思想准备,她对这个行业还有割舍不断的依恋。然而,她知道,如果拒绝了孙必达,她此生恐怕再遇不上这么好的机会了,世上不可能有第二个孙必达。思前想后,权衡再三,李琼梅决定收心做个良人。

进入孙家后,李琼梅确实是这么做的。她改掉了晚睡晚起的习惯,晚上二更上床,早上五更即起。晚上早睡还好办,大不了在床上多翻几个滚,不知不觉就睡着了。早上起床难度比较大,她都是挣扎了好几回,最后才猛烈地掀开被窝,眯着眼睛坐起来。

李琼梅起床洗漱完毕后,带着梅香去给孙府老太太请安,然后带着梅香去厨房烧早餐。到了晚上，她和梅香烧了热水，抬进老太太房间给她洗脸和泡脚。老太太很是受宠若惊，觉得这么多年念经拜佛终于有福报了，孙必达娶了一个好老婆，她得到一个好儿媳。她很满意，至少表现出来很满意。老太太每天笑得合不拢嘴，脸上的皱纹更明显了。

李琼梅对叔叔孙必贵也甚是用心。她知道孙必贵是家里经济支柱，孙必达在外面大手大脚花钱，都是孙必贵在后面默默支持。孙必达虽然是哥哥，但这个家真正的支柱是孙必贵。不过，孙必贵毕竟是还没成婚，嫂嫂和小叔叔之间关系微妙，李琼梅的用心也体现在这一点上，只要孙必贵在家，到了饭点，她都会亲自去叫，叔叔吃饭了。她叫孙必贵时，双手合拢，捂住右腹，微微弯着腰，眼睛看着地面。孙必贵出门时，她也是这个姿势，在背后说，叔叔慢走。

李琼梅花在孙必达身上的心思最多，这是应该的，孙必达是她夫君，是睡在一个被窝里的人，这种亲密关系是其他人无法替代的。再说，是孙必达把她从妓馆赎出来，她对他无论怎么好都是应该的。最主要的是，孙必达是个诗人，诗人有诗人的特点，说好听是天真烂漫，说难听就是任性，做事不懂得收与放，说话不懂得轻与重，热了不懂得脱衣，冷了不懂得添衣，更不懂人情世故。李琼梅是烟花场所过来的人，早就学会了察言观色，对人情世故心中自有一本账目。孙必达每天出门之前，李琼梅会让他多披一件外衣，叮嘱他热了就脱，冷了便加。出门之前，李琼梅会检查孙必达袖袋里的钱，如果太少了，她会补上一两，如果太多，她会取出一两。孙必达对钱财没有概念，袖袋里有多少他用多少，不懂得心疼。

梅香主要在家里做些粗杂活，李琼梅有时使唤她去街上买菜打酒，她嘴巴刚答应，人已经跑到门口了，眨眼之间就拿着东西回来。

李琼梅从来不进孙必贵房间，她每次把孙必贵换洗的衣服晾干折叠好，让梅香送到孙必贵房间。梅香还未成年，又是下人，不需避嫌。

梅香一直叫李琼梅小姐，进孙府后还是这么叫。李琼梅觉得叫小姐不成体统，她现在从良了，成了孙必达的夫人，应该改口叫她大奶奶。梅香每次憋了半天气，叫出来还是小姐，气得李琼梅拿鸡毛掸子打她屁股。最后还是孙必达开口了，说梅香叫你小姐叫习惯了，为什么一定要让她改口呢？就让她叫呗。李琼梅这才停止打梅香屁股。说起来，李琼梅对梅香这个丫鬟一直不是很满意，她买梅香时刚刚坐台接客，按照惯例，坐台小姐都有一个贴身丫鬟，是一种习俗，也是一种身份。李琼梅见梅香模样还过得去，就从市场上买了她。买来后才发现，这丫头不够机灵，碰见她看得顺眼的客人，心掏出来都可以，来的客人如果看不顺眼，她就躲到一边去，李琼梅无论怎么对她使眼色，她只当没看见。李琼梅一直想换一个丫鬟，只是没有遇见更合适的。另外，李琼梅也发现，梅香除了脾气有点儿拗、说话有点儿直外，对她还是忠心耿耿的，梅香跟她这么多年，她没有丢失过一件东西，这对一个下人来说是很难得的，那就姑且使唤着吧。

李琼梅对叔叔孙必贵用心是有原因的。她知道，在她和孙必达婚姻问题上，叔叔孙必贵是持反对意见的。有时想想，李琼梅也能理解叔叔孙必贵的心情，孙必贵当然希望哥哥娶一个出身清白的女子。可是，李琼梅内心多少对孙必贵打了一个结，有一点儿埋怨。她心里想，你哥哥要跟谁成婚，关你这个做弟弟什么事？李琼梅也从孙必贵找孙必达谈话的事件上看出来，孙必贵对她的出身还是在意的，孙必贵对她的出现和存在一开始就有偏见。虽然嫁入孙府后，孙必贵对她这个做嫂嫂的还算客气，但她知道，这种客气是一种拒绝，是一种距离的表现。从这个角度来说，李琼梅内心对孙必贵是有怨恨的，只是埋藏得比较深而已。

十

如果不是孙必达领着李琼梅来办落籍手续，朱杰几乎已经将李琼梅这个女人忘记了。当然，说忘记是不准确的，实事求是的讲法是他一般不去想这个女人，他和这个女人好过一段时间，后来分手了，分手的原因是李琼梅向他借了十两金子，答应三个月后还他。三个月后，朱杰如期向她索要十两金子，李琼梅二话没说还了金子，但是，双方都感觉得出来，这一借一还，两个人的心冷了。

对于朱杰来讲，当然是有意向李琼梅要债的，十两金子虽然不是小数目,但他负担得起,他在开封府当了这么多年的差,除了薪俸,还在几家妓馆参有暗股,每月都有可观的收入。他向李琼梅要债,是给她一个信号,两个人好归好,不要打他的钱财主意。断了来往不是朱杰的本意,他对李琼梅依然心存怀念,这怀念有感情的因素,人是感情动物,两个人在一起吃饭睡觉时间长了,不知不觉便生出依恋来,是那种牵挂的依恋。还有便是对李琼梅身体的依恋,他喜欢李琼梅的身体,散发着诱人的气息,朱杰每一次闻到这种气息,身体里的欲望立即就被勾引起来。这也是他最舍不得李琼梅的地方。分手之后,朱杰的天地比以前更开阔,可是,他再也没有遇见像李琼梅那样的人。

好多次,朱杰产生了去找李琼梅的冲动,最终还是按捺住了。这是他的性格,他不服输的。在开封府混了这么多年,他明白了一个最简单的道理:凡事不能后退。他见惯了大鱼吃小鱼的例子,小鱼为什么会被大鱼吃掉?因为小鱼见到大鱼,第一个反应便是转身逃命,这一转身,这一逃命,便注定小鱼失去和大鱼对视的机会,失去和大鱼对抗的机会,也注定了小鱼失败和死亡的命运。朱杰知道,在社会上,在开封府,在大宋朝,他只是一条小鱼,是的,这一点儿几乎已是命中注定了,这是多么悲哀的一件事啊,可是,朱杰不甘心,他在无法改变现状的情况下,选择了另一种对待世界的方式,他要做一条比大鱼更凶恶的小鱼,也就是讲,在他的认识和行为里,只要和他有关的事,他必须是个赢家。他对谁也不会认输,对李琼梅更不会。李琼梅不过是他职务管辖范围之内的一个妓女,在他的意识里,李琼梅一直在掌控之中。他和李琼梅相好时,李琼梅刚挂牌接客,他看中的是她的身体,而李琼梅呢?何尝不是把他当作靠山,有他在,妓馆的老板不敢欺负她,柳荫堤的其他姑娘更是要对她礼让三分。柳荫堤依然是他的管辖范围,李琼梅也一直待在柳荫堤,所以,在朱杰的脑子里,他从来没有放弃过李琼梅。根本不存在放弃这种说法嘛,李琼梅一直是属于他的,他一直在等待李琼梅前来认罪,也做好接纳她的准备,他不能没有李琼梅,李琼梅也离不开他,只要李琼梅还在柳荫堤,她迟早会回到他的怀抱。朱杰等待的只是一个机会,一个李琼梅主动来找他的机会。让朱杰没有想到的是,李琼梅倒是主动来找他了,却是要离开柳荫堤,这是朱杰不允许的,李琼梅是他的,谁也休想从他身边夺走。那么,她来办理落籍手续,给不给她办?当然给她办,而且要痛痛快快给她办。这是朱杰的职务,也是他的经验,他没有理由不让李琼梅办落籍手续,不让办就是他的不是了,就有把柄落在人家手上了,他不做这样的傻事,做这种傻事便不是朱杰了。那么,就这么白白放过李琼梅?当然不会,白白放过李琼梅不是他朱杰的风格,他不担心李琼梅飞走,李琼梅落籍后不是嫁给孙必达嘛。只要她依然生活在开封府,便插翅难飞。再说,他知道孙必达是什么样的一个人,孙必达在明处,他在暗处,这就更好办了。

让朱杰没有料到的是,嫁给孙必达后,李琼梅居然足不出户，完全是安心过日子的模样。李琼梅能够回归做一个守妇道的正常女人，朱杰内心是欣慰的，甚至是高兴的，他觉得自己没有看错李琼梅，她确实是一个不一般的女人，自己没有白疼过她。可是，正因为李琼梅的这种转变，更激起了他的征服欲望，他不但要征服她，还想长期占有她，是的，李琼梅是他朱杰的，谁也别想从他手里夺走。他不会让任何人将李琼梅夺走，谁也别想。

可是，现在的问题是李琼梅闭门不出，更大的问题是，孙府老太太每天像看守犯人一样盯着李琼梅。除了孙府老太太，朱杰最担心的还是孙家老二孙必贵。关于孙必贵，朱杰早就有所耳闻，主要是三点：一、他性格耿直，讲义气；二、他虽然混迹市井，却身怀高强武艺；三、他不是一个人，有一班师兄弟，社会关系复杂。因为孙必贵，朱杰轻易不敢去孙府，那么，既然有危险，他是不是该知难而退呢？当然不会，否则便不是他朱杰了。

话说回来，朱杰也不急，急什么呢？他知道李琼梅在那里，这就够了，他深知猫捉老鼠的技巧，谁见过哪只猫是猴急猴急的吗？谁见过猴急的猫捉到老鼠了吗？没有。朱杰深深知道，对于现在的他和李琼梅来说，李琼梅是老鼠，他就是猫，只要他有足够的耐心，捉住老鼠是迟早的事。

当然，朱杰一直在寻找机会，他以前几乎没有主动宴请过孙必达，都是梁一贯邀约的场子，孙必达娶了李琼梅后，他主动宴请孙必达的次数多了起来。他以前便知道孙必达常常喝醉,醉了便各自散去。现在情况不同了,只要孙必达喝醉,必定是他送回孙府。他每一次将不省人事的孙必达搀扶回孙府,亲手交给李琼梅,每一次,他都只是意味深长地对李琼梅笑一笑,没有用语言挑逗,更没有动手动脚,这种事是社会上无赖泼皮才做,他朱杰当然不是那类人,他要做便做得彻底,要做便做得到位,这才是他的性格。当然,他这么做也是在提醒李琼梅,无声的提醒和暗示才是最有力量的。

十一

孙必达得了李琼梅,第二年,梁一贯成了秘书省校书郎。

先生知道此事,将孙必达叫到书院,连骂三声"孺子不可教也"。孙必达被骂得满心欢喜,骂得他内心无限宽广,他知道先生对他的好。孙必达对梁一贯没有任何意见,这是他的选择,他知道自己想要的是什么,知道自己要走的路。

孙必达现在是著名诗人了,他的诗歌已经受到当朝文坛领袖的肯定和褒奖,每年的年选里,孙必达的诗歌总是放在头条位置,还有大段的肯定性评论。衡量一个诗人是不是著名,一个主要的标准是该诗人在达官贵族群体里的知名度,如果达官贵族嘴里经常提到这个诗人的名字,甚至能够吟唱两句他的诗歌,那么,恭喜你,你成功了。据说孙必达的诗歌已经传入皇宫,宫女都在竞相传阅。不过,这只是江湖传说,因为谁也没有进入皇宫,谁也没有见过宫女长什么模样。不过,这从一个侧面说明孙必达的知名度和传奇性。

孙必达的诗歌是桃花诗社的骄傲,他的旧诗和新作都会受到追捧,成为诗社成员研究对象和模仿对象。

孙必达的诗歌因诗社成员的抄阅,阅读面越来越广,渐渐地,市井里也有人在传诵他的诗歌,知道当朝有一个诗人叫孙必达。

有的私塾先生也拿孙必达的诗歌做教材,分析孙必达诗歌里蕴涵的意义,逐字逐句解读孙必达文字背后的感情和深意。

孙必达成了一个符号,成为一个文化名人。

孙必达应酬比以前更多了。

柳荫堤的酒店开了又关,关了又开,只有妓馆长盛不衰。酒店开业,老板除了邀请政界、商界和社会名流去剪彩,也会通过关系邀请孙必达前去助阵,请孙必达喝酒。孙必达喝了酒,兴致上来了,就会给酒店写首诗。酒店老板会把孙必达的诗装裱起来,挂在大厅装点门面。当然,酒店也会给孙必达一笔不菲的出场费,这是孙必达的主要收入。孙必达写的诗都是在朋友间抄阅,收入年选也没给稿酬,他的收入就是出场费。

因为孙必达现在不仅仅是开封的孙必达,除了参加开封当地的活动,孙必达也接受各地衙门邀请前去采风。所谓采风,只是一个笼统的称谓,内容相当丰富。有的地方是想推动旅游,有的地方想歌颂政绩,当然,也有的是当地长官附庸风雅,想见一见孙必达。

唯一相同的是,邀请孙必达的地方,走过场面后,孙必定

安排孙必达游山玩水，请孙必达给当地的诗歌爱好者讲座，每天好酒好肉款待，目的是把孙必达伺候高兴了，孙必达高兴了，诗兴上来了，就有感而发了，当地的风俗人情便留在孙必达的诗篇里。经过孙必达诗歌的传播，当地的旅游知名度打开了，当地的政绩便可能被朝廷赞赏，当地的长官便永久性地载入孙必达的诗歌里。这是多么划算的一笔生意啊，孙必达和地方府衙各得其所。

孙必达应酬多了，跟李琼梅相处的时间少了。

孙必达也知道李琼梅内心有所不满，李琼梅希望孙必达能够每天陪着她，至少每天晚上能够回家一起吃饭，或者经常回家吃饭。但是，孙必达已经做不到这一点了，如果孙必达去了外地，山高水远，一去就是一两个月。即使没有离开开封，孙必达也是三天两头在外面应酬。问题是孙必达经常喝醉，不是因为他酒量差，而是性格使然，孙必达喝酒从来不懂策略，不懂控制，不懂认输，不懂在酒桌上玩失踪，这样的人，即使酒量再好，最后还是一个醉字。孙必达醉了之后，有时还能迷迷糊糊走回家，有时被朋友送回来，更多是回不来。孙必达回不来，李琼梅只能担心受怕。

孙必达内心愧疚，觉得冷落了李琼梅，应该抽出更多时间陪她，可是，他确实是身不由己，约请的人都是有头有面的，怎么能够断然拒绝？还有一个原因，从孙必达的内心看，他是喜欢出去应酬的，他不明白自己什么时候养成这种不良习惯，更想不明白为什么会养成这种不良习惯，每天想往外跑，每天想喝酒。他也知道经常喝醉不好，既失风度又伤身体，应该克制，每次醉后，他都表示要痛改前非，可是，一到酒桌上，他便控制不住自己。

十二

李琼梅不是一个怕事的人，她不怕孙必达知道自己曾跟朱杰好过，她的出身孙必达是清楚的，相好何止朱杰一个啊，那是她以前的工作，她以此为生，跟谁都有可能发生关系，这点她在从良之前就跟孙必达说明白的。但是，李琼梅心里明白，自落籍从良那一天起，旧的李琼梅被翻过去了，包括以前跟她有过关系的所有男人。以前，所有男人都可以上她的床，从今以后，她的床上只能有孙必达一个男人。

当然，李琼梅内心不希望孙必达跟朱杰接触，她知道朱杰的为人，他在官府当差，跟黑白两道的人都有来往，而孙必达是个只知道写诗喝酒的书生，他跟朱杰交往肯定吃亏。

李琼梅知道朱杰的性格，他想得到一个人或者一件东西，总会想方设法弄到手。他就是这样的人，因为他是官府的人，他跟李琼梅说过，他代表着官府，他就是官府。

这时，孙必达接到邀请，准备出一趟远门。

朱杰知道这事后，要为孙必达钱行，酒宴设在著名的丰乐楼。丰乐楼是开封府最著名的酒楼，高三层，站在顶层，可鸟瞰皇宫。朱杰同时邀请了李琼梅。

李琼梅知道朱杰打的是什么主意，她内心不想去，但孙必达一说她就答应了。她知道，对朱杰这种人，退缩和躲避只会让他变本加厉。

李琼梅和孙必达到了丰乐楼，朱杰还叫了梁一贯和几个同事。入席后，李琼梅发现，除了朱杰，其他人一个劲向孙必达敬酒，这不是车轮战吗？李琼梅不动声色，但她知道这个喝法也没有大问题，大家是为孙必达饯行嘛，当然要多敬他。李琼梅的不动声色还因为她清醒地意识到，她现在身份是孙必达的夫人，喝不喝酒的主动权在她这里，喝多喝少的主动权也在她这里，最最主要的是，怎么喝的主动权也在她这里，别人敬她必须满杯，她喝多少别人不能勉强，她敬别人，别人是不能拒绝的，因为她现在的身份是孙夫人，不是柳荫堤的姑娘，孙夫人和柳荫堤姑娘的最大差别便在这里，权利也在这里，她手握这种权利，打遍天下，谁也不是敌手。这还有什么好怕的呢。

李琼梅是酒场老手，她从良之前，没少喝酒，有的是在妓馆里喝，有的是被客人带出去喝。无论是在妓馆喝还是赴外面的酒局，对妓女来说都是严峻的考验，你不能不喝是不是？不喝酒你当什么妓女？客人请你喝酒，是给你面子，不喝就是给你脸你不要脸，在应酬时不能让酒劲上头，一上头就失控了。一定要在酒劲没上来之前吐掉，吐不出来就将手指伸进喉咙抠，多抠几次，肯定能吐出来。只要吐出来就好办了，回去可以接着喝，差不多时候接着抠喉咙，一直抠到散席。李琼梅觉得这招很管用，她屡试不爽。当然，李琼梅确实有酒量，这是天赋，不是培训出来的。

酒过三巡，李琼梅看出来，朱杰今晚并无明显恶意，他们无非是要灌醉孙必达，为什么要灌醉孙必达呢？当然是做给她看的——他朱杰有这个能力。此时，李琼梅也看出酒席上的深浅来了，除了朱杰，大家多少都有点儿醉意了，特别是孙必达，他喝得最多，舌头大了，一句话说得断断续续。李琼梅觉得该是自己站出来的时候了，否则孙必达很快就会说胡话，所以，她举起了酒杯，她的目标只有一个，那就是朱杰，朱杰是晚上酒席的主谋，擒贼先擒王嘛，她敬朱杰酒，理由很充足，感谢他特意安排这次给孙必达饯行的酒会，李琼梅不是敬一杯酒，她连着敬了朱杰三杯。朱杰喝完三杯后，脸色马上就红了，反应变得迟钝。他看看梁一贯和同事，意思大概是向他们求救。李琼梅知道朱杰酒量不错，但他知道朱杰有一个致命弱点，他不能喝快酒，李琼梅今晚不想给朱杰喘气的机会，她既然已经站起来，就是想给朱杰一个信号，绝没有轻易坐下的道理。李琼梅又敬了朱杰三杯，感谢他平时对孙必达的照顾。梁一贯他们早已看出来，朱杰的目的是什么，也看出李琼梅的目的是什么。李琼梅这时亲自披挂上阵，肯定见谁灭谁，大家都是酒场老手，谁会做这种自讨没趣的事？大家幸灾乐祸地看着朱杰又被李琼梅灌下三杯。这三杯一下肚，朱杰的眼神就直了，喉咙有一股热乎乎的东西涌上来，他什么话也不敢说，赶紧伸手捂住嘴巴，咬紧牙关，拼命往下咽。李琼梅微微一笑，端起酒杯，又敬了朱杰三杯，感谢他晚上送醉酒的孙必达回家。大家都看着朱杰,朱杰犹豫了片刻,缓慢站起来,拿酒杯的手在颤抖,跟李琼梅碰过杯后,一小口一小口地喝。喝完第一杯后,朱杰停顿了好长时间,谁都看得出来,酒已经满上喉咙了,再喝肯定失控。朱杰这时看看孙必达,孙必达已经缓过劲来,他想站起来对李琼梅说别再喝了,李琼梅对他使了一个眼色,摆了摆手,同时又端起酒杯,她有经验,只要这一杯下去,今晚她和孙必达就能全身而退。只是,李琼梅内心有一个担忧,她知道朱杰是个有手段的人,朱杰的厉害不仅仅因为他是开封府的令史,而是他背后的整个机构。李琼梅知道,作为孙必达和她这样的个体,根本无法和以朱杰为代表的整个机构对抗。可是,再弱小的生命也是有抗争意识的,李琼梅的想法是:她可以一而再再而三地退让,但有一个限度,过了她心理限度,大不了一死,生死去来,不过是小命一条,做个任人摆布的人,活一百岁又有什么意义?李琼梅一抬头,一杯酒就空了。朱杰看了李琼梅一眼,咬咬牙,一仰脖子,杯子也空了。他放下杯子,正想透一口气,突然哇的一声,伸手去捂,已经来不及了,他一扭头,一股激流从他嘴里喷薄而出。

李琼梅看着弯腰狂吐的朱杰,她没有胜利的感觉,更没有丝毫的喜悦之情。

十三

孙必达去江南后,孙必贵对武大员说:"这段时间我不能去山东买猪了。"

"没关系的,多赚少赚都是赚,我们小本生意急不来。"武大员看着孙必贵说,"我知道你不放心孙必达出远门。"

"不知为什么,心里总是惶惶的。"停了一下,孙必贵又说,"以前从来不会的。"

武大员说:"你别太担心,有我们一帮师兄弟呢。"

孙必贵说:"总觉得要出大事。"

那一天,武大员留了一个猪耳朵,肉铺收摊后,他叫孙必贵去家里坐坐。孙必贵说他不放心家里,想回去。武大员说他已经约了刘显和吴长河,吴长河刚押了一趟长镖回来,你不想见见他?师兄弟里,孙必贵和吴长河最谈得来,吴长河是个闷罐子,有什么事只在心里盘算,盘算清楚后,他就一声不响去干,绝不回头。但他有什么事会跟孙必贵商量,遇到什么困难会向孙必贵求助,如果缺钱,第一个就是向孙必贵借。他也只会向孙必贵一个人借。孙必贵见武大员这么说,也就不再说什么,他有三个月没有见到吴长河了,三个月太长了,他确实想见见吴长河。孙必贵对武大员说,我回去将刀磨好就赶来。

孙必贵回到家,先去娘亲房间问一声好,然后坐在院子里,将刀具里的刀一把把磨好。自从哥哥娶了李琼梅后,孙必贵让娘亲将院门关紧,只有每天磨刀时,他将院门打开,故意磨出很响的声音来。

磨完刀后,孙必贵又进了娘亲房间,说自己去一趟武大员家,商量生意上的事。

孙必贵到达武大员家时,发现武大员的餐桌上已经摆了五个下酒菜,其中一个就是卤猪耳朵。餐桌上还有两大埕酒,孙必贵看埕腰上贴的包装纸便知道,是他们菜场卖的人家烧,酒性烈,价钱实惠。武大员平时都喝这种酒。师兄弟里,只有孙必贵一个不喝酒。孙必贵能喝,酒量并不比武大员差,武大员只是喜欢喝而已。但孙必贵喝了酒有一个问题,喝一口便全身通红,不是一般的红,是像酒糟那种颜色,红得发黑;还有满身酒气,酒气重得他未进自家院门,娘亲在房间里便闻到了,娘亲会问,孙二,你又喝酒啦?孙必贵听出娘亲的担心,他不想让娘亲担心,所以,平时滴酒不沾,师兄弟聚会,大家喝得昏天暗地,从来没有勉强孙必贵。

孙必贵跟武大员的老婆打过招呼,武大员在厨房里烧吃的。武大员杀猪是把好手,烧菜也是一把好手。

没有多久,吴长河和刘显就来了。刘显一看到餐桌上两大埕酒和猪耳朵,哈了一声,摩拳擦掌,猛咽口水。孙必贵和吴长河对视一下,抿嘴一笑。

刘显是开封府里的狱卒,贪杯,因为贪杯,多次值班喝酒被上面派下来的检查组逮个正着,一次因为喝酒差一点儿让一个犯人跑掉。师兄弟都说他是被酒害了,当了十多年差,连个小头目也没混上,凭他的本事,当个都头是没问题的。武大员跟刘显来往比较多,武大员老婆的弟弟是个混混,偷鸡摸狗,赌博耍老千,调戏良家妇女,敲诈勒索儿童,什么下三烂的事都干。这样的人当然是牢房常客。他一抓进去,武大员的老婆就哭哭啼啼,说家里就这么一个弟弟,万一他在牢房里有个三长两短怎么办?老婆一哭,武大员只能去找刘显,让他多关照,尽快放出来。刘显果然很快就将武大员的小舅子放出来。武大员每一次都会提着一扇猪肉送到刘显家里去,然后请刘显来家里喝一顿大酒。每一次,刘显都叫武大员不用客气,他说,你小舅子没杀人放火,小偷小摸而已嘛,然后笑纳了那扇猪肉。喝酒刘显倒是一点儿不客气,武大员一叫他就来了。当然,武大员也不是刘显帮了忙才请他喝酒,平时有事没事,他也会叫刘显来家里喝酒。

刘显的酒量并不好,他只是喜欢喝酒。或许他心里有悲苦,借酒排解?

喝完第一埕酒后,刘显的醉态已经很明显了,孙必贵心里发慌,总担心家里有事,他站起来说:"我先回去了,太迟回去娘亲会担心。"

见他这么说,大家便不再挽留。吴长河送他出来,他好像有话要对孙必贵说,却一直没有开口,送到门口,孙必贵对他说:"你进去吧,我们找时间再聊。"

孙必贵回到家后,刚进院子,就听见娘亲的声音:"是孙二吗?"

"娘亲,是孩儿回来了。"孙必贵回答道。

孙必贵在院子里站了一会儿,看着哥哥孙必达的房间。他转身拿出刀具,铺开磨刀石,坐在小木凳上,叉开双腿,霍霍的磨刀声从他的两腿之间传出,一声比一声凄厉。娘亲披上衣服出来问他:"孙二,你这是干什么?"

孙必贵说:"娘亲,孩儿在磨刀。"

"你下午不是磨过了吗?"

"我下午磨过了吗?"

"孙二,你怎么比娘亲还老糊涂?"娘亲拍了拍孙必贵的肩头说,"赶快收起来,三更半夜的,你这磨刀声整个开封府都听见了。"

十四

那晚以后,孙必贵将磨刀时间改到夜里。他中午回家吃饭,因为起得早,下午要补觉,补完觉起来吃晚饭。然后在院子里练功,先是练拳头,然后练器械。一直练到夜里二更,才在院子里点起灯笼,将小木凳搬出来,铺开磨刀石,摊开刀具,叉开双腿,霍霍的磨刀声从他的两腿之间传出,一声比一声凄厉。这种声音一直到三更才停歇。

李琼梅听出来,那声音因她而起,是冲她来的。声音里有不满,有愤怒,有警告,更有威胁。

李琼梅一开始以为孙必贵只是使性子,她在柳荫堤待了那么多年,见识了多少男人啊,男人有时就是个长不大的孩子,遇到问题总喜欢使小性子,只要不理睬或者用手段安抚一下,没有不消停的。这点李琼梅是有经验的。问题是李琼梅对付孙必贵这样的人没有经验,他是个男人,可在李琼梅眼里又不能算个男人。他是自家相公的弟弟，是自己的小叔子，她能将以前对付男人的手段使用到自家小叔子身上吗？不能嘛。问题便棘手在这里。

李琼梅知道孙必贵是为了维护他哥哥，这个出发点李琼梅早就看出来了。她也是站在这个出发点去理解孙必贵的所作所为，她对孙贵的敬重也由此而来。可是，她有时也会有发自内心的委屈，虽然没有当面质问孙必贵，但会在内心问孙必贵：你以为全天下就你一个人爱你哥哥吗？你以为为了你哥哥你怎么做都是对的吗？你为什么不能考虑下我的感受呢？我也是爱你哥哥的，我的所作所为也是为了你哥哥好，如果说我以前出身不好，这点我承认，可我现在已经落籍除名，是个自由身。再退一步说，我嫁入你们孙府，是你哥哥主动提出来的，我当时还有点儿不情愿呢，觉得还没玩儿够呢。老实说，风尘是另一个世界，虽然与现实世界密切相连，却有天壤之别。现实世界的特点在一个"实"字，柴米盐醋，人情世故，每一个动作，每一句话，都有规定，日子是掰着手指头过的，一点儿马虎不得。而风尘之中呢，日子过的是一个"虚"字，来这里的人，无论是皇族贵胄还是贩夫走卒，目的只有一个，那就是快活。快活是一种感官刺激，也可以说是一种精神享受，稍纵即逝又无限漫长，虚无缥缈又触手可及。也就是说，那是一个没有时间概念的世界，有的只是享乐，你来我往，灯红酒绿，歌舞人生，那是人间仙境啊。我是真有点儿舍不得啊，可我最后还是从了良，跟了你哥哥，我死心塌地跟你哥哥，天地可以做证，自从踏进你们孙府后，我李琼梅从没有起二心。我收心了，知道外面的世界鲜花盛开，可跟我已没有关系。而你作为一个小叔子，一个男人，作为孙必达的双胞胎弟弟，为什么不能像你哥哥一样放下心中成见，放下世俗对妓女的偏见，像对待一个正常女人的态度对待我呢？怎么说我现在已经成了你嫂嫂了啊？你如果爱你哥哥，就应该尊重你哥哥的选择，接纳你哥哥的选择，并像你哥哥一样尊重和接纳我。可是，你的心胸竟然如此之小，从我踏进孙府之前，你就反对我和你哥哥的婚姻。我进了孙府，你处处设防，处处排斥。现在更是变本加厉，每天半夜在院子里磨刀。我知道你的用意何在，你这是磨给我看的，声音也是给我听的。你这是在警告我，是在向我示威。可是，我想问一句，孙必贵，我到底哪件事做错了？到底哪句话说错了？我每天小心翼翼在孙府过日子，对婆婆尽心孝敬，对丈夫尽力服侍，对你也算尽了当嫂嫂的本分。而你，何尝有给我一个好脸色？何尝对我说过一句好听的话？呜——一想到这里，李琼梅觉得满身酸痛，是全世界最委屈的人。

李琼梅的满身委屈还来自孙必达。总的来说，孙必达是个好丈夫。孙必达对她是温柔的、体贴的，甚至是尊重的，他从来没有因为出身而轻慢她。从这个角度说，孙必达真是有一个宽阔的胸怀，他有一个高贵的灵魂。这也是李琼梅看中孙必达最主要的地方，在天地之间，像孙必达这样的男人是个异数，他能够超越世俗的成见，用自己的行动挑战世俗的成见，足见他精神上的非凡境界。李琼梅也算略懂诗词歌赋的，这是她以前当妓女时的必修课，她入行前，在专科学校里进行过专门的业务培训，诗词歌赋和琴棋书画是必修课，考试不及格是不能从业的。所以，她读了孙必达的诗后，自然会将孙必达的诗与以前读过的相识或者不相识的诗人的诗进行比较，这一比较，差别就出来了，孙必达是个真正的诗人，他写的是世俗的事情，却没有世俗气，是孙必达自身气质的呈现，是超凡脱俗的，有一种庞大的精神力量。孙必达是一个活在精神里的人。这当然是孙必达的巨大优点，这个优点在他身上闪闪发光，使他身上仿佛笼罩着一个光环，让人膜拜。可是，李琼梅的委屈也来自于此，作为孙必达的妻子，李琼梅希望能够在精神上与孙必达进行沟通，能够把话说到同一个地方去。但是，李琼梅发现，与孙必达生活的时间越长，她越来越发现两人精神上的差距，无论是对自身的关照还是对外部世界的看法，孙必达都会从阳光的方面看，他虽然也知道阴暗那一面，可他将阳光那一面无限放大了。孙必达用这种方式对待世界，说得好听点儿是境界，说得不好听就是幼稚和无知。以李琼梅的人生经历，她当然知道这世界的阴暗多于光明，所以，她与孙必达生活时间越长，越是替孙必达担心，总有一天，孙必达会因为他的天真和善良付出代价，而且是惨重的代价。还有一点，孙必达自成婚以来，随着名声日隆，喝酒应酬的机会越来越多，每天都有聚会，有时从中午开始喝，到晚上又转到另一个场子继续喝。每天夜里醉醺醺回来，倒头就睡，第二天一早又被人请走。李琼梅算了一下，她和孙必达竟然有半年没有欢爱了，这对她来说是一种煎熬。她没有想到的是，新婚不久，孙必达就陷入了各种应酬，酒局不断，每天大醉而归，哪里还顾得上满足她的需求呢？一想到这一点，李琼梅就是满心的委屈，她有时甚至想，早知如此，还不如继续留在柳荫堤呢。当然，这只是气头上的念头，想想而已。

现在好了，她什么也没做错，叔叔孙必贵居然深夜磨刀来威胁她。这怎么不让她气不打一处来呢？李琼梅突然想做点儿什么事情，她想让孙必贵看一看，她不吃他那一套，孙必贵你不想一想，你嫂嫂是从哪里混出来的人，难道还怕吓唬不成？

十五

李琼梅那天早上梳妆打扮完毕，使唤丫鬟梅香整理出郊游的席子和小桌椅，还有酒具和餐具，装在一个温州产的藤篮里。

这些器物都是李琼梅在柳荫堤添置的，想当年，每到春天时节，白天客人稀少，李琼梅会让梅香带上这些器具，去隔壁欣乐楼酒店打上两壶美酒，再买上四样点心，直奔桃花坞。梅香天生不能饮酒，喝一口就醉，是那种不省人事的醉，将她扔到海里喂鱼也不知道，所以，如果李琼梅不强迫她喝的话，她绝对不碰。李琼梅就在桃花林下，一个人慢斟细尝，偶尔发呆想想心事，或者在心里盘点接待过的各个客人，想象他们的容貌，当然，有时也会想想自己的出路。到下午未时，两瓶美酒入腹，李琼梅微微有点儿醉意，看人看事正是最美好的时候。

她命梅香收拾行头,回柳荫堤接客。

孙府在浚仪桥东,与开封府是同一条街道的两端,这条街上商铺林立,是开封府一个热闹所在。这天上午,李琼梅让梅香去张家酒家打两壶酒,顺道去望楼山洞梅花包子铺买四个包子,去曹婆婆肉饼店点两个肉饼,再去李香家糕点店买四样糕点。一切办理妥当,梅香叫了一辆马车,她们坐车来到西壁次卞河北岸角门子外的桃花坞。进了桃花坞,站在高处,只见满山满冈的桃花林,像一片巨大的粉红色云朵,无边无际地铺开去,看不到尽头。来到低处,桃树密密麻麻,树枝层层叠叠,树枝托着桃花,像无数的男人簇拥着女人。他们交头接耳,窃窃私语,一副春意盎然的样子。

桃花坞游人如织,人声鼎沸,气氛比以前更盛。她们来到曾经野餐的地方,发现已被人占领,只好另觅地盘。找了好几个地方,只要是稍微平缓之地,都被人铺上席子,甚至有人专门在那里占了位置转租。她们找了将近半个时辰,好不容易才在一座土坡上找到一块空地,虽然不在桃花树下,可土坡四周都是桃林,也算是个难得的好所在。李琼梅笑着问梅香:"你想想看,这么好的场地,为什么偏偏留给我们?"

梅香歪着头想了一会儿,说:"是不是这里比较偏僻?"

李琼梅敲了一下她的脑壳说:"说你呆哟,你还真是呆。你难道没有感觉这里的风比别处大吗?"

梅香点点头说:"风确实比别处大,裙摆都被吹起来了。要不我们再去找个地方吧?"

李琼梅说:"估计也找不到好地方了,就在这里将就一下吧。"

梅香说:"风不会将我们刮走吧?"

李琼梅看看自己,又看了看梅香,然后指了指天上说:"你以为自己是上面的纸鸢啊!"

梅香也抬头看了看纸鸢,傻傻地笑了起来。

她们摊开席子,架起桌椅,摆上餐具,盛上糕点,梅香为李琼梅的酒杯满上酒。

风越来越大,三月的风又尖又硬,看见东西就不管不顾往里面钻,连喝进肚子里的酒也变得又冰又硬,李琼梅忍不住打了两个寒战。梅香见状,急忙打开带来的花伞,说:"小姐坐着别动,我用花伞给您挡风。"

不久以后,太阳出来了,风躲起来。阳光照射在桃花上,花瓣舒展开来,吐出一阵阵香气和暖气。整个土坡都被这巨大的香气和暖气包围着,让人昏昏欲睡。

太阳不见了,风的胆子又大起来,发出呼呼呼的尖叫声。只喝了半壶酒,梅花包子和曹婆婆肉饼还未曾动,李琼梅从席子站起来,对梅香说:"收拾起来吧。"

梅香跺了跺脚说:"也好,我们到别处去,这鬼地方,我手脚都冻僵了。"

梅香收拾好器具,李琼梅已经走下土坡了。梅香嘴里喊着小姐小姐,小跑着跟上去。

李琼梅在前头走得很快,梅香手里提着器具,跑得气喘吁呀。她见李琼梅一直往桃花林外走，忍不住问道："小姐，我们这是要去哪里？"

"回家。"李琼梅头也不回地说。

梅香举了举手中东西问："带来的酒和食物还带回去？"

"扔掉。"李琼梅走得更快。

梅香将壶里的酒倒进路边的小河，其他食物舍不得扔。

她们走过一座桥，又走过一座桥。当她们走上第二座桥时，听见有人叫李琼梅的名字。她们转过头去，看见了梁一贯。梁一贯问："你们这是要去哪里？"

李琼梅还没有回答，梅香插话说："我们要回去了。"

梁一贯抬头看看天空，太阳这时又跑出来了。他说："午时未过，现在回去太早了。"

梅香说："我们刚才在土坡上，差点儿冷死了，小姐一生气，就想回去了。"

梁一贯说："如果不嫌弃，欢迎参加我们的聚会，一帮文友，都是孙必达的老相识。"

梅香刚想拒绝，却听见李琼梅开口说："参加就参加。"

梁一贯喜不自禁，身体一侧，弯腰做了个请的姿势。

十六

那天下午，梅香是看着小姐李琼梅喝多的。李琼梅来者不拒，有人在敬酒中提起孙必达，李琼梅立即打断他的话说，不许提孙必达,谁提谁罚酒。梅香听出她说话的语气,舌头已经大了,知道她已经醉了。一杯连着一杯往喉咙里倒,就是龙王爷也会醉。梅香虽然不会喝酒,但她在李琼梅身边这么多年,醉酒的人见得多了,以前是各类客人,喝多了来找小姐散酒气,又是笑又是跳。现在是孙必达,有时晚上大着舌头回来,有时连舌头也没了。

如果仅仅是文友敬酒,李琼梅不会醉,那帮诗人都知道,她现在是孙必达的夫人,敬一次是表示尊重,再敬就有欺负人的意思了。李琼梅最后喝醉是和梁一贯单挑,是李琼梅主动提出来的。其他人一听便哦哦哦起哄。梁一贯问她怎么个挑法?李琼梅说我们先喝"一大组"。这是柳荫堤的喝法,梁一贯是那里常客,当然知道"一大组"是怎么喝的,他问李琼梅:"你确定?"

李琼梅反问他:"你胆怯了?"

梁一贯说:"我梁一贯什么时候胆怯过?"

李琼梅说:"那就喝。"

梁一贯挽起袖子说:"喝就喝,以后孙必达找我算账,你要做证,是你要喝的。"

李琼梅说:"梁一贯,今天如果再提孙必达,我一定喝死你。"

梅香这时对李琼梅说:"小姐,咱们不喝了,回去吧。"

李琼梅对她挥挥手说:"这里没你的事。"

说完之后,她和梁一贯连干三杯,接着连干六杯,然后连干九杯，最后连干十二杯。喝完最后十二杯，梁一贯脖子一伸，别人以为他要吐了，他没有，而是身体一歪，如一件空衣服，瘫在席子上。但他很快爬起来，伸手想去抓酒杯，手还没有抓到酒杯，人又跌倒了。

李琼梅问梁一贯还喝不喝？梁一贯嘴里嘟囔着喝，人却再也站不起来了。李琼梅微微一笑，也不看其他人，转身就走。梅香见她脚步踉跄，急忙追上去。

她们出了桃花林，梅香见她走得东歪西倒，飘飘荡荡，速度却是飞快，嘴里不时发出几声嘎嘎嘎的笑声，引得路人奇怪地看着她们。

梅香知道她是真的醉了。梅香跟了她这么多年，这是第二次见她喝醉。第一次是跟朱杰断了关系之后，那天，她闭门谢客，将自己关在房里，连灌四壶丰乐楼酒店出品的丰乐酒，然后，不断发出鸭子一样的笑声。梅香清楚地记得，那一次，她笑了整整一宿，第二天，梅香问她记得昨天做了什么吗？她看着梅香，问她，我到底做了什么？梅香问她，你真不记得了？她说，我一点儿印象也没有。接着她开玩笑似的问梅香，我总不会杀了人吧？梅香说，你有没有杀了别人我不知道，我倒是差一点儿就被你的笑声杀死了。她问梅香自己是怎么笑的，梅香学给她听，她不好意思地捂着嘴问，是这样的吗？真的是这样的吗？太丢人了。梅香说，小姐你以后不要再这样喝酒了。她点点头说，你说得对，以后不能再这样喝酒了。

梅香见她走的不是回家的方向，赶紧对她说："小姐，你走错了，我们的家在左边。"

李琼梅头也不回地说："嘎嘎嘎，没错。嘎嘎嘎。"

梅香说："你真的错了。"

李琼梅又说："我说没错就没错。嘎嘎嘎。"

梅香只好紧紧跟着她。

越走环境越熟悉，当看见不远处旗杆上挂着密密麻麻的红招牌时，梅香突然明白过来，她们又回到柳荫堤了。

她们来到了欣乐楼，欣乐楼的老板和伙计都没有变。李琼梅没有进欣乐楼，而是进了隔壁的梅花阁。梅花阁有二十八位姐妹，每个姐妹的名字里都有一个梅字。李琼梅原来住的琼梅居已经有了新主人，她想进去看看，伙计认出李琼梅，说里面有客人。李琼梅一听就嘎嘎嘎地笑，说，有客人了不起啊，我进去看看不行吗？说着伸手去推门，伙计和梅香赶紧将她抱住。无故乱闯客人房间，是这一行的大忌，如果碰到脾气大的客人，妓院被砸了也是白砸。李琼梅的双手被抱住，她立即伸脚去踢门，梅香和伙计连忙将她拖出梅花阁。李琼梅还想往里冲，梅香和伙计用尽全力将她拖到街上。梅香一边将她往孙府方向拖，一边说："小姐，我求求你了，你现在的身份不合适在这种地方出现，我们赶快离开好不好？"

李琼梅说："这是我的地方，嘎嘎嘎，谁说我不能在这里出现？谁说的？嘎嘎嘎。"

梅香说："小姐，你别再笑了，他们都停下来看咱们呢，好难为情啊。"

李琼梅说:"嘎嘎嘎,他们是谁?我怎么没有看见他们?嘎嘎嘎。"

梅香又急又羞,她多么想找一块布条将李琼梅的嘴巴封起来啊,她知道自己不能这么做,李琼梅是她的小姐,是主子,她怎么能封主子的嘴呢。

就在这无助的时候,梅香看见了一个救星——朱令史。梅香对朱令史多有好感,当年朱令史和小姐相好时,朱令史每一次来琼梅阁,对梅香都是客客气气,称她姐姐。朱令史一见面就从袖袋里摸出一些碎银子给她,让她去街上买零食吃。梅香拿了碎银上街去,走走看看,并没有买零食吃,而是将银子存起来。日子一多,数目便可观起来。她很期待朱令史的到来。朱令史与小姐断了关系后,梅香伤心了好长一段时间。小姐嫁入孙府后,朱令史找了她几次,每一次都偷偷给她手里塞碎银子。她想不懂的是,朱令史这么优秀的人,这么慷慨这么有修养,小姐为什么不跟他继续交往呢?这事太让人费解了。

梅香看见朱令史,不由心头一热。朱令史可是她的亲人啊,她一边挥动右手,一边大叫朱令史。她看见朱令史快步向她们走来。

朱令史来到她们跟前,梅香带着哭腔对他说:"我们小姐喝醉了,您能不能帮我拉小姐回家?"

"没问题,你们在这里等着,我去叫一辆车子。"朱令史说完,快步朝前面走去。没过多久,果然来了一辆马车,朱令史从车上跳下来,对梅香说,"扶小姐上车。"

当朱令史伸手去扶李琼梅手臂时,她嘎嘎嘎地笑起来,举起手臂打掉朱令史伸过来的手,问道:"你是谁?"

梅香说:"小姐,他是朱令史。"

李琼梅没有理会梅香,继续舞动手臂,嘎嘎嘎地笑着,问道:"你到底是谁?"

朱令史放低声音,笑着说:"我是朱杰。"

李琼梅问道:"朱杰是谁?"

梅香说:"小姐,他是朱令史呀。"

朱令史:"你喝醉了,我送你回去。"

李琼梅说:"我没醉,也不要你送。"

朱令史不再跟她说话,梅香从后面抱住李琼梅,朱令史抓住她的脚,将她抬上马车。

上了马车后,李琼梅还不停地笑,用脚踢朱令史。

马车出了南壁朱雀门,停在一个名叫南来北往的客栈。朱令史将李琼梅安顿妥当,从衣袖里摸出一把碎银,对梅香说:"你出去逛逛,买点儿吃的,小姐我会照顾的。"

梅香觉得将小姐一个人放在客栈的房间不放心,这是她的直觉,也是她做丫鬟的基本职责,无论何时,她得保护小姐的安全,可是,她又觉得,有朱令史在,小姐是安全的。

十七

孙必达一路南行,先是坐车,后是乘船,行行停停。

孙必达南行之前，已给沿途各站诗友写过信函，说自己大约某月某日会经过贵地，便中一晤。这些诗友有的是当地官员，有的是富家子弟，有的是书院先生，也有像孙必达这样的读书之人。他们有的是孙必达的忠实读者，有的与孙必达互有诗词往来，互相欣赏，未曾谋面，现在听说孙必达要从京城南来，莫不翘首以待。所以，孙必达每到一处，诗友们早就约了同好，酒席早早预订，酒菜早早安排，只等孙必达一到，立即拉上酒桌。第二天，一场讲座是免不了的，地点一般在当地最著名书院，广告早早就贴在书院门口了，大家争相一睹这位京城才子的风采。孙必达没有让人失望，他玉树临风，五官清秀，最主要的是，讲座时肚子有料，历史掌故信手拈来，角度、高度、深度，都有，还有切身感悟，一个时辰的讲座，他缓缓而谈，如拉家常，听者如沐春风，不知时间已逝。一般情况，第三天，当地的诗友会带孙必达游览名胜，虽不如京城深厚，也都自有渊源，皆有可观之处。譬如他读前人写西湖的诗歌，总会有一个疑问，西湖有那么美吗？她真如一位曼妙的女子吗？到了西湖之后，他才发现，将所有描写西湖的诗歌加起来，还不及西湖里的一滴水和一个波光。譬如他到了国清寺，才知道这里为什么会出现寒山与舍得两位禅宗高僧，他觉得天台山不出这样的高僧便不能称天台山，国清寺也不能称国清寺。孙必达的最后一站是温州，他游览了江心孤屿，去了雁荡山和楠溪江，还去看了一趟大海。但更多的是在城内走动，他在开封城的街道上见过温州漆器什物铺，以为只是一个招牌而已，没有引起注意，到了温州之后，他发现温州城内有一条专门做漆器的街道，还有专门做瓷器的街道，这样的街道还有很多，有做皮具，有做古炉，有做金银饰品，还有专门制笔和做纸的街道，一派繁荣景象。

温州当地府衙原本安排孙必达待一个月，十天之后，孙必达归心已炽。原因有二：一是孙必达吃不惯温州食物，温州紧靠东海，酒桌上以海鲜为主，好生啖，更有将海鲜腌制起来而吃之，其味甚怪。第一天的欢迎酒宴上，他吃了一种当地土话叫"蛎勾"的海鲜，当天晚上肚子泻了一夜，此后肚子一直隐隐作痛，能听见肚子里翻滚的响声。第二是他想念家乡开封了，想念娘亲，想念弟弟孙必贵，更想念夫人李琼梅，也想念开封的文友和酒友。这一路行来，每到一地，当地朋友总会带他走一走青楼，这是时风所致，孙必达当然不会拒绝。但是，他发现，多去一个青楼，他对李琼梅的想念便多出一分，恨不得插上翅膀，立即飞回到开封，世界再大，风光再好，只有开封才是他的家，只有李琼梅的怀抱最温暖。

因为温州府衙方面已经安排了行程，孙必达不好断然抽身离去。他与邀请他来的当地官吏商量，加快了活动节奏，将一个月的日程缩短成十五天。

孙必达去温州走的是东边路线，回去走的是南线，是一条椭圆形的路线。他原本计划走一个圆形，从西南再绕回开封，如果那样走，至少得半年时间。他实在等不及了。他从来没有像现在这么想念李琼梅，每天都在想念，每时每刻都在想念。

想念她的容貌，想念她的动作，想念她的声音，想念她的体香，更想念她俏皮的双唇。每想念一次，心里都有一阵微微的刺痛。他知道，这就是爱，时间越长，他对李琼梅的爱越深。这种爱跨越时空。

这一趟出门，孙必达整整花了三个月。出门时还是初春，春风刮面，回来时已入夏，夏阳烫人。

到家已是傍晚，梅香接过孙必达的行囊，他来不及洗一把脸，先去娘亲房里请安，再去孙必贵房间打招呼，然后迫不及待钻进自己房间。他一进房间，看着李琼梅，只是呆呆地看着她，眼前就是他日思夜念的李琼梅，李琼梅就站在眼前。他出去三个月了，李琼梅一点儿也没有变，可又觉得她好像哪里发生了变化。他说不出来。他对李琼梅说："我回来了。"

李琼梅说："你一出门就是九十一天呐。"

孙必达说："我给你写了九十封信都收到了吗？"

李琼梅说："今天早上收到铺兵送来的第九十封了。"

孙必达说："每一封信里都有一首写给你的诗。"

李琼梅说："我都读了，我很感动，可我担心承受不起你那么多的爱。"

孙必达说："你说什么呢？你怎么可以说这样的话呢？"

李琼梅说："你为什么要出去呢？为什么要出去这么久呢？"

孙必达上前一步，拉住她的手说："对不起，对不起，我以后不出去了，以后一步也不离开开封府，一步也不离开你。"

李琼梅没有接话，看着孙必达，呆呆看着孙必达。

十八

那天下午，孙必达没有出去应酬，正在书房写诗。他去了一趟南方，收了一些银子，现在得一笔一笔还文债。他听见孙必贵在自家院子里磨刀（孙必贵现在每天磨两次刀，一次下午，一次晚上），不久便听见孙必贵与人争吵之声，孙必达连忙跑出去，看见孙必贵拿着一把大尖刀站在院子中央，一帮公差围着他，朴刀出鞘。看得出来，公差知道孙必贵一些底细，不敢轻易动手，只是喊他放下刀，跟他们去一趟开封府。

孙必达大致点了一下人数，一共来了十二个公差，其中一个是开封府捕快，跟孙必达喝过两次酒，名字叫丁昌盛。

孙必达不知道开封府捕快为什么前来捉拿孙必贵，这事不是最主要的，现在最主要的是孙必贵手里拿着杀猪刀，他有功夫在身，孙必达亲眼看见他一个飞腿，将一棵碗口粗的树踢断了，那一腿要是踢在人身上，肯定毙命，更别说他现在手里拿着刀，别看捕快来了这么多，真要打起来，未必是孙必贵对手。这一点儿孙必达对弟弟是绝对有信心的。但是，如果真的动起手来，问题就大了，就不可收拾了。如果杀死了捕快或者打伤了他们，无论孙必贵之前有没有犯过事，事情便无可挽回了。

孙必达立即叫孙必贵放下手中的杀猪刀，孙必贵看了他一眼，没有动，保持警惕，像一只随时要发动攻击的猛兽。捕快们一脸疑惑，他们大概从来没有见过两个这么相像的人，对于他们来讲，根本分辨不出谁是孙必达谁是孙必贵。他们主动让开一个口子，让孙必达走进圆圈。孙必达站在孙必贵身边，按住孙必贵拿刀的手。他发现，孙必贵的手像铁块，又硬又冷。他转身对丁昌盛说："我弟弟是个安分守己的小生意人，你们是不是弄错了？"

丁昌盛说："我们只是奉了上头的命令而已。"

孙必达看看弟弟，又问丁昌盛："你们确定没有捉错人？"

"这点肯定不会错。"丁昌盛大概也知道，真正动起手来，他们未必能占到便宜，便对孙必达说，"你劝劝你弟弟，也别为难我们当差的，跟我们走一趟开封府，如果确实没事，解释清楚就行。如果动起手来，到时候说什么也迟了。"

孙必达觉得丁昌盛说得有道理。这时，娘亲也出来了，李琼梅和梅香也来到院子。娘亲问孙必贵："孙二，娘亲问你，你做过什么犯法的事吗？"

孙必贵说："娘亲，孩儿从没做过违法的事。"

娘亲说："好孙二，娘亲相信你，娘亲也相信公道，你就跟公差们走一遭。"

孙必贵说："我听娘亲的。"

说完，孙必贵放下手中的尖刀。公差一拥而上，将孙必贵捆了个结实，不但上了手铐，还上了脚扣。孙必达对丁昌盛说："你们这是干什么？"

三人行

丁昌盛说："大诗人莫怪，只因你弟弟有一身好功夫，一般的囚具困不住他，我们只好用大具。"

孙必贵倒不在乎身上的大具，他对娘亲说："孩儿不孝，让娘亲受惊了。"

孙必贵被开封府捕快带走后，孙必达扶娘亲回房，他说自己马上去开封府，相信孙必贵是被冤枉的，把事情解释清楚就可以出来。

孙必达去开封府找朱杰，朱杰的同僚说朱杰去外地公干了，回来时间没定，多则一个月，短则半个月。孙必达去找丁昌盛，同僚说丁昌盛下班了。

从开封府出来后，孙必达去找梁一贯，他知道梁一贯肯定在柳荫堤，一去，果然找到了。他将梁一贯叫到一旁，将孙必贵的事情一五一十告诉他。梁一贯因为举茂才的事，对孙必达心存内疚，听完后，自告奋勇说他认识开封府一个都头，打探下消息应该没问题。孙必达说，那就烦请你辛苦一趟，只有知道孙必贵犯了什么罪，才能想办法解救。梁一贯说，我去跑一趟没问题，你也得帮我一个忙。孙必达说你说吧，能做到我一定帮。梁一贯说你一定做得到的。这么说时，梁一贯对那边的姑娘招招手，那姑娘走过来，梁一贯一把将那姑娘塞给孙必达说，你帮我看着她，别让她跑了，我去去就来。孙必达说，我现在哪有心思做这事？梁一贯说，我不管，你必须给我看好了。说完便走。

那姑娘孙必达见过，她也知道孙必达是什么人。她叫孙必达坐下等梁一贯，问孙必达喝不喝酒？问孙必达看不看书？问孙必达想不想唱歌？孙必达只好给那姑娘作了个揖，说，姐姐，我今天实在没心情，下次再来感谢。

孙必达等了差不多一个时辰，天黑之后，梁一贯终于回了，他刚一进门，孙必达就冲上去，问："碰到都头了吗？"

梁一贯叹了口气，说："都头说，孙必贵犯的是大罪，是谋反罪，死罪。"

孙必达惊叫道："这怎么可能？"

梁一贯问孙必达："孙必贵是不是有个师兄弟叫吴长河？"

"有。"孙必达点点头，他听孙必贵说过吴长河，吴长河也来过孙家，孙必达见过。

梁一贯说："都头说，他们接到消息，吴长河上牛郎山当了三寨主，孙必贵是他们埋藏在开封城的内线。"

"我可以拿性命担保，孙必贵不是牛郎山的内线。"孙必达说。

梁一贯轻轻地说："都头说，如果孙必贵的证据确凿，按照惯例，捉拿的就不是他一个人，至少是全家，甚至是九族。"

孙必达现在不关心全家和九族，他只是问："孙必贵现在关在什么地方？"

梁一贯说："这个问题我也问了，都头不敢说，大概是担心牛郎山来劫狱。"

孙必达从袖袋取出五两银子给梁一贯，他知道梁一贯每天花天酒地花销大。梁一贯用手一挡,生气地问他:"孙必达,你这是干什么?"

孙必达说:"我这银子不是给你的,你在官府的熟人比我多,帮我打点打点,只要有需要银子的地方,你只管跟我说。"

梁一贯的脸色缓和下来,说:"孙必贵是你的兄弟,也是我的兄弟,我自然会尽力。"

孙必达说:"朱杰出公差了,我只有你这个朋友可以指望了。"

梁一贯说:"你也别急,天无绝人之路,总会有办法的。"

孙必达知道梁一贯这是安慰的话,他现在需要这些安慰的话。孙必达这时其实很想喝酒,身体里有团火在燃烧,越烧越旺,烧得他五脏六腑发疼,需要大量的酒浇灭,他觉得可以喝很多很多酒,可以千杯不醉。可心里另一个声音告诉他,他现在不能喝酒,孙必贵关在哪里还不知道,生死未卜,娘亲在家里等消息,他不出去奔走营救,怎么能顾自己喝起酒来呢?但是,他是一介书生,无权无势,有什么办法营救孙必贵?这么一想,他便痛恨起自己来,觉得无能,光有一颗救孙必贵的心有什么用?如果孙必贵真犯了砍头的罪,自己愿意替他去杀头,可官府会同意他替孙必贵砍头吗?

十九

离开柳荫堤后,孙必达看看时间不早,只好先回家。果然，到家后，大家都在等他，他将打听到的情况一五一十讲给她们听。讲完后，见她们都没出声，孙必达便将回来路上一个想法说出来：他明天去一趟牛郎山找吴长河，事情因他而起，他得想办法营救孙必贵。

他一说完，娘亲就说他不能去牛郎山，孙必贵原本跟牛郎山没有关系，孙必达一去牛郎山，恰恰中了官府圈套，孙必贵的罪证便被坐实了。李琼梅也觉得娘亲说得对，官府手头没有证据，才只捉了孙必贵一个人，如果孙必达去了牛郎山，就是铁证，不但孙必贵罪名坐实，全家人也难逃谋反罪名。李琼梅觉得现在最重要的是先打探到孙必贵关在哪里，想办法跟他见面，见面的意义是要孙必贵一句实话：他到底跟牛郎山有没有关系？如果有关系，我们做有关系的打算，如果没有关系，我们不但可以去开封府喊冤，还可以告御状，开封府说他是牛郎山的人，说他谋反，总要拿出证据来。

让李琼梅这么一说，孙必达突然又有方向了，有方向就有希望，不会像刚才那么绝望，他频频点头说："有道理有道理，我明天专门办这个事。"

第二天，孙必达先去柳荫堤找梁一贯，说了自己的意思。梁一贯酒还没有醒，脸上有厌烦之色，但他昨天刚拿了孙必达银子，只能强打起精神说，好的好的，一定努力。

离开柳荫堤，孙必达又到开封府，他这次找到了丁昌盛。丁昌盛瞄了他一眼，只当不认识，想必他身边有同僚在，不便相认。这么想后，孙必达便退出来，站在街角等候。果然，不久后，丁昌盛就出现了，孙必达向他招招手，他看看四周，快步向孙必达走来。

孙必达见他脸色严峻，还没开口，便从衣袖里摸出银子塞进他手里。丁昌盛手里攥着银子后，脸上才有点儿笑意，他压低声音，问孙必达怎么跑到这里来？孙必达说想知道孙必贵被关押在什么地方。丁昌盛说他们只负责捉拿，进了开封府后就移交了，具体关押在什么地方他也不知道。孙必达问他能不能帮忙打听打听，他们是同一个系统，内部沟通方便一些。丁昌盛说你弟弟犯的是谋反罪，是大宋朝最大的罪，消息是绝对保密的。孙必达说再大的罪，也总该让家属知道他被关押在哪里呀，也应该让家属去探望一下。丁昌盛说你是真糊涂还是假糊涂，谋反罪是可以就地正法的，昨天没有将你弟弟就地正法已经是法外开恩了。听丁昌盛这么一说，孙必达愈发相信开封府没有抓到孙必贵谋反的证据，他说，是啊是啊，我们也正是这么想的，没有将我弟弟就地正法可能是有原因的，所以更想打探到我弟弟消息。丁昌盛又看看四周说，我在这里不能久待，你也不能久待，你说的事我只能尽力办，有消息我会通知你，你不能再到这里来了。孙必达连说拜托拜托，作揖而去。

离开开封府后，孙必达又到了书院，跟先生说了孙必贵的事，他知道先生在开封府和朝廷都有几个朋友。先生听说后，表示一定会向几个朋友打听。

这一天，孙必达一无所获。

回家过了一夜，又去找梁一贯。找完梁一贯又去书院找

先生。

第三天，孙必达再去柳荫堤找梁一贯，梁一贯不见了。

先生那边也没有消息，先生告诉他，他找了几个朋友，他们一听孙必贵是谋反罪，什么话也不说了。先生对孙必达说，在咱们大宋朝，什么事情都可以做，谋反是碰都碰不得的。这是太祖定下的规矩。

没有任何孙必贵的消息，孙必达心情沉重，挨到二更，才回到家，他先去娘亲房间，只说正托朋友打听，很快就会有消息，或许明天，或许后天，一定能打探到孙必贵消息。倒是娘亲宽慰他说，这几天明显瘦了，下巴尖了，眼睛凸出来。娘亲对他说，孙必贵是好人，好人自有好报，叫孙必达不用太担心。孙必达说知道，他服侍娘亲睡下后，回到自己房间，一坐在椅子上，就像一截木头，没有一点儿声息，连眼睛也没有眨。李琼梅问他想不想喝点儿酒，他也没有答应。

三更时分，突然传来敲门声，孙必达心惊胆战来到院子，问门外是谁，门外没有开口，又敲了敲门。孙必达心想，总不会是牛郎山的吴长河吧？他听到孙必贵被抓的消息了？孙必达将门打开一条缝，门外的人闪了进来，立即将门关上。孙必达发现来人不是吴长河，而是孙必贵的另一个师兄弟刘显，他突然想起来，刘显是开封府的狱卒，自己怎么就没有想到他呢？

娘亲听到声音，也披衣出来，问孙必达来人是谁，孙必达马上将刘显带进厅堂。刘显叫了一声伯母，说孙必贵现在关在开封府的地牢里，这地牢是关押重刑犯和死刑犯的地方，不让

人探视，孙必贵知道家里牵挂，托他偷偷来家报个平安。孙必贵还托刘显捎来一句话，他跟牛郎山没有任何关系，更没有谋反，肯定是遭人诬陷。娘亲听了之后，看着刘显说，难为你了，在孙必贵最困难的时候出手相助，这样的朋友才是真朋友。刘显说，我们是师兄弟，这事是应该做的，只是我无官无职，不能帮孙必贵洗脱罪名。娘亲说，你能做到这一点已经很不易，交了你这个师兄弟是孙必贵的福气。刘显说，我不能在这里多留，你们快帮孙必贵想想办法。孙必达说，孙必贵在监狱里，还得请你多多关照。刘显说，这点你们放心，有我在，不会让孙必贵在监狱里受苦的。

孙必达送刘显出来，送到门口，将十两银子塞进刘显手里，孙必达说，这点儿银子你拿去请监狱里的同僚喝个酒，需要花钱的地方只管跟我开口。刘显也不推辞，开了门，轻轻闪了出去。

孙必达送走刘显后，回到厅堂，李琼梅和梅香已经回房，娘亲好像在等他，娘亲见他进来，对他招招手。孙必达扶着她回了房，进了房间后，娘亲用钥匙打开床头一个红木柜子，取出一张纸递给孙必达，孙必达看了看，是他们家在城南五十亩良田的地契。孙必达说，娘亲，您这是干什么？娘亲说，明天，你送这张地契去刑部侍郎陈赫家。孙必达说，为什么要送地契给陈赫？娘亲说，陈赫原来是你父亲在开封府的同僚，也算是莫逆之交，你父亲英年早逝，他却一路高升。你父亲在世时，陈赫就想买咱们家这五十亩良田，现在你将这地契送给他，将你弟弟的事情告诉他，他看在这地契和你父亲的面子上，也许会出面帮忙，他是刑部长官，你弟弟的事归他管，只要他肯出面，你弟弟就能出来。

第二天早上，孙必达去陈府，他将自己的名帖递上去，门房说老爷上朝未回，正说着，一队人马拥着一顶轿子回来了，门房将孙必达的名帖递给走在轿子前头的一个胖子，胖子将名帖递进轿子，然后，胖子让孙必达跟进去。

胖子将孙必达带到书房，过了好一会儿，一个长须老人从里面一扇门后走出来，孙必达急忙作揖行礼，那老人笑着叫孙必达免礼，称自己和孙必达父亲是挚友，现在见了故人之子，不胜欣喜，他说自己听人说起过孙必达，是当朝大诗人，不事权贵，他为故人高兴。老人说了许多，不断说孙必达的好话，只是不问孙必达此来何事。孙必达只好从包里取出地契递上，老人展开来看，孙必达见他手抖了一下。他问孙必达，这是何意？孙必达就说了孙必贵的事，他再三说，孙必贵是冤枉的，是清白的。老人沉默了一会儿，他让孙必达先回去，他会派人去了解，如果有情况会派人去孙府找他。孙必达听出来了，老头不想让自己再来他府上了，就说那就拜托了，我弟弟孙必贵的事只有仰仗您了。老人叫那个胖子送孙必达出来。

孙必达回去后，将事情经过告诉娘亲。娘亲说，他只要收了地契，你弟弟就有救。

一个月后，孙必贵果然无罪释放，开封府的解释是抓错人了。但孙必达知道，开封府肯定不是抓错人，第一是因为陈赫介入，第二是因为没有证据。那么，还有一个问题，到底是谁向开封府举报孙必贵谋反？对方为什么要陷害孙必贵？为什么要置他于死地？跟孙必贵有什么仇恨？孙必达问过孙必贵，娘亲也问过孙必贵，孙必贵也不知道，他说没有得罪过谁，吴长河更不可能陷害他。那陷害他的人是谁呢？为什么要陷害他？

二十

只有李琼梅知道陷害孙必贵的人是谁，肯定是朱杰，不会有第二个人。

南来北往客栈回来后，李琼梅后悔莫及。朱杰让梅香给李琼梅带口讯，让李琼梅出来一趟，李琼梅没有理他。后来，他让梅香带来威胁的口讯，如果李琼梅再不出来，他会设法将孙府上下一个一个弄死。李琼梅听了口讯，告诫梅香，以后不能跟朱杰见面了。梅香问为什么？李琼梅突然有点儿生气，这个傻丫头，那天她不应该离开南来北往客栈。李琼梅一直不满意梅香的地方也在这里，这丫头脑子缺根筋，主子喝醉了，她怎么能够随便离开呢？但她更生气的还是自己，她那天不去桃花坞就什么事也没有了。即使去了桃花坞，不跟梁一贯喝酒也没事。她知道梁一贯是个什么品行的人，跟他斗什么酒？如果不斗酒她就不会醉，没醉就遇不到朱杰，即使遇到朱杰也没有关系，只要她人是清醒的，光天化日之下，天子脚边，朱杰不敢将她怎么样。但是，千不该万不该，自己那天跟自己赌气，也跟孙必达赌气，更是跟所有人赌气，故意灌醉自己，才给朱杰钻了空子。

这事如果在以前，如果李琼梅还在柳荫堤，让朱杰钻一次空子也就罢了，就当被狗咬了一口，在柳荫堤，她的身体只是一件商品而已，既然是商品，她没有能力也没有必要太在意。现在情况不同了，她离开了柳荫堤，已落籍除名，已经从良，是有夫之妇，是正经人家，她身体的本质发生了变化，不再是个商品，她的身体属于她个人，或者说属于她和孙必达两个人的，她不能也不允许自己再跟朱杰有任何身体上的接触，除了孙必达以外任何男人都不行。她有权利保卫自己的身体。

可是，朱杰没有意识到这一点。朱杰还将她当作柳荫堤的李琼梅。

李琼梅知道朱杰不敢进入孙府，那是孙必贵的存在，孙必贵有功夫，孙必贵有杀猪刀。李琼梅想，如果没有孙必贵，在开封府早已没有自己容身之地了。

李琼梅以前一直对孙必贵心怀不满，一是因为孙必贵阻挡过她和孙必达的婚事，二是孙必贵用磨杀猪刀方式来威胁她，特别是孙必贵在夜里磨刀的声音，有一段时间，她甚至怀疑孙必贵会用杀猪刀宰了她。这让她耿耿于怀。可是，没有料到的是，正是孙必贵的磨刀声保护了她，让朱杰不敢轻易踏入孙府。她知道朱杰是个泼皮性格，他不怕孙必达因为孙必达是个书生，无论受到什么欺负都不会反抗。孙必贵就不同了，他是武夫，是社会上的人，又有复杂的社会背景，他如果受到欺

负，肯定会反抗，而且是用最暴烈的手段反抗。这一点正是朱杰害怕的。朱杰这样的人，说白了就是个无赖。但这个无赖不是一般的无赖，他是开封府的人，他手里有两把刀，一把是社会的刀，一把是官府的刀。他知道社会那把刀使不过孙必贵，便耍起了另一把刀，一定是他举报孙必贵与牛郎山吴长河的关系，这是多么狠毒的一招啊，他在官府那么多年，深知大宋朝最不能饶恕的就是谋反罪，如果这个罪名坐实，孙必贵绝无生还可能。孙必贵一死，朱杰再无忌惮，李琼梅再也逃不出他的手掌心。

孙必贵被开封府捉拿时，朱杰选择了去外地公出，这是他使用的障眼法，这种小伎俩只能骗孙必达这样的书生，瞒不过李琼梅这样的老江湖。

孙必贵被抓之后，李琼梅做过最坏打算。她没有想到的是，孙必贵能够逃过这一劫。她估计这也是朱杰没有想到的。

二十一

孙必贵从监狱出来后，娘亲拉着他的手前看后看左看右看，刘显果然没有食言，孙必贵在监狱没有受到虐待。孙必贵只是刚进去时受了一点儿皮肉之苦，被拷问了几次，后来便对他不管不顾了。再加上刘显上下打点，狱卒对他还是很照顾的。娘亲连喊了十八声南无阿弥陀佛。

孙必贵出来第三天，娘亲命令孙必达带着孙必贵挑两大埕自家酿的米酒，去陈赫家谢恩。孙必达和孙必贵到了陈府，门房进去通报后，出来对他们说，陈老爷正在会见重要客人，米酒留下，你们先回吧。

孙必达和孙必贵回来向娘亲汇报，娘亲说，收了米酒就好，收了米酒就好。见不见是人家的事，去不去是我们的事，礼数要到。

过了两个月，有一天下午，孙必贵在院子磨完刀，娘亲将他叫到房间，对他说，娘亲想去一趟泰山东岳大帝庙，第一是去还愿，他们父亲去世时，娘亲许了一个愿，保佑他们兄弟长大成人，娘亲已经去了两趟，还剩最后一趟。娘亲觉得近来身体一天不如一天，担心再不去，以后去不了。第二是因为孙必贵，孙必贵这次能够逃过一劫，除了陈赫侍郎出手帮助外，肯定有神灵保佑，做人要知恩图报，所以，娘亲让孙必贵跟她一起去泰山。

孙必贵说："娘亲要去泰山还愿，孩儿一定作陪，只是这一趟路途遥远，来去需要花些时日，孩儿去和武大员师兄商量一下，安排好日期咱们再走。"

娘亲说："那是自然。"

孙必贵次日与武大员做了交代，回家后去娘亲房间，正好哥哥也在。他对孙必贵说："娘亲去泰山还愿，我这个做哥哥的怎么能不去呢？"

孙必贵说："我陪娘亲去不是一样吗？"

孙必达说："当然不一样，你和娘亲跋山涉水去泰山，我却闲在家里帮不上忙。"

孙必贵说："我陪娘亲去泰山,哥哥在开封照顾我们家,是一样的。"

孙必达说："不行,第一次是娘亲一个人去泰山,第二次是你陪娘亲去,这一次怎么说也应该轮我陪娘亲去。"

孙必贵说："哥哥与我都陪娘亲去泰山,嫂嫂在家谁来照顾?"

孙必达说："这个放心,你嫂嫂自有梅香照顾。"

这时娘亲开口了,她说："孙大、孙二不用争了,我知道你们的孝心,但家里确实需要人照顾。我看这样,明天早上我们三人一起动身,孙必达送我们到北门就回,也算尽了心意了。"

孙必达还没开口,孙必贵一拍大腿说："还是娘亲想得周到。"

孙必达还想说什么,孙必贵马上说："听娘亲的。"

第二天一早,娘亲出门前,将孙府前前后后走了一遍。孙必贵起得更早,练完功夫,闲着无事,又将杀猪刀磨了一遍,然后端端正正挂在厅堂的柱子上。

出门前,娘亲拉着李琼梅的手说："娘亲走了。"

李琼梅说："娘亲,您早去早回。"

娘亲又交代梅香,晚上早点儿关院门,熄灯前再检查一遍。梅香点点头说,老太太放心,梅香一定照老太太吩咐的做。

出了院门,孙必贵将包袱扛在肩上,孙必达扶着娘亲,一路朝北门而去。

出了北门,孙必贵将包袱背在背上,将娘亲从孙必达手里接过来,说:"哥哥,你回去吧。"

孙必达说:"好弟弟,你就让我再送一程吧。"

孙必贵说:"说好送到这里,你怎么又婆婆妈妈起来了?"

娘亲笑了起来,说:"时间还早,就让孙大再送一程无妨。"

孙必达也笑起来,对孙必贵说:"就是嘛,你干什么赶我走?"

正午时分,他们到了一个叫十里亭的集镇,三人在镇上吃了中饭,孙必贵催孙必达快回,娘亲也开口让他回去,孙必达只好跟他们作别。孙必达离开时,孙必贵拉他到边上,说他和娘亲出门这段时间,少出去喝酒,多在家看书写作,更别带朋友来家喝酒。孙必达一一记下,他让孙必贵服侍好娘亲,也要注意自己身体。

分别之后,孙必贵扶着娘亲一路往泰山而去,日出上路,日落而歇。一路上倒也平安无事。经过牛郎山时,孙必贵脑子里闪过吴长河的脸孔,但他没对娘亲说。娘亲也没提。

因为娘亲是小脚,走得慢。她不肯坐车,说必须走路心才虔诚。他们一路走走停停,二十天后才到达泰山。

那天晚上住在泰山脚下的客栈,由于山下气温变化不定,也可能是一路劳累,娘亲受了风寒。第二天一早,孙必贵想找个郎中,看好病再上山。娘亲一定要上山,她说一点儿小毛病，爬爬山，出出汗，病就好了。她第一次来还愿也是这样，在山脚下受了风寒，爬到半山腰，出了一身汗，病就跑了。孙必贵只好随她上山。可是，走到一半，娘亲就走不动了，浑身乏力，双腿打战。孙必贵还是劝娘亲先下山，在山下治好病再上山。娘亲说，既然到了这里，还是上罢。孙必贵说您一定要上山，那就让我来背。娘亲大概是真走不动了，便由孙必贵背上山。

到了东岳大帝庙，娘亲的身体果然好了一些，身上有力气了，双腿也不打战了，原先发白发青的脸色红润起来。娘亲让孙必贵将买来的供品拿出来，一一摆放妥当。她点了香，带着孙必贵，一连向东岳大帝磕了十八个响头。拜完之后，娘亲又从怀里掏出早就备好的三两银子放进功德箱。一切仪式做完后，孙必贵见娘亲显得异常轻松，满脸红光，神采奕奕。病完全好了。

此时暮色已合，他们便在东岳大帝庙的客房里留宿一夜，准备明天一早下山，返回开封。

大概到了三更时分，孙必贵听到房里有唏唏唏的声音，他是练武之人，一向警觉。爬起来，点灯一看，娘亲在床上蜷作一团，被子卷成弓形，嘴里发出唏唏唏的声音。孙必贵叫了一声娘亲，他见娘亲的脑袋动了一下，接着，他听见娘亲的上下牙齿发出咯咯咯的声音，声音又细又密，像他平时用杀猪刀在砧板剁肉发出的密集声。他伸手摸了一下被子，被子颤抖得厉害，他这时听见娘亲发出轻微的声音：冷。孙必贵拿来自己的被子，盖在娘亲身上，娘亲还是说冷，身体还是不停发抖。孙必贵倒了一杯开水，吹了吹，把娘亲的身体抱起来，靠在枕头上，用汤勺一口口喂她开水。一碗开水喂完，娘亲还是说冷，身体愈发颤抖得厉害。孙必贵喊来客房伙计，又搬来两床被子盖在娘亲身上，娘亲还是说冷。孙必贵问伙计，山上可有郎中？伙计摇摇头说，平时看病都去山下。孙必贵谢了伙计，关了房门，他见娘亲还是叫冷，便在娘亲身边躺下，围着被子，将娘亲抱在怀里。

孙必贵抱着娘亲，叫着娘亲，娘亲的上下牙齿还在打架，身体还在颤抖。但孙必贵能感觉出来，她身体的颤抖越来越轻，牙齿撞击的声音也越来越弱，最主要的是，娘亲的身体越来越冰，他像抱着一块冰。不能再这样等下去了。孙必贵又叫来伙计，结了房费，买了一床被子和一个火把，将娘亲背在背上，朝山下飞奔而去。孙必贵一路跑一路喊娘亲。

到了山下，找到一个郎中，娘亲只剩出的气，没有进的气了。郎中叹了一口气说，你现在就是叫东岳大帝显能也不能让你娘亲起死回生了。孙必贵一听，哇地叫了一声，吐出一口鲜血。

孙必贵找到一家棺材铺，挑了一具上好的楠木棺材，棺材底下铺了厚厚的草木灰，又铺了一层厚厚的干草，再铺上一层厚棉被，娘亲的遗体上再盖一层薄棉被。雇了一辆马车，星夜兼程赶回开封府。

马车一路急驰，孙必贵看着棺材，心里一片茫然，他万万没想到,扶着娘亲欢欢喜喜出门,回来的时候,娘亲却去了另一个世界。他觉得如果照顾周到一些,没有让娘亲受了风寒,让娘亲及时得到治疗,再阻止娘亲上泰山,娘亲现在肯定正跟他走在回家的路上,可是,娘亲现在冷冰冰地躺在棺材里,再也不会对他说话了,再也听不到他的话了。他脑子里全是娘亲平时的模样,听到的都是她平时讲话的声音。他不能接受娘亲突然去了另一个世界的事实,不能接受自己成了一个没娘亲的人。

正在这时,孙必贵听见马的一声惊叫,车子一顿,停了下来。孙必贵伸头出去,看见马路中央站着一个人,那人不是吴长河是谁?孙必贵想跳下车来,抱着吴长河痛哭一场,他要告诉吴长河,自己成了没娘亲的孩子,成了全世界最孤单的人。他还有很多话想跟吴长河说,可又不知道怎么开口,只是愣愣地看着吴长河。

吴长河走过来,对着娘亲的寿棺跪下来,磕了三个响头。站起来,看着孙必贵说:"跟我上牛郎山如何?"

"我要送娘亲回家。"孙必贵说。

吴长河说:"送完娘亲你就回来跟我一起上牛郎山如何?"

"我听娘亲的。"

吴长河说:"大头领说了,你来牛郎山,让你坐第二把交椅。"

"我现在只想送娘亲回家。"

"这世道太坏了,"吴长河说,"送完娘亲你就回来,咱们兄弟一起在山上逍遥自在。"

孙必贵又说:"我现在只想送娘亲回家。"

"你先送娘亲回去,我在这里等你。"吴长河说完,将一个包裹递给孙必贵,说,"这些银子你拿回去,将娘亲好好安葬了。"

孙必贵没有接吴长河的包裹,他说:"娘亲要回家。"

二十二

孙必贵和娘亲去泰山还愿后,朱杰第二天就来孙府找孙必达喝酒。孙必达记住孙必贵的吩咐,但朱杰拎着酒菜上门来,叫人如何拒绝?李琼梅托口身体不舒服,躲在房间没出来。

那天晚上,朱杰故意灌醉孙必达。孙必达醉倒在客厅后,朱杰便来拍打李琼梅房门,一边拍打一边大喊,娘子开门,娘子开门。好像他才是夜归的丈夫。李琼梅说身体不舒服,已经睡下了。朱杰不管,依然拍打,依然大喊,他说:"妈的,再不开门我就踹进来了。"

李琼梅只好开了门。门一打开,朱杰就扑进来,一把将李琼梅扔到床上。李琼梅说:"你怎么能跟畜生一样?我刚来红呢。"

朱杰说:"妈的,你说对了,我就是畜生,我才不要做人,做人有什么好?做畜生可以随心所欲,可以无法无天,你看看,古往今来,能够成大事的哪个不是畜生?"

李琼梅说:"你为什么就不能放过我呢?"

朱杰说:"我朱杰看上的人是逃不掉的,我不会放过你的,我会先弄死你老公,再弄死那个屠夫,弄死孙府的老太婆就更方便了,你最后还是在我手掌心,你逃不掉的。"

连续三天,朱杰都来孙府喝酒,每一次将孙必达灌醉后来敲李琼梅房门。朱杰第三次将李琼梅扔到床上,李琼梅问他:"你这么做难道不怕孙必贵回来砍了你的脑袋吗?"

朱杰笑着说:"你放心,孙必贵这次必死无疑。"

李琼梅问:"为什么?"

朱杰说:"上次开封府放了孙必贵是因为没有谋反证据,这一次孙必贵去泰山还愿必定经过牛郎山,他的师兄弟吴长河一定会下山跟他会面,不管想不想上山,他这次跳进黄河也洗不清了。"

李琼梅说:"你难道不担心孙必达知道后杀了你吗?"

朱杰冷笑一声,反问李琼梅:"你难道以为孙必达不知道我们的关系吗?你以为他娶你是因为爱你吗?你错了,像孙必达这样的人,他唯一爱的是自己,他娶你,只不过是向世人表示,他是一个多么博爱的人,他可以爱一个妓女,可以娶一个妓女,至于这个妓女曾经跟谁上过床,接下来会跟谁上床,他才不放在心上呢。孙必达是个骗子,他骗的不是钱财,而是名。你以为他在乎你跟谁上床吗?他才不在乎呢。"

见李琼梅默不作声,朱杰接着说:"你放心,孙必达不爱你不要紧,我以后会对你好,孙必贵这次肯定是死罪,孙府老太太和孙必达也难逃砍头罪名，只要你乖乖听话，我会保护你的。"

朱杰第四天来孙府找孙必达喝酒时，李琼梅的态度发生了很大改变，她从头到尾坐在客厅陪酒，和朱杰合力将孙必达灌醉。

孙必达醉得趴在桌上后，朱杰心花怒放，肆无忌惮，一把拉过李琼梅就亲。李琼梅让梅香将酒菜收拾起来，移到房间继续喝。

梅香将酒菜端进房间后，李琼梅让她将孙必达扶到孙必贵房间休息。她让梅香也回房睡觉，梅香说自己不困，可以在这里服侍。朱杰从袖袋里抓一把碎银递给她，梅香接过银子，高兴地走了。

梅香离开后，朱杰抱着李琼梅急着要上床，李琼梅则拉着他继续喝酒，她说昨天晚上听了朱杰的话后，想了整整一夜，她终于想明白了，以后和朱杰的日子很长久，今晚只想好好跟他喝酒。说着，她主动敬了朱杰三杯，朱杰喝了三杯。李琼梅又敬了朱杰三杯，这一次，朱杰要跟李琼梅喝交杯酒，李琼梅很快活地跟他喝了三杯交杯酒。李琼梅又敬了他三杯，这一次，朱杰坐着不动，要李琼梅坐在怀里喂他，李琼梅一听就滚进他怀里。李琼梅再敬他三杯时，他要李琼梅用嘴喂他喝，李琼梅快活地照办。

李琼梅不停地劝朱杰喝酒，她也奋不顾身地喝，直到将朱杰灌得眼睛迷糊，舌头打结，摇摇晃晃站起来，一头栽倒在床上。

　　李琼梅坐在凳子上,一动不动看着床上的朱杰,很快,朱杰发出响亮的呼噜声。李琼梅对男人的呼噜声不陌生,她以前在柳荫堤,接待的多是喝过酒的男人,那些男人在她那里过夜,不管年轻还是年长,也不管瘦长还是矮胖,都会发出形态各异的呼噜声,有的像炸雷,一声巨响后便停顿下来,让人疑心他已断气;有的像山涧流水,节奏明快,连绵不绝。朱杰的呼噜声不响,偶尔会重重喘一口气。李琼梅拍了拍脑袋,站起来,走到床边,坐下来,叫了两声朱杰的名字,他没有答应。李琼梅又伸手推了推他身体,朱杰的身体摇了摇,转了个身,呼噜声没有了。李琼梅又叫了两声他的名字,他还是没反应。

　　李琼梅弯下腰,伸手从床底摸出一把杀猪尖刀。这刀是她早上从厅堂柱子上取下来的,这是她第一次碰孙必贵的杀猪刀。她右手握着杀猪刀,左手去翻朱杰的身体,嘴里依然叫着他的名字。朱杰转了个身,呼噜声也随之而起。李琼梅看着他,慢慢举起杀猪刀,举到头顶时,用两手握着,对准朱杰的心脏部位猛扎下去。孙必贵的杀猪刀真是锋利,李琼梅听见噗的一声,刀子像被吸进去,轻快地钻进朱杰的身体,只剩一个刀柄让李琼梅握在手中。同时,李琼梅看见朱杰的身体突然弹了一下,眼睛暴张,两个眼珠似乎要跳出来,充满惊恐地看着她。朱杰张开嘴巴喊了一声:"妈的,李琼梅,你这是干什么?"

　　李琼梅说:"是你逼我这么做的。"

朱杰伸手要来抓杀猪刀，李琼梅猛地将刀从他身体里拔了出来。她觉得很轻松，像从水里拔出来。刀尖离开朱杰那个瞬间，她听见朱杰啊了一声，身体弹了一下，摔在床上。李琼梅没有让他身体有再动弹的机会，又举起杀猪刀，再一次捅进他的胸膛。这一下她用尽了力气，她能够感觉刀子飞快穿过朱杰的身体，刀尖透过身体触到床板，发出坚硬的声音。朱杰又一次仰起身体，伸手来抓李琼梅手里的刀，他嘴里喊道："妈的，李琼梅，你敢杀开封府的人？"

李琼梅说："反正是个死，借孙必贵的刀先杀了你这头猪狗不如的畜生再说。"

李琼梅没有再给朱杰说话的机会，她又一次从朱杰身体里拔出杀猪刀，狠狠地戳进他的脖子。李琼梅觉得这一刀肯定是戳到要紧部位了，她还没有拔出杀猪刀，血已经从刀子四周喷溅出来，喷了她一脸，又喷了她一身。当她拔出刀身，鲜红的血浆争先恐后从那个口子涌出来，发出咕噜咕噜的声音。朱杰张了张嘴巴，已经发不出声音了。李琼梅也不再出声，她举着杀猪刀，在朱杰脖子上戳个不停，直到朱杰的身体不动为止。

这时她才发现，床上到处是朱杰的血，这些血很快就不新鲜了，发黑发臭。她还发现，朱杰的血流到地上，蛇一样在游动。

扔掉手中的杀猪刀，李琼梅从床上站起来，坐回刚才喝酒的位置，她似乎想倒一杯酒喝，可又不想喝。她抬了抬手，发现手重得锈住似的，根本抬不动。然后，她的脑子里一片空白，身体腾云驾雾一般，一直坐到窗外发白。

她听到了窗外的动静，是孙必达的声音，孙必达叫了两声她的名字，然后推门进来。他前脚刚跨进门槛，两只手还扶在门上，人就凝固了。李琼梅张了张嘴，想对他说，自己用孙必贵的杀猪刀宰了朱杰。可她喉咙发干发紧，发不出声音。

二十三

孙必达有一段时间没有说话，他将门关上，在李琼梅身边坐下来。坐了很久，他才拍了拍李琼梅的肩膀，站起来，走到床边，从朱杰身上拿起杀猪刀，他举着杀猪刀在空中比画几下，对李琼梅说："我昨天夜里喝醉了酒，失手将朱杰杀了。"

李琼梅愣了一下，张了张口，挤出几个字："是我杀的。"

孙必达摆了摆手说："是我杀的，刀在我手上。"

李琼梅说："是我杀的。"

"怎么可能是你杀的？你根本没力气杀死朱杰，说出去谁也不信。"

李琼梅举了举双手，她的双手都是血。孙必达摇了摇头说："这事你得帮我，朱杰必须是我杀的。"

李琼梅用惊讶的眼神看着孙必达，似乎想看穿孙必达此刻的心思。孙必达又在她身边坐下来，紧紧将杀猪刀握在手里，看着李琼梅的眼睛说："朱杰是我杀的，这一点儿我毫不怀疑，我昨天晚上和朱杰喝了很多酒，我喝醉了，朱杰也喝醉了,他开始批评我的诗,说我写的全是臭狗屎,是一个徒有虚名的假诗人,是个欺世盗名的伪君子。他批评其他缺点我都可以接受,唯一不能说我诗写得不好,不能说我是个假诗人,这是我活在世上唯一的理由和尊严,我让他道歉,他没有道歉,反而骂我是个软蛋,是个酒鬼,是社会的残渣和累赘,让我跳进酒壶里淹死算了。我受不了这样的侮辱,顺手拔出孙必贵挂在厅堂的杀猪刀,将他杀死了。"

说完之后,孙必达晃了晃手中的杀猪刀,接着说:"你看看,就是这把杀猪刀,我一直握在手里。"

孙必达这么说着,窗外响起了梅香的叫唤声。孙必达将门打开,让梅香进来。梅香进来后,一看床上的朱杰,啊了一声,伸手捂住嘴巴。孙必达看了看李琼梅,又看了看梅香,他拍了拍梅香的肩膀,说:"我昨天晚上喝醉了酒,失手杀了朱杰。"

梅香看看孙必达手中的杀猪刀,看看躺在床上的朱杰,又看看满身是血的李琼梅,眼睛里全是惊吓。

孙必达走到床边,对梅香招招手说:"你来帮个忙,我们将朱杰移到客厅去。"

朱杰被孙必达和梅香移到客厅后,他们又回到房间,李琼梅还是一动不动坐在那里。朱杰和梅香一起将带血的床单和被褥换了,将床上的血迹擦干净,将地上的血迹擦干净。然后,孙必达让梅香烧水,将李琼梅的衣服换下来,然后让李琼梅在大浴盆里洗个澡,洗得香喷喷的。

一切妥当之后，孙必达亲了亲李琼梅的额头，然后拿起那把沾满黑色血迹的杀猪刀，对李琼梅和梅香说："我现在去开封府了。"

临出门前，他转头对梅香说："你好好照顾小姐。"

梅香抱着李琼梅，拼命点头。

孙必达出了院子，反身将门关好，便不急不缓地朝开封府走去。他走得很慢，这条路他不知道走了多少遍，对周围的景致了然于胸。可是，今天看来，这些景致比之前又有所不同，以前他只是觉得这里的一草一木亲切，看见它们就像看见亲人和邻居，现在呢，他感到这些亲人和邻居一个个微笑地看着他，一个个对他跷起大拇指。虽然它们没有开口，但孙必达知道它们的微笑和大拇指包含着赞许和钦佩。

到了开封府，孙必达将那把血迹斑斑的杀猪刀递与公差说："我叫孙必达，昨天夜里醉酒后失手杀了你们同僚朱令史，现在前来投案。"

公差接过杀猪刀，不敢怠慢，带着孙必达飞奔入堂。开封知府正坐堂上，他知道孙必达的大名，知道他诗写得好，并不知道他还能杀人，端的是个文武双全的人才。但杀人事大，而且杀的还是开封府令史，知府大人马上派人去孙府查看。没有多久，捕快抬着朱令史的尸体回来了，证据确凿，知府大人即使再爱才，也对孙必达爱莫能助了，他将惊木堂一拍，将孙必达收入死牢，待秋后处决。

进入死牢后，有几个狱卒听说他杀了朱令史，他们与朱杰也算酒肉朋友，当然会让孙必达吃点儿苦头。好在有刘显，他请那几个狱卒喝酒，又暗中塞些银子，他们才放下对孙必达的仇恨。反正是一个将死之人，让他去九泉跟朱杰再作了断吧。

孙必达在死牢里倒是过得安然。该吃便吃，该睡便睡，刘显不时给他送壶酒，他道了声谢，便快活地喝将起来。

孙必达很为自己高兴。他对李琼梅的爱超越了世俗束缚，打破了人间的条条框框。他很高兴为李琼梅而死。这是意外之死，也是乐意之死。

二十四

孙必贵以最快速度赶回开封府，到城外十里亭，将娘亲的灵柩寄停在关帝庙，送走马车夫后，进城向哥哥报丧。

一路之上，孙必贵都在想一个问题：怎么向孙必达开口？孙必达将娘亲完好交给他，回来之时，娘亲已躺在棺材里，成了另一个世界的人。他觉得没法向孙必达交代。

当孙必贵硬着头皮踏进家门时，嫂子李琼梅一见他，眼泪哗啦啦地流出来。孙必贵心里一惊，莫非家里已经知道娘亲去世的消息？还没等他开口，梅香将实情告诉了他。孙必贵第一个反应是不可能，他不相信孙必达会杀人，孙必达是个读书人，是个书生，是个著名诗人，他连一头青蛙也不敢杀，怎么可能杀人？

遇到这种事情，孙必贵也来不及将娘亲去世的消息告诉她们，他转身出门，朝开封府的死牢走去。

孙必贵找到刘显，说他想见一见孙必达。刘显告诉他，按照规定，除非有长官特许，死牢里的犯人是不允许家属见面的。孙必贵将身上所有银子摸出来，交给刘显，让刘显安排他跟孙必达见一面。刘显想了一会儿，让孙必贵晚上戌时他当班时过来。

到了戌时，刘显将孙必贵带进牢房，换上差衣，进了死牢。好在死牢是一个人一个笼子，刘显站在外面望风，他让孙必贵有话尽快说，说完就走。

尽管孙必贵穿着差服，孙必达还是一眼认出他，孙必达问他怎么在这里？孙必贵就将娘亲在泰山病故的事告诉孙必达，孙必达听后，一动不动，眼睛直直看着孙必贵。等他缓过神来后，孙必贵问他到底发生了什么事，他不相信孙必达会杀人。孙必达又看了孙必贵一会儿，突然笑了起来，说："人确实是我杀的，我早就想宰了朱杰这条老狗了。杀人偿命，理所当然，这事怪不得任何人。现在听说娘亲已经去了黄泉，正好赶去服侍，尽尽做儿子的孝道。"

孙必贵摇摇头说："你就是砍了我的脑袋，我也不会相信你杀人。"

他看着孙必达说："哥哥你只管将实情告诉我，我就是拼了这条性命，也会将你从死牢救出去。"

孙必达见他这么说，拉着他的手说："人确实是我杀的，我愿意伏罪。只是有一事相托，我死后，请你在我墓前立一石

碑，上书七字：诗人孙必达之墓。"

孙必达又说："兄弟一场，每年清明你勿忘来哥哥墓前浇一杯清酒。"

刘显进来催促，孙必贵只好先行离开。

回到家后，孙必贵察看自己的杀猪刀，果然少了一把。

那天夜里，孙必贵刚刚上床，听见了敲门声，孙必贵听出是嫂子李琼梅的声音，他问什么事，李琼梅站在门外告诉孙必贵，朱杰是她杀的，自己才是元凶，她明天就去开封府认罪，将孙必达换出来。

孙必贵听后，很长时间没有说话。李琼梅站了一会儿，转身回了房。

第二天早上，李琼梅出门去开封府前，孙必贵拦住了她，说："嫂子不用去开封府，我自有办法营救哥哥。"

李琼梅说："事情由我而起，营救你哥哥本来是我的事。"

孙必贵说："你去开封府也未必有用，衙门不是我们家，想进便进，想出便出。"

李琼梅说："总不能让你哥哥替我去砍头。"

孙必贵说："无论是你的事还是我哥哥的事，对我来讲都是一样的，只要有办法，我都会去做。"

李琼梅说："我不知道你有什么办法，但我知道，要从死牢里营救一个等待处决的人是天大的难事。"

孙必贵说："嫂子放心，我自有分寸。"

那天，孙必贵先到城外关帝庙将娘亲的灵柩运回孙府，请和尚念了三天经,然后将娘亲安葬在爹的墓边。爹和娘亲的墓地在城南的祖地上,安葬了娘亲,孙必贵在娘亲的墓边选了一块地,给孙必达建了一座墓,他花重金购买一块石头,请开封府最著名的刻碑师傅,在石头上刻了七个大字:诗人孙必达之墓。

办完这些事后,孙必贵专门去了一趟武大员家。从武大员家出来后,他又去了一趟刘显家,去刘显家时,他随身拎着一个沉甸甸的包裹。此后有几天,孙必贵离开了开封城,没人知道他去哪里,更不知干什么去。

就在那一年开封府即将入秋之际,孙必贵又回到了开封城,在一个深夜,他跟随刘显,换上差服,又一次进入死牢,他来到孙必达的牢房,不由分说,让孙必达换上差服,由刘显快速带出死牢。牢房之外,等候着一辆马车。

谁也没有认出死牢里的孙必达已变成孙必贵,他们是双胞胎兄弟,五官相似,只不过孙必贵的骨架比孙必达大一号而已,可是,谁会深究这样的细节呢?

二十五

孙必达上了马车,发现车里有两个人,一个是吴长河,另一个是武大员,他对他们俩说:"你们送我回监狱吧,我不能让孙必贵一个人留在那里。"

武大员说:"这是孙必贵的决定,你安心回家吧。"

车到孙府，吴长河和武大员并没有下来，武大员对他说："从现在起，你就是孙必贵，是我们的师兄弟。"

孙必达看了看吴长河和武大员，问了一个愚蠢的问题："你们会有办法救孙必贵的是吧？"

吴长河依然没有开口，武大员摇了摇头说："谁能有这么大的能耐呢？"

犹豫了一下，武大员又吩咐说："这些事你就别操心了，切切记住，从今往后你便是孙必贵。"

孙必达觉得奇怪，吴长河为什么一言不发呢？他不是在牛郎山坐了第三把交椅了吗？怎么会出现在这里？他来开封城干什么？是来劫狱吗？可是，马车启动了，很快消失在孙必达的视线中，这些疑问只能胎死腹中，或者说，这些疑问给了孙必达一丝侥幸的希望，他其实是有机会问出来的，可他担心得到的是绝望的回答，最终没有问出口。是的，他多么期待这侥幸的希望是真实的，可理智告诉他，这是不可能的，是不可想象的。

那些天，孙必达记住了武大员的话，闭门不出，连书房的门槛也没有跨出。他又坐到书房的床上，用被子将身体包裹起来，不断告诉自己，从今以后，自己便是孙必贵。他知道自己不是孙必贵，却不断提醒自己是孙必贵，这真是一种奇特的感受，这种感受让他羞耻，更让他煎熬，让他产生绝望情绪，让他觉得无法前行，连展望也不可能。更奇特的是，这种煎熬让他产生了幻觉，让他分不清自己是谁，到底是诗人孙必达还是屠夫孙必贵？有时两者各自分开，有时合二为一，他发现身体里有两个人，一个是孙必达，一个是孙必贵，他无法取舍，也不由他取舍，有时清晰，有时迷糊。

他很快发现一个问题，自己的魂魄留在死牢里了，无法看书，无法写诗。他这时发现，在死牢里，他的内心是安静的，态度是笃定的，思维是清晰的，身体也是充满活力的，他跃跃欲试，每天都有写诗的欲望，他能够预感到，只要写出来，肯定都是好诗，可以名垂青史。然而，回到家里，坐在书房里，他发现自己的身体是空的，像一个四面透风的架子，摇摇欲坠；他的脑子也是空的，白茫茫一片，如云开云散，无法集中思考一个问题。所有问题都是虚无的，像云朵一样存在，又像云朵一样无法触摸。一散成缥缈啊。

他每天坐立不安，却又无法动弹，似乎在等待什么，又似乎什么也不等。

孙必达知道自己在等待什么，他在等待一个消息，是的，就是秋后处决的消息，他几乎有点儿迫不及待了。可是，只有他知道，他又是多么害怕这个消息的到来。

那个消息终于还是来了，秋天如期而至，中秋节的第二天，孙必贵没有被押赴刑场，因为担心牛郎山的贼寇前来劫法场，他在死牢里，被执行一种名叫盆吊的死刑，这是大宋朝一种专门行使在死刑犯身上的刑罚——将犯人七窍封住，脚上头下倒吊起来，直至犯人气绝身亡。孙必贵气绝身亡后，经过仵作验明正身，由家属领回去。孙必达没有去死牢，李琼梅和梅香也没有去，不是他们不去，是刘显和武大员叫他们不用去，孙必贵的尸体由他们领回，直接拉到城南墓地，葬在竖立着"诗人孙必达之墓"大石碑的新墓里。

孙必达是看着孙必贵的尸体放进棺材的，那天在场的还有吴长河，他们一起将孙必贵的棺材放进墓穴，一层一层盖上泥土。孙必达没有悲伤，是的，一点儿的悲痛也没有，好似看着孙必贵出门远行，哦，对了，孙必贵去山东贩猪了。让孙必达感到意外的是，他居然有一种如释重负的轻松，他觉得，死的不仅仅是弟弟孙必贵，还有他自己，或者，是他和弟弟孙必贵一起遭了盆吊，没错，从某种角度来说，孙必达已死，开封府下了令箭，仵作也已验明正身，孙必达作为一个大宋子民已被一笔勾销，孙必达入土为安了，有那块大石碑和大石碑上的七个大字为证，当然，孙必贵也死了，他是顶替哥哥而死的。那么，依然活着的只是一具躯壳，一具名叫孙必贵的躯壳。哦，那是另一个孙必贵了，或者说，是另一个孙必达。

孙必达没有再去书院，先生倒是来看过他，先生还是叫他孙必达，但他很客气地对先生说："我是孙必贵，孙必达是我哥哥。"

先生的眼睛疑惑了，拉着他的手看了又看。

先生还去了书房，久久不肯离去，一页一页看孙必达写的诗，他对先生说："先生如果有兴趣，可以将这些诗歌带走。"

先生抬头看着他，问道："可以吗？"

他说："我是个粗人，反正看不懂诗。"

先生抱着一大捆的诗稿离开了，出门之前，先生一直回头看着他。先生的眼眶红了。

梁一贯没有来，他知道梁一贯不会来，他不想再见到这个人了，听说这人调去了礼部。他觉得很好，梁一贯这样的人应该去礼部，他觉得梁一贯以后会当上礼部尚书。这就对了。

二十六

下葬后第三天，李琼梅带着梅香来到城南墓地，给孙必贵烧纸钱时，她发现墓上泥土似乎被翻过，墓边有脚印，芜杂而隐秘，往西北方向而去。

李琼梅发现，孙必达从死牢回来之后，发生了巨大变化，他偶尔会翻翻书，诗是完全不写了，酒也戒了，有时梅香烧菜时放了一点儿料酒，他一喝便脸红耳赤，嘴里酒气冲天，整座孙府充斥着这种令人窒息的气味，久久不能散去。更大的变化是，孙必达每天傍晚在院子里练拳，拳脚霍霍生风。练完了拳脚练器械，俨然一个武林高手。最令李琼梅意想不到的是，从那以后，孙必达开始跟随武大员在街东菜场卖猪肉，没有人认出他是诗人孙必达，菜场里所有熟人都叫他孙必贵。更奇怪的是，孙必达的杀猪技术竟也无师自通，他下刀比孙必贵更狠更准，客人要半斤肉，他一刀下去，果然是半斤，丝毫不差。他去郊外农家杀猪，都是一刀毙命，一柱猪血倾泻到预先备好的木盆里，盆拿走，地上不留一点儿血迹。脱毛，开膛，破肚，分扇，孙必达做得专注而神圣，脸上神色肃穆，双手翻飞，刀光闪闪，刀与肉交接时的咝咝声，仿佛是一首美妙的歌谣。孙必达的动作干净、轻快又利索，富有观赏性，几乎是一门艺术。

李琼梅也发现，经此一事，没心没肺的香梅，也发生了微妙的变化，她变得沉默寡言了，经常无声地张开嘴巴，动了几下后，又轻轻合上。另一个变化是她的动作，她一直快手快脚，身体像陀螺一样转个不停，所有内心活动都浮现在脸上，可是，她现在手上做着什么事，时不时会停下来，眼睛若有若无地盯着一个地方，眼神茫然，脸上却变幻着各种表情，如天上流云，如海上潮汐，快如闪电，深不可测。

李琼梅倒没有觉得自己有什么变化，如果一定要说有的话，那就是她变慵懒和忧伤了，做什么事都提不起精神。有事没事便往城南墓地走，在那里一待就是一整天。回到家里，坐在厅堂，对着柱子上那一排杀猪刀发愣。孙必达每天傍晚在院子里练拳，她总是趴在窗口偷窥，她听见心脏一阵激烈跳动，不用伸手摸也知道，脸上肯定又红又烫，乃至于全身发热。

她听见内心有一个声音，那声音强烈而微弱，清晰又模糊。这声音使她神情迷糊又异常坚定。

附　记：

从现有资料看，中国戏曲的老祖宗是南戏，流传下来的作品《荆钗记》《白兔记》《拜月亭记》《杀狗记》，被称为四大南戏。《永乐大典》收录了三部早期南戏残本，分别是《张协状元》《宦门子弟错立身》《小孙屠》。据说南戏的发源地在温州（王国维在《宋元戏曲史》提出不同意见），温州是生我养我之地，这是我写此小说的起因。小说人物来自《小孙屠》，故事情节和内涵已是完全不同了。写作过程，我发现《小孙屠》是温州的，也是开封的，更是中国的；是历史的，更是现实的；是单纯的，更是复杂的；是欢乐的，更是悲伤的。我还发现，戏曲是我们生活的另一种反映，或者说是一种折射，我们的日常行为和思维方式深受戏曲的影响。写作过程，我看到了曾经以及未来的我们，看到了我们的宿命以及无限可能，看到了我们的丑恶和善良，看到了我们的欢笑和哭泣。这大约是我写此小说的意义所在吧。